祝勇故宫系列

远路去

西方人与中国皇宫的历史纠缠

Long Way to China

祝勇 —— 著

人民文学出版社

图书在版编目(CIP)数据

远路去中国：西方人与中国皇宫的历史纠缠／祝勇著.—北京：人民文学出版社，2017

ISBN 978-7-02-013416-8

Ⅰ.①远… Ⅱ.①祝… Ⅲ.①散文集—中国—当代 Ⅳ.① I267

中国版本图书馆 CIP 数据核字（2017）第 250973 号

责任编辑　赵　萍　薛子俊
装帧设计　崔欣晔
责任印制　苏文强

出版发行　人民文学出版社
社　　址　北京市朝内大街 166 号
邮政编码　100705
网　　址　http://www.rw-cn.com

印　　刷　北京盛通印刷股份有限公司
经　　销　全国新华书店等

字　　数　181 千字
开　　本　880 毫米×1230 毫米　1/32
印　　张　14.25　插页 1
印　　数　1—15000
版　　次　2019 年 1 月北京第 1 版
印　　次　2019 年 1 月第 1 次印刷

书　　号　978-7-02-013416-8
定　　价　76.00 元

如有印装质量问题，请与本社图书销售中心调换。电话：010-65233595

去中国就如同登上月球一样吗？等我回来的时候，会告诉你们的。

——[美]苏珊·桑塔格

新版序

东西方的历史互相影响和激荡,这种互为『他者』的互动关系,故宫(紫禁城)是一个独一无二的视角。

新版序

2011年是我人生中至为重要的一年，这一年，我结束了在刘梦溪先生门下的博士学业，入故宫博物院，幸运地成为故宫的一名研究人员。也是这一年，我在生活·读书·新知三联书店出版了两本书——《纸天堂》和《辛亥年》。这是我在进入故宫博物院以前出版的最后两本书。有意思的是，这两本书都与故宫（紫禁城）有关。前者透过西方人的视角探查中国历史，尤其是宫廷的历史；后者透过宫廷的视角观察革命。在我进入故宫之前，我的写作，也在一步步向故宫靠近。

这一本《远路去中国》，正是《纸天堂》的修订本。关于此书的写作动机，我在三联版的自序里已经讲过，此番修订，补充了一些新的材料，尤其是新发现的珍稀照片，以增加历史的现场感。但在这里，我想说的是，透过西方人的视角看待故宫（紫禁城），无疑可以增加我们观察这座宫殿的维度。因为故宫不只是中国的，也与"世界"相连。厚重的宫墙，并不能把宫殿隔开，使它自外于"世界",沦为一座华丽的孤岛。实际上,自元代以后,人类就启动了全球化的进程,有越来越多的外国人,身份不同,心思各异,却一头扎入奔向东方的漫长旅程,而紫禁城,正被他们视为它最辉煌的终点。在马可·波罗的时代,他们或许还有些形单影只(马可·波罗与自己的父亲、叔父同行);在利玛窦的时代,就已成群结队;到马戛尔尼的时代,政府业已组织公费参访团;而到绿蒂的时代,已变成有组织的侵略战争。他们以各自的方式介入到宫殿的命运,历史的发展逻辑,也如草蛇灰线,隐含其中。至于英国人呤唎,虽然未曾进入过北京紫禁城,但作为参加过太平天国的一个外国人,他曾目睹过南京天王府——可以被视为太平天国的紫禁城,而那座城的风吹草动,亦牵动着北京紫禁城的神经。

马可·波罗曾经走进的元朝故宫(紫禁城)已经消失,明朝在元朝故宫的基础上建起新的宫殿,到 2020 年,就整整六百岁了。六个世纪中,它与"世界"的联系未曾间断,即使在"闭关锁国"的年代,也不曾"闭关锁宫"。宫殿是中外交流的"特区",比如西洋"自鸣钟",就是意大利传教士利玛窦带入紫禁城的,万历皇帝很快为之沉迷,难以自拔,到雍正、乾隆时代,这些西洋钟表更是在宫殿里大量繁殖,技术上也日趋复杂,写字人钟,甚至可以写出满文和蒙文。乾隆二十九年(公元 1764 年)西洋某国赠送的一套机械系统（机器人），十八个铜铸伶人竟然可以演出全本《西厢记》，每以钥匙上弦启动，张生、莺莺、红娘、惠明、法聪这些"角色"便从箱子里走出，身段交接、揖进退让，与剧情完全吻合。

人们对故宫有一个误解，即：故宫是中国文物的大本营，这不错，但不够，因为故宫也收藏着很多外国文物，说它是一座世界文物的博物馆，也不为过。比如故宫就庋藏着公元7—8世纪印度、尼泊尔的古佛像，明清两季大量的西洋科学仪器和钟表，日本江户至明治时期的绘画、书籍、瓷器、珐琅器、金属器、漆器、织绣等。这些收藏，是岁月失落在故宫（紫禁城）里的遗物，也证明了这座宫殿的深邃与广大。

东西方的历史互相影响和激荡，这种互为"他者"的互动关系，故宫（紫禁城）是一个独一无二的视角。站在这个视角上看，历史才能豁然开朗。"故宫学"的创始者郑欣淼先生一再指出"故宫学是一个开放的系统"，我庆幸这本书暗合了"故宫学"的开放视角，尽管它只是一本写历史的随笔，讲述的是宫殿布景下的人与事。

自序

中国历史和西方历史,都是在观察和借鉴对方的过程中,通过自我怀疑完成了自我超越。

惠特曼曾经说过一句话：只要适当说出事实，一切罗曼史立即黯然失色。正是这句话，为我多年的写作提供了方向，而我编辑生涯的1998年，对于我的写作的重要性是不言而喻的，那一年，我开始编辑一套"西方视野里的中国形象"丛书。编这套丛书，使我认识到我对中国历史的了解几乎为零，多年来接受的历史教育，只不过是提供了一个大而无当的框架和一些值得怀疑的结论，它既不负责提供细节，也不提供论证过程。历史只是一个年表，像元素周期表，科学、完整，却毫无感情，我们与历史的关系，只能建立在背诵之上，我们无法回到从前的某一个夜晚，倾听历史人物内心的呼告与呐喊。那么多的历史书籍看上去更像一个个的抽屉，有着结实的结构，但拉开它时，里面却是空的。而我们需要的，是门，但面对抽屉，我们找不到返回历史的路径。

在那套丛书里，那些闯入中国历史的西方人，包括旅行家、探险家、传教士、记者、外交官、商人等等，他们的书稿、信函、照片，勾勒出的却是和我们的记忆与想象大相径庭的历史图景。当我第一次借助他们的镜头看到梳着长辫的臣民在黑板上用圆规做几何题，晚清的帝国官员集会的会场上写着"立宪万岁"的大幅标语，才意识到历史原来是一条如此丰饶的河流，所有的事实都像今天一样地具体。自中世纪开始（自马可·波罗开始），西方就有了对古老中国的叙事冲动，到 19 世纪，更形成强大的东方主义话语。无论这种东方主义是否定的、意识形态的东方主义，还是肯定的、乌托邦式的东方主义，他们的叙述都让我们看到了"另外"一个中国。从那一天起，我就决定潜入那条丰沛蓬勃的历史河流。

我在那时意识到西方史料对于中国历史研究的重要性，并开始对海外汉学的研究投入特别的关注，尽管与许多学者相比，这只是一种迟到的觉悟。任何单一的视角都有限制性，而随着视角增多，事实也会变得立体和丰富。无论对于中国，还是西方，都是如此。观察那些曾经介入中国历史的西方人的命运，梳理西方视野里的中国形象，进而在一个更大的视角上（也就是全球视角）考察中国的历史，在纵向的线索之外，寻找横向的线索，这个愿望，在我的心中一路潜滋暗长。这是一次艰难的泅渡，需要跨越两种历史之间空旷的中间地带。我在访学美国时利用海外史料完成我的学术专著《反阅读：革命时期的身体史》，与麦克法夸尔、马若孟、史景迁等汉学家的交流，以及为中央电视台撰写一些有关中西文化交流的历史纪录片，如《1405，郑和下西洋》《利玛窦：岩中花树》等，都是在完成这样的过程。

如同黄兴涛、杨念群在那套丛书的前言中所写，"中国融入世界是一个双向流动的过程"，但这个双向流动的过程，常常被人忽略。人们看到的是"中国文明"与"地中海文明"在各自孤立的前提下发生和发展，仿佛两棵相距遥远的树，他们看不到两棵树的根系在地下的隐秘连接，看不到汁液在根系内部的暗流涌动。在各种历史教科书上，中国历史与世界历史迥然分开，互无干系。实际上，这种条块分割式的历史叙述，使它们各自的完整性都受到了损害。"中国文明"与"地中海文明"确为两种性质不同的文明——"中国文明"的发生地，中为陆地，四周是海，中间实，四周虚，故而它的文明，是"聚拢型"的文明；"地中海文明"的发生地，中为海洋，四周是陆地，故而它的文明，是"发散型"的文明。然而，正是这一虚一实，构成了两种文明天然的联系，有学者比喻为阴阳两极，在"两极互动"中，像永不停歇的双桨，推动人类历史的发展。古老中国的成长，这个有时疯狂、有时温顺的西方伙伴刚好起到了"他者"的作用，使中国在一种更大的、全球化的叙事中确立自我的身份，在戏剧化的接触中找到自身的位置。而在热衷于摄影、考察等实证方法的西方叙事中留存的数量庞大的历史证据，无疑会激发和唤醒已成逝水落花的历史记忆。

"9·11"以后，美国学者亨廷顿的"文明冲突论"在全世界引起广泛共鸣，该理论认为未来世界的冲突主要表现为文明的冲突，不同文明板块之间必然引发冲突。如果是这样，历史就是在向着一个万劫不复的终点冲刺。对此，我们有必要结合历史来重新思考。历史中，这种"文明的冲突"固然屡见不鲜，但并没有导致文明的死亡，相反，文明一次次地浴火重生。中国历史和西方历史，都是在观察和借鉴对方的过程中，通过自我怀疑完成了自我超越。不同文明之间并非只有差异，它们的共同点，始终真实地存在着，比如，在世界"轴心时代"，"帝""天""道"作为早期中国相继出现的终极性词汇，在后世的文明建构中所起的作用，与基督教"圣父""圣子"和"圣灵"三位一体[1]性终极实在的功用极其相似。这些文化的特性，是人类的共同性所给予的。而人类的共同性，远远大于差异。如周宁所说："超越东方主义的途径不是在二元对立的格局内，从一方转向另一方，从西方转向东方，而是采取一种强调同一与连续性的态度，强调世界历史发展中不同文明互动的关系，强调不同种族、文明之间的所谓'跨文化空间'或'跨文化公共空间'的发展动力,强调不同文明之间的分野(Demarcation)不仅是相互对立与排斥的过程,同时也是超越界限、互通有无、互渗融会的过程。"[2] "中国文明"与"地中海文明"两种文明的发展史,同时也是两种文明互证的历史。也唯其如此,中西各自历史才能环环相扣地延续到今天而没有同归于尽,让我们在面对明天的时候感到的不是绝望而是希望,那些死去的每一天才能通过我敲动键盘的手和血流的节奏,回到了生者之中。

本书在写作过程中有幸被列入中国作家协会重点扶持项目,同时得到北京作家协会、美国伯克利加州大学中国研究中心,以及生活·读书·新知三联书店的大力支持,汪家明先生和张荷女士都为本书的出版做了大量细致的工作,在此一并致谢。

在最后校阅这部书稿的日子里,北京在春天到达的时候居然下了一场久违的雪。看丽日下的雪景,回想多年来从事的自己喜爱的事情,内心感到澄明而温暖。

目 录

第一章 马可·波罗：纸上的帝国 —— 1

第二章 利玛窦：历史中的牺牲者 —— 37

第三章 马戛尔尼：烟枪与火枪 —— 111

第四章 呤唎：纸天堂 —— 177

第五章 绿蒂：刀俎间的宝座 —— 253

大事年表 —— 298

注　释 —— 302

第一章
马可·波罗：纸上的帝国

连通东西方的大道已经铺就,只等第一个勇敢者的身影,耐心得就像等待一个婴儿的降临。

一、纸币

马可·波罗从忽必烈手里接过那件意味深长的礼物时,脸上露出惊异的表情——那表情是我想象出来的,但我对其可靠性确信无疑。因为那礼物不是别的,而是一张中国纸币,轻薄如纱,上面横横竖竖,印着他不认识的汉文,四周簇拥着枝叶繁茂、密不透风的花纹。这位威尼斯商人无法相信,这张薄纸,居然如一纸宣言,宣示着财富的存在。那无疑是一张有魔法的纸,它把财富归结为一个空洞的数字,又把空洞的数字,变作毋庸置疑的财富。

这是一种一旦出"境"就失效的魔法,只有在中国,这张纸才有魔力,在欧洲,在意大利,在威尼斯——那个商贾云集的港口城市,没有人会轻易相信一张纸对于财富的许诺。人们只对金子的诺言确信无疑。人们会把他视为骗子。在那里,没有兑换的银行,无法计算外汇牌价,不同货币之间的对话无法进行。神通广大的纸币，在他的故国走投无路。

一张神奇的纸，凝结了古老中国"四大发明"的两项——造纸和印刷术。但"四大发明"绝非中国人智慧的全部，在它们之上，各种各样的发明层出不穷；"四大发明"的意义，并不止于它们自身，而在于它们奠定了一个自我衍生系统，每一项基础发明，都如基因一般，为进一步的繁衍预留了可能性，纸币，就是它们最杰出的后裔。纸币的神奇，并非仅在于它体现了造纸与印刷术的完美结合，而在于实现了符号与物质之间那种隐秘的对应关系。它所体现的金融原理，马可·波罗始终无法理解。他把制造钱币的方法视为一种点金术，只要盖上某种特别的印章，一张平凡的纸就立刻变得与金银一样有价值。他在《马可·波罗行纪》中写道："在此汗八里[1]城中，有大汗之造币局，观其制设，得谓大汗专有方士之点金术，缘其制造如下所言之一种货币也。"[2] 这些看似势单力薄的纸页，实际上拥有统驭万物的法力，使财富超越了具体事物的局限，又可以在具体的事物上落实。它的重是在人们心上。它用最简单的方式表明自己的权威。

中国行用纸币，由来已久，汉有白鹿皮币，唐有飞钱，宋、金有交子，元代纸币，只是袭用宋、金之制。[3] "其法以物为母，钞为子，子母相权而行"[4]，也就是说，钞票的发行，须以实物为根据，纸上的财富，与现实中的财富，形成一种直接对应的关系。《元史》记载："世祖中统元年[5]始造交钞，以丝为本。每银五十两，易丝钞一千两，诸物之直，并从丝例。是年十月，又造中统元宝钞……"面值分别为：一十文、二十文、三十文、五十文、一百文、二百文、五百文、一贯文、二贯文；"至元十二年[6]添造厘钞"，面值分别为：二文、三文、五文……[7]身份各异的钞票，组成一个等级森严的虚拟王国，疏而不漏地行使着它对现实世界的统治权。马可·波罗把他对纸币的惊奇写进自己的游记，《马可·波罗行纪》中有关纸币的描述与《元史》完全吻合："各人皆乐用此币，盖大汗国中商人所至之处，用此纸币以给费用，以购商物，以取其售物之售价，竟与纯金无别。其量甚轻，致使值十金钱者，其重不逾金钱一枚。"[8]

"至元通行宝钞"——纸上的文字，端正精致，至今清晰可认。一张元代钞票，与一张现代钞票几乎没有区别，上面的文字，多以汉文书写，辅以蒙文，除了币值，就是发行单位名称，只是防伪技术不尽如人意，作为补救，把惩罚措施，以较大字号，印在醒目位置——"伪造者处死"。在元朝初年，纸币被定为唯一流通的法定货币，金银币的流通被严格禁止。到14世纪，纸币才在伊斯兰诸国流行。从这个意义上说，纸币，也可以被认作蒙元时代中国人独有的国籍证明。

宋朝名为"交会"的纸币，是否可以兑换成元朝纸币"交钞"？至元十二年（1275），一场辩论在大臣们之间进行，主持财政事务的大臣阿合马把争论内容如实禀报了忽必烈。那时的阿合马像他的朝廷一样春风得意，丝毫不会想到他的脑袋将在七年之后的某一个风声空旷的深夜被击成五彩斑斓的肉屑。忽必烈在穿越了反对派姚枢、陈公履等人的唇枪舌剑之后，挖苦他们说："枢与公履，不识事机。朕尝以此间陈岩，岩亦以宋交会速宜更换。今议已定，当依汝言行之。"[9]宋朝的纸币就这样轻而易举地变成了元朝的纸币。我们看到纸币在时间上的接力——它不会像朝代一样过期作废，而是得到了时间的默许，畅行无阻。宋朝"交会"与它代表的朝代寿终正寝，但它的价值还在，它在离开了宋朝的纸面以后又在元朝的纸页间回归，它在超越了政治的敌对之后顽强地存在着，犹如一场戏，主角可以更换，但是有关财富的故事，却永远不会消失。

二、金牌

前面提到的1275年，整个世界都处于一个关键点上。这个关键点，与那个名叫马可.波罗的意大利青年密切相关，尽管他自己对此一无所知。这一年，如诗如画的大宋江山被蒙古铁骑撕得粉碎，犹如他们的"交会"转换为元朝的"交钞"，他们创造的文明无一例外地成为为蒙古人精心准备的见面礼。大汗的军队杀入建康、扬州，不久，声誉扫地的宋朝重臣贾似道被贬，并在押送途中被害死。二十一岁的马可·波罗就是在这个节骨眼上，闯进草原上那个由金碧辉煌的石头宫殿与五彩缤纷的帐篷组成的世界帝国的都城——元上都，为此，他已经在道路上奔波了将近四年。这年秋天，他的新朋友忽必烈汗把他带进刚刚建成的元大都——汗八里。也是这一年，一位名叫列班·扫马的蒙古突厥人，则从北京西南五十公里的房山"十字寺"启程，与马可·波罗相向而行，循着马可·波罗的来路，向西，沿丝绸之路南路，即河西走廊与塔克拉玛干沙漠南部边缘，踏上前往耶路撒冷朝圣的茫漠旅途。

如果我们打量蒙元时期的世界地图，我们会被这个蒙古帝国的疆域震撼到。那是一个人类历史上空前绝后的庞大帝国，最睿智的人也不知它的尽头在哪里。飞奔的骏马使蒙古人拥有其他民族所没有的空间感，在他们的视野中，没有东南西北，而只有前方。1203 年，一代天骄成吉思汗从一个很小的蒙古部落出发，开始他征服欧亚大陆的旅程。到 1227 年，只用二十多年时间，就建立了一个东起日本海，西至黑海的庞大帝国。《马可·波罗行纪》记载，成吉思汗的军队作战时，一路高唱蒙古长调，他们征服世界的伟业越是成功，他们离家的路就越远，于是，那些豪迈而忧伤的蒙古长调随同刀光剑影一道掠过欧亚大陆，并在一些地方落地生根，至今徘徊不去。一代天骄之后，蒙古风暴迅速扫荡了中亚、东亚、南亚、中东、东欧。成吉思汗的孙子拔都挥师西北，穿越高加索，横扫南俄罗斯、伏尔加河流域与乌克兰，并一路凯歌，挺进波兰、匈牙利，在一举歼灭德意志骑士团后，跨过冰封的多瑙河，占领萨格勒布，饮马亚得里亚海滨。1241年暮春的一个早晨，佩斯的居民一觉醒来，发现满世界都是蒙古骑兵，尘土蒙在他们脸上，像一个个麻木的陶俑，只有被热血所污的眼睛依然敏锐，警醒地观察周围。这个世界已然找不到任何一股力量能够阻挡蒙古人的马蹄，整个世界原来只为他们所设。

塞尔住苏丹凯哈武思二世将自己的肖像绘在一双鞋底上，献给旭烈兀——蒙哥汗和忽必烈汗两任大汗的弟弟，希望伟大的汗王能将他高贵的双脚踩在这个贱人的头上。他以这种卑贱的方式表明他的臣服。这是1258年2月，马可·波罗刚刚四岁，整个巴格达被烟火笼罩，持续十七天的血腥屠城之后，旭烈兀继续他征服新月地带的征程。

站在被征服者的立场上，蒙古人无疑是魔鬼。无须为他们的暴行辩护，也无须为他们的功勋津津乐道。公平地说，他们是一群兼具了勇士和魔鬼特质的人。梦想的成长首先要归功于敌人鲜血的浇灌，弱肉强食的生存环境训练了他们的利爪与狼心。13世纪，是人类历史上最豪迈的世纪，一群群骑士聚集在大汗的旗帜下高歌猛进——在他们眼中，整个时代宛如一场声势浩大的集体狂欢；同时，也是最黑暗的世纪——这个世纪里，大陆正变成一个望不到边的超级墓场，弥漫着死尸的腐烂气息。群马奔腾之后，便是可怕的寂静，浑圆的月亮悬挂在墓顶，墓上的清辉有如磷火的凝聚，被白色的雾气所缠绕，仿佛噩梦，挥之不去。

整个世界屏住气息，倾听蒙古人的长调。他们从长调中聆听到一种阴森恐怖的意味。但蒙古人不这样想，对他们来说，长调仿佛是一种启示，把灵魂向辽远的地方推去。每当长调在草原上回响，蒙古人的骨头里的血性就会被点燃，让人有飞升之感。多少年中，蒙古人就是吟唱着长调，纵马在昼夜间穿梭，远走天涯。农耕民族画地为牢，把世界分割成一个个各自独立的空间，而游牧民族却把它们全部串连起来。如果说农耕民族犹如固体，它的社会形态一成不变，彼此之间的联系也是物理性的，那么游牧民族就如同液体，形态不拘，四处漫溢，渗透到其他事物的内部，改变它们的形态——它与其他事物的联系是化学性的。但丁在他1310年完成的著作《论世界帝国》中大胆地表明，只有出现一个绝对的、权威的世界统治者，建立一个囊括四海的尘世帝国，才能协调不同人、不同民族的意志，谋取最大范围的和平。而在忽必烈手中，这样的设想已经实现。马可·波罗把忽必烈形容为人世间前所未有的最强大的统治者，对他充满崇敬和热爱，这是因为他没有经历过战争的血腥。和平，在战争的缝隙，在最广大的范围内降临了。那些被战争抹平的城市又一一再现，失散的亲人们重又聚集起来，死去的生活再度复活。基督教世界绝望地等待着蒙古人的致命打击，然而，令欧洲人惊异的是，那些血腥的屠杀发生之后，蒙古骑士就绝尘而去，再也没有回来，留给他们的，是历史的机会——西方人一千年来第一次可以自由地向东方旅行。蒙古人不仅把大地变成了墓地，同时把大地变成了道路——道路的意义，在于不受阻碍。在马可·波罗——准确地说，在忽必烈时代，从地中海到汗八里，一个妙龄少女顶着金盘子，穿越欧亚大陆，不会遭遇任何危险，这是欧洲流行的传说，也是那个时代的事实。如中世纪西方历史学家庄维尔（Jonville）所说："大汗给人民以和平。"汤因比也曾在他著名的《历史研究》中赞叹："忽必烈的帝国从中国延伸到黑海，在他的统治下，这片广袤的疆域处于前所未有的太平时代。"[10] 忽必烈以血腥的战争方式缔造了和平。这或许是历史的悖论，但它存在，罔顾所有的争议与评判。

连通东西方的大道已经铺就，只等第一个勇敢者的身影，耐心得就像等待一个婴儿的降临。马可·波罗勇气可嘉。他一脚踏进那深不可测的巨大国土，从大陆西端的一个点，前往大陆东端的另一个点，没有人知道，这条道路到底有多长，它是否会半路折断？当苍茫的戈壁一点点蚕食马可·波罗的梦想，他是否对自己的鲁莽感到后悔，对无休止的道路产生怨恨？在马可·波罗之前，传教士柏朗嘉宾曾经抱着走向地狱的决心走向东方，在一望无际的荒原上，他怀疑自己"不知道是走向死亡还是走向生活"，他到达了蒙古上都（和林），但没有到达中原。但是，无论道路如何艰辛，有一点可以肯定——除非马可·波罗自己，没有人能够阻挡他的脚步，因为那条路上，已不再有战争和死亡。他手里握着大汗的金牌，是大汗赐予他的父亲尼可罗·波罗（Nicolas Polo）和叔父马飞阿·波罗（Matteo Polo）的，十年前，他们抵达了蒙古帝国的首都，受到大汗的隆重接待。此时，金牌是他们的护身符，保佑他们在大汗的土地上畅行无阻。

后来的历史表明，马可·波罗绝对不是历史上一个可有可无的角色。他的旅行在一定程度上改写了以后几百年的历史，使历史在经历了无数个环环相扣的链条之后一直延伸到今天。尽管这旅程或许只是出于一次偶然，但它必定存在。那条用血打通的道路，决不甘于闲置，必将怂恿那些不安分的人决然上路。马可·波罗成为早期全球化运动的见证者和最早受益者。当这个衣衫褴褛的旅行者向威尼斯人展示他此行收获的财富时，贫穷的欧洲人明显地感觉到了榜样的力量。更重要的是，马可·波罗给了他们探求世界真相的勇气，他们相信，基督的世界之外，并非一片黑暗。此前，遥远的中国对西方人来说只是一个模糊不清的传闻，马可·波罗给他们带来了确切的新闻——那个国家，有世界上最恢宏的城池和宫殿，用一种叫作"煤"的黑色石头燃火，用树皮造纸，并能大量地复制一本书而不用抄写。真正感染他的并非这些新鲜的事物，而是那个国家的创造力。马可·波罗的传奇使自命不凡的西方世界知道了什么是愚昧，也唤起他们探求新世界的渴望。当《马可·波罗行纪》日后在西方传布开来以后，整个欧洲的目光都被吸引到这条漫长的道路上。"到中国去"成为西方人最奢侈的梦想。作为探路者，马可·波罗在此后的几百年中，都被西方人感恩戴德。在他的身后，跟随者蔓延了几百年，包括本书后面即将提到的以利玛窦为代表的传教士，以及以马戛尔尼为代表的官方使节。在他们眼中，中国既是世界的起点，也是世界的终点；既是彼岸的天堂，又是现世的乐土。中国是世界财富的源头，是黑暗世纪中唯一的光源。那光源自东方升起，如同海浪，一波一波荡到西方。他们循着

第一章 | 马可·波罗：纸上的帝国

1259年，波罗兄弟离开康斯坦丁堡，继续东游。该图是一本十五世纪的《马可·波罗游记》中的插图。

1271年，波罗兄弟将忽必烈的信转交给罗马教皇格列高列十世（Pope Gregory X）。

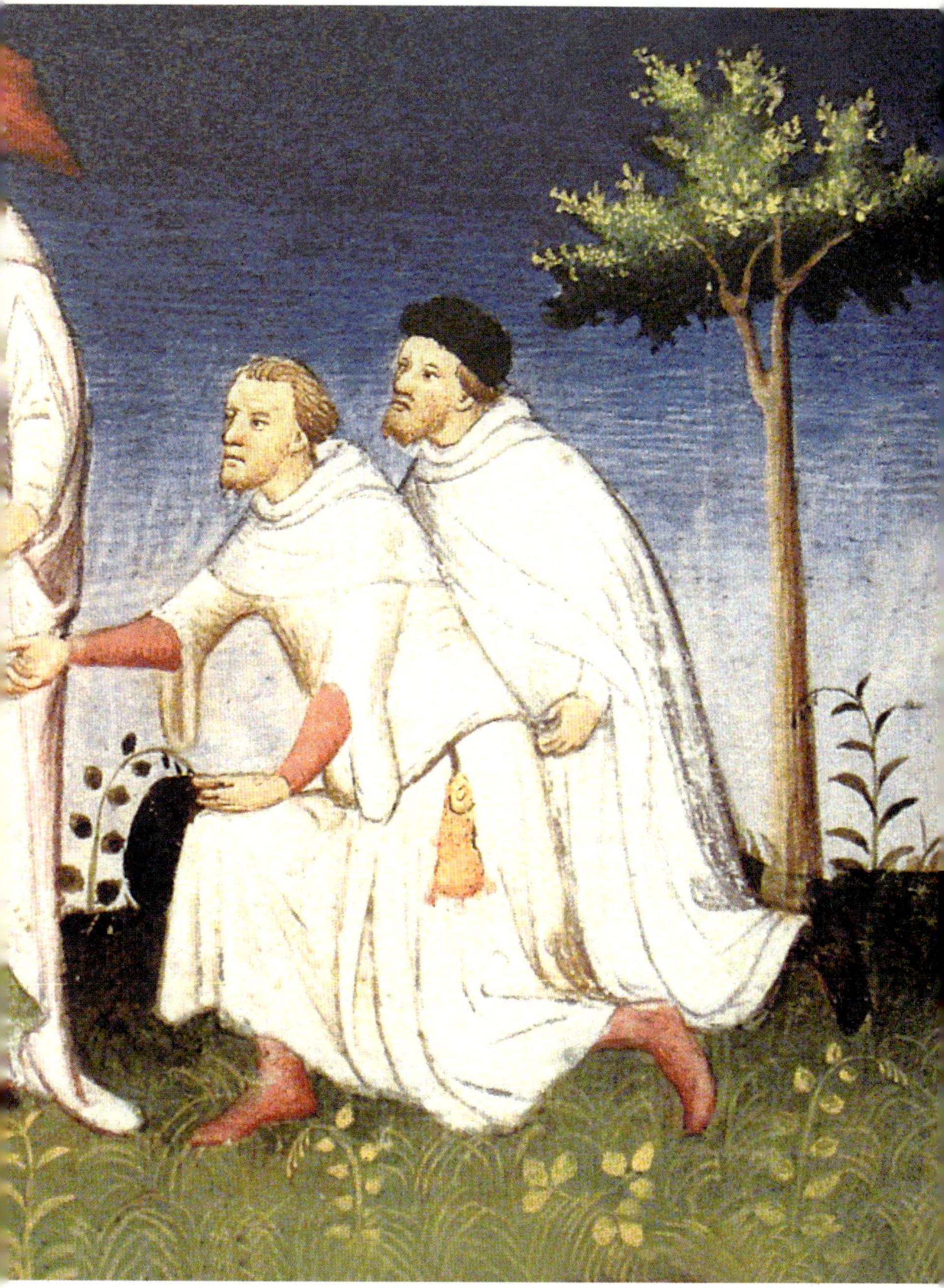

Et des merveilles

Cy dist de la bataille qui fu entre l'ost et le mareschal au grant kaan et le roy de mien.

Et quant le cheuetaine de lost as tartars sceut certainement que ce roy lui venoit seure a si grant gent il doubta pour ce que il nauoit que .xii.m. hommes a cheual. mais sans faille il estoit moult vaillant homme darmes et saiges et acoustumez darmes et de bataille. et moult bons cheuetaine dost. et auoit no mestraidut. Il ordonna moult et amonnesta bien sa gent. et bien pourchassa pour deffendre lui et sa gent car il auoit moult bonne gens darmes auec soy. Et pourquoy vous ferions lonc compte. Sachies que lost des tartars sen vin drent tout ensemble .xii.m. a cheual ou plain de vocan. a leurs ennemis. et illec les attendoient a bataille. Et ce firent il par grant sens et par bon cheuetaine que il auoient. car dejouste ce plain auoit vn plain moult grant et moult plain darbres. en telle maniere attendoient les tartars leurs ennemis. Or lais serons vn pou a parler des tartars car bien y retournerons prochainement. et parlerons de leurs ennemis. Or sachies que quant le roy mien fu sceurtiez auec son ost. il se partirent diller ou il estoient et se mistrent a la voie et vindrent au plain de vocan. la ou les tartars estoient tout appareillie. Et quant il furent venus en cel plain pres de leurs ennemis a vne mille. Cy fist appareillier le roy les oliphans a tous les chasteaux et les hommes dessus pour combatre. Et puis ordonna ses hommes a cheual et a pie moult saigement et bien come saiges roys que il estoit. et quant il ot ordonne et acrespte tout son affaire cy commença a aller contre ses ennemis a bataille. Et quant les tartars les

第一章　马可·波罗：纸上的帝国

《马可·波罗游记》中的一页，来自 1298 年左右的一份手抄书。

身穿鞑靼服饰的马可·波罗像,作于十八世纪。

第一章　马可·波罗：纸上的帝国

元世祖忽必烈像，明万历十二年益藩刊本，现藏于日本。

《蒙古袭来绘词》局部,蒙古士兵(左)攻击日本士兵(右)。《蒙古袭来绘词》是记录元世祖忽必烈两次征伐日本的重要史料,一般认为是其主人公竹崎季长命令画师所作,故又称《竹崎季长绘词》,创作于 1275 至 1293 年间。资料来源:日本东京三之丸尚藏馆

第一章 | 马可·波罗：纸上的帝国

tissimū bz qui nulli tributarij ē Idolēs insule ydolatre ſ
et oēs nude ābulant mares et femine ſ quilibz verecū
opit pāno vno Nullū bladū bñt excepto riso Carnib9
ſo et lacte viuūt habūdanciā bñt seminū solūmō de quib9
oleū faciūt bñt biricios meliores mūdi qui ibi crescūt
nū eciā bñt de arborib9 de quib9 dcm̄ ē suṕ in regno sama
rā In hac insula lapides pciosi inueniūt qui dicūt Rubini
qui i regionib9 alijs nō inueniūt vel bñt. Multi eni eci
sapbiri et topacij et amatiste ibi sunt multiqz alij lapides
ciosi Rex huius insule habet pulchriorē rubinū qui vnq̄
fuit visus in hoc mūdo habet enim vni9 palme longitudi
nē et ad mensurā grossiciei brachij hois Est āt splendi
sup modū omni macula carens adeo vt ignis ardens vid
etur esse Magn9 kaam Cublay nuncios suos direxit at
illū rogans vt prefatū lapidē illi donaret et ipe donaret e
valoṛe vnius ciuitatis Q.ui rñdit q̇ lapis ille suor erat aī
cessorū nulli eū vmq̄ homini daret Hui9 insule hoīes be
licosi nō sunt sed valde viles Quando auté bella cū alic
bus habent de alienis ṕtibus stipendiarios vocant et sp
cialiter sarracenos

De regno maabar   Capitulū xxiiij.

Ltra insulā seylā ad miliaria xl inueniūt maabar q̄ ma
ior india nūcupat Nō aūt ē insula ſ terra firma. In
hac ṕuincia quiqz reges sūt Prouincia ē nobilissiā et diti
sima suṕ modū In ṕmo hui9 ṕuicie rex ē noīe Seudeba
i quo regno sūt margarite i copia maxiā In mari eni hui9
ṕuincie ē maris brachiū seu sinus inī firmā terrā et insulā
q̇dā vbi nō est aquaṛ ṕfūdites vltra decem vel duodeci
passus et alicubi vltra duos Ybi inueniūt margarite suṕ
ocē Mercatores eni diuersi societates adinuicē faciunt z
bñt naues magnas et paruas hoīesqz cōducunt qui descen
dūt ad ṕfundū aquaṛ et capiunt cōchilia in quibus sunt

margarite Cū aūt bij piscatores sustinere nō pūt ascen-
dunt rursusq̇ descendūt in mare et sic pagūt tota die Sūt
aūt in sinu illo maris pisces ita grandes qui occiderēt des-
cendentes in mare sed per negociatores hoc modo illi pi-
culo p̄uidetur cōducunt negociatores magos quosdā qui
dicūtur Abrayamna qui cū incātacionibus suis et arte dy-
abolica cogunt et stupefaciunt pisces illos ita vt neminē
possint ledere Et quia huiusmodi piscacio de die ⁊ nō de
nocte fit magi illi de die incātaciones faciunt quos sero p
nocte dissoluunt Timent enim quis furtim sine negociato
rū licencia mare descendat et accipiat margaritas Fures
aūt metuentes in mare ascendere nō attemptant nec aliq̇s
alius inuenitur qui sciat huiusmodi incantaciones facere
nisi illi abrayamna quia negociatoribus sūt cōducti Dec ātꝫ
piscacio i mari fit p totū mensem aprilis vsq̇ ad mediū mē-
sis may et tūc de margaritis illis bētur innumera multitu-
do quas negociatores postmodū diffundūt p orbem Ne-
gociatores aūt qui hanc piscacionē faciūt et emunt a rege
de omnibus margaritis solūmō decimā ptē soluunt In-
cantatoribus aūt qui stupefaciunt dant de omnibus vige-
simā ptem piscatoribus eciā optime p̄uidetur. A medio
vero may vlteriꝰ nō repiuntur ibidē sed in loco alio qui ab
isto p ccc miliaria distat būtur margarite in mari p totum
mēsem septēbris vsq̇ ad mediū mensem octobris Totus
huius p̄uincie pplūs omni tempore nudus incedit pāno
tū vno verecūdia opit Rex eciā huius regni nudus vadit
vt alij sed ad collū defert torquē auream saphiris smaragd
et rubinis alijs q̇ preciosissimis lapidibus vndiq̇ coopertā
q̇ torques est maximi precij supra modū. Similiter eciā ad
collū eius torda de serico pendet in qua sūt centū et q̇tuor
lapides preciosi margarite videlicet grossissime et rubini
Oportet enim cū singulis diebus centū et quatuor ordēs,
dicere de mane ad deorū suorum reuerenciā et de sero si-

哥伦布在一本拉丁文版的《马
可·波罗游记》上所做的笔记

马可·波罗观念里的世界可能是这样的。英国地理学家亨利·尤尔（Henry Yule）在 1871 年于伦敦出版的《威尼斯人马可·波罗》（*The Book of Ser Marco Polo, the Venetian: Concerning the Kingdoms and Marvels*）中绘制了这样一幅"世界地图"。

Approximate Scales.
ITALIAN MILES.
JOURNEYS

远路去中国

弗拉·毛罗（Fra Mauro）是 15 世纪威尼斯卡玛尔迪（Camaldolese）的修士。作为一位地图学家，毛罗于 1457 年以惊人的精确程度，绘出一幅"旧世界"全图，图中还包含详细的注释，反映了当时的地理知识。这地图就是闻名于今的《弗拉·毛罗地图》（Fra Mauro Map）。地图涵盖了当时全部的已知世界，被认为是"中世纪地图学最伟大的记载"。地图绘制于带木框的羊皮纸上，直径约两米，现藏意大利威尼斯的马尔恰那图书馆（Biblioteca Marciana）。

ETHIOPIA OCCID
AFRICA
DESERTO
TARTARIA
ROSSIA
ROSSIANE
SEPTENTRIO
POLVSARTICVS
OCCIDENS
TROPICVS

《弗拉·毛罗地图》上关于中国的描绘

东方的光亮，义无反顾地踏上风沙弥漫的路途。《世界征服者史》一书写道："（大汗）慷慨慈善的声名远播世界，商人们闻讯从四面八方汇集到他的宫廷……"[11] 整片大陆的所有细胞都活跃起来，人们的身体、知识和观念，都处于前所未有的新陈代谢中。

不仅西方人需要马可·波罗，大汗也需要他，需要通过他，来了解西方，甚至了解自己的帝国。在马可·波罗的回忆中，大汗对马可·波罗讲述的见闻始终保持强烈的兴趣。蒙古帝国的辽阔，甚至超出大汗的想象与控制。骑在马背上奔驰的时候，土地一边出现一边消失，世界是流动的，也是没有整体的；一旦坐在宫殿中，帝国就静止了，令人绝望地延伸到四面八方，延伸到知识与权力之外，华丽的帝国成了无尽的废墟。可以想见，望不到尽头的国土，即使对于统治者来说，也构成巨大的心理压力，而马可·波罗所带来的知识，刚好可以缓解他的焦虑。

耐人寻味的是，作为这场全球化运动的肇始者，蒙元帝国却骤然安静下来，此起彼伏的马蹄戛然而止。忽必烈的侄子海都曾经批评忽必烈："蒙古人四海为家，哪里有牧草哪里就是我们的家，忽必烈汗想用城墙把我们圈起来，我们决不进他的城。"或许，忽必烈营造的汗八里（北京城），仿佛绊马索，绊住了他们的马蹄，把它们呼啸的速度减为零；或者，那围拢的城垣更像一个坚硬的句号，结束了蒙古人的事业。但在蒙古人眼里，他们的帝国已经成为世界的轴心，整个历史都在围绕它转动，而轴心，是永远不转的。但总有一天，轴心将为世界的转动耗尽能量。

1275 年，蒙古人列班·扫马出张家口西去朝圣的时候，还不知道此行的终点将不是耶路撒冷，而是更加遥远的巴黎，更不会意识到此行的意义将远远超出个人朝圣。他与马可·波罗沿着相同的道路相向而行，是彼此隔绝的两个世界一次微妙的默契。如果说这是巧合，那么，它的概率已经低到了在曾经发生过的上千年的东西方交通史中只出现过那一次。这一默契出现在，并且只能出现在蒙元帝国兴盛的 13 世纪，从忽必烈晚年，即 13 世纪末开始，欧亚大陆重新陷入分崩离析状态，古老的丝绸之路再度血光闪耀。土地是忽必烈的战利品，但他没有足够的空间存放他的战利品，于是，这些土地又一点一点地被偷走了。元朝之后，明朝的朱元璋宣布"片板不得入海"的禁海令，清朝更是闭关锁国，因此，道路开放的时间是有限的，在历史长河中堪称一闪即逝。而这样的机会，就是专门为马可·波罗和列班·扫马这样敏锐的人准备的。仿佛听到了对方的召唤，一位威尼斯商人与一个中国的景教徒同时开始了改变世界格局的旅程。十二年后，当列班·扫马在那不勒斯的港口上岸的时候，那不勒斯人无不为他奇怪的相貌而深感惊异。专家认为："蒙古世纪有许多西方旅行家从欧洲到中国,而已知的东方旅行家从中国到欧洲,却只有列班·扫马一位。"[12]

尽管马可·波罗一度被视为骗子,当他回到家乡开始讲述他在中国的传奇见闻的时候,人们给他起了一个外号,叫"百万君波罗"(Marco, Il Millione),意思是他说的谎言成百万计,甚至神父要他在死前忏悔,以免灵魂进不了天堂。这样的怀疑一直延续到当代,英国汉学家吴芳思(Frances Wood)在她的《马可·波罗真的到过中国吗?》[13]一书中断言,马可·波罗从未越过黑海,他的游记可能来源于流言或出自他人之手的印刷版二手资料。还有学者认为,其中一些难以置信的故事可能是由他的抄写员添加的。这位抄写员本身就是一位传奇故事写手,熟悉当时游记写作的套路。但无论怎样,马可·波罗身后获得的荣耀,远远超过这些质疑。黑格尔在他著名的《历史哲学》中就说:"十三世纪有一位威尼斯人叫做马可·波罗,他首先到那里去探寻,但是他的报告曾经被看做是荒诞无稽。到了后来,他所称关于中国幅员和伟大的每一件事都完全被证实了。"[14]哥伦布就是在《马可·波罗行纪》的影响下,开始了他向东方航行的梦想。由于当时的西方还没有印刷术,他得到的只是一本珍贵的手抄本。后来被哥伦布带上"圣母玛利亚号"的书籍只有几本,《马可·波罗行纪》就是其中之一。

与马可·波罗的传奇相比，列班·扫马的旅程毫不逊色，但马可·波罗侥幸被保存在有限的文字记忆里，而历史给列班·扫马的待遇是无比吝啬——他被遗忘了六百年，直到 1887 年，一份记录了他生平与旅行的叙利亚文手稿被发现，人们才知道他的存在。实际上，即使列班·扫马回到汗八里，以汉文完成他的手稿，他的手稿依然会散佚。"表面上看，散佚是一个偶然的事件，实质上却有必然的理由，它是社会文化无意识遗忘的方式。"[15] 一个人是否被历史铭记，并非全然取决于其自身，更要取决于铭记者的态度。西方人需要马可·波罗，需要他提供一个既在想象中又在现实中的世界，对他们的固有世界的稳定性发出挑战；但东方人并不需要列班·扫马，东方有忽必烈就够了，在中国人的心目中，除了皇帝，世界上不再有任何超人，皇帝的存在为所有人提供了一个不可逾越的尺度，在忽必烈耀眼的光环中，列班·扫马，或者其他一个什么探险家，都是一粒不值一提的尘埃。

三、死期

阿合马（Ahmed），这一伊斯兰名字，现在通常翻译成艾哈迈德，在本文第一章就已经出现，忽必烈要他主持是否兑换宋朝"交钞"的讨论。作为忽必烈身边的重臣，他几乎垄断了朝廷所有的财政事务。在忽必烈眼里,他是朝廷最卓越的理财能手。然而,与任何一个权倾一时的官僚一样,这位理财专家把无以数计的国家财富理进了自己的腰包,而纸币,中国人这项最具个性的发明,则沦为他实施偷窃最有效的作案工具。

至少在阿合马时代,中国已经掌握了人为制造通货膨胀的技巧。在他的操控下,元朝物价自1270年代起一路飙升,而阿合马,既是投机倒把分子,又是价格的控制者,天下哪有这等好事,他又岂有不发财之理。对于这位身居元代佞臣榜首的阿合马,明朝宋濂在作《元史》时评价他:

> 时阿合马在位日久,益肆贪横,援引奸党郝祯、耿仁,骤升同列,阴谋交通,专事蒙蔽,逋赋不蠲,众庶流移,京兆等路岁办课至五万四千锭,犹以为未实。民有附郭美田,辄取为己有。内通货贿,外示威刑,廷中相视,无敢论列。[16]

《元史》的记载使我们得知,阿合马具有佞臣们共有的特质:营私舞弊、中饱私囊、巧言令色、欺上压下。朝廷之中马屁盛行,对阿合马的颂扬之声与日俱增。在一片肉麻的颂词中,许衡的态度堪称特立独行,他直言不讳地向忽必烈奏明:国家权力,不外乎兵、民、财三种,而今朝廷之中居然有这样的现象:

其父统领民与财,其子又统领军队,这实在是统治的大忌。皇帝反问许衡:你是担心他谋反吗?许衡回答他:他或许不会谋反,但这种制度,却适得其反啊。[17] 不久,许衡辞官而去。

对于秦长卿,《元史》中颇多溢美之词:"姿貌魁特,性倜傥,有大志","尚风节,好论事","以气岸相高"[18]。当他还是一介布衣的时候,忽必烈闻知他的美名,把他引入京师。不知忽必烈是否会想到,这样一位在精神上染有洁癖的文人书生,于污浊的朝廷中难有容身之地。在阿合马主政尚书省之后,秦长卿写成一封奏书,把阿合马与赵高、董卓相提并论,乞求皇上趁他的势力尚未坐大之前,将他除掉:

臣愚憨,能识阿合马,其为政擅生杀人,人畏惮之,固莫敢言,然怨毒亦已甚矣。观其禁绝异议,杜塞忠言,其情似秦赵高;私蓄逾公家资,觊觎非望,其事似汉董卓。春秋人臣无将,请及其未发诛之为便。[19]

遗憾的是,这封奏书落到了阿合马手里。等待这位勇敢者的,只有死亡。而秦长卿指责阿合马的全部罪名,居然无一遗漏地落在秦长卿的头上。不久,秦长卿被关进监狱,他的家产被全部抄没。于是,对于这样的结局我们就不会感到意外:在某一个夜晚，狱吏将用水濡湿的纸张盖在脸上，一层，又一层，越来越厚。起初，还可以看见他惊恐的脸，他睁大的双眼，以及他奋力呼吸的嘴——在那张空洞的嘴上，湿薄的白纸如蝉翼一样鼓动着。他使劲摆动着脑袋，试图摆脱湿纸的束缚，但湿透的纸页执着地贴紧他的面颊，没留下一丝缝隙。开始的时候，湿纸贴在他的脸上，如面膜一样生动，但那纸越盖越厚，慢慢地，就看不清他的表情了，只剩下一个模糊的轮廓。那张正直的脸，就这样永远消失于历史的长夜中。

直到忽必烈意识到阿合马的行径，为他追加罪名，秦长卿的冤案，依然没有得到平反。

秦长卿的儿子秦山甫，在得知父亲死讯之后，弃官而逃，从此消失。

鼎盛的帝国必定成为佞臣的温床，并最终为佞臣所葬送，这一简单的原理一看便知，却有一个又一个朝代重蹈覆辙，前仆后继。马可·波罗成为忽必烈信任的朋友，甚至被忽必烈任命为扬州宣慰使，然而，他离这个王朝越近，就越能透过它华丽的衣饰，目睹它藏污纳垢的肌体。马可·波罗认为，阿合马之所以得逞，是因为他掌握了一种妖术，可以蛊惑皇帝，使皇帝对他言听计从。他在《马可·波罗行纪》中记录了这一点。[20]但作为中国政治的门外汉，他的猜测纯属业余，同任何一位权倾一时的奸臣一样，阿合马的看家本领只有一种：厚黑学。脸皮厚、心黑，是他们共同信仰的最高原则。如果一个人在官场上爬得不够高，说明他的脸皮还不够厚，心还不够黑，就必须融入官场厚黑的比学赶帮超行列中。官员们用钱财向阿合马行贿，而阿合马则用语言向皇帝行贿。他的行贿手段不需要成本，只需要支付自己的良心。他对权力的获得过于容易了，也会同样容易地失去。这类佞臣似乎无一例外地沉浸在自己制造的无边权力中，但没人能意识到，他们正站在冰山上，而那座貌似坚硬的冰山，随时可能垮塌下来，那座冰山的尽头将是毁灭，并不是永恒的幸福之巅。

马可·波罗目睹了阿合马的冰山垮塌的过程，并把它记入自己的《行纪》。出于佞臣们共有的好色本能，阿合马四处搜寻美女。有一位名叫陈箸的千户长，他的母亲、妻子、女儿三代，全部被阿合马污辱。留给这位契丹人的路只剩下一条——复仇。

在陈箸与另一个名为王著的万户长的密谋之后，复仇计划在至元十九年（1282）三月戊寅日展开。有八十名契丹人，参加了这一秘密计划，其中包括一位被称为"高和尚"的僧人。关于谋杀过程，《元史》与《马可·波罗行纪》中都有详尽记载，细节有异，但同样丝丝入扣，惊心动魄。计划实施，首先利用了一个极好的时机——元世祖忽必烈和皇太子真金当时都在上都，于是，他们伪称皇太子已回到大都（汗八里），要做佛事。有两名僧人前往中书省，请他们准备斋物，又假造旨令，要枢密副使张易派兵，当夜前往东宫。张易没有看出破绽，命指挥使颜义率部前往。王著亲自骑马，向阿合马通报，皇太子回京，召朝中官员到东宫候驾。

初春的北京，夜凉似水，数十名契丹人埋伏在路上，等待阿合马的到来。夜风吹动着他们的衣衫，使他们愈发紧张。终于，他们听到隐约的马蹄声，由远而近，越来越清晰。在右司郎中脱欢察儿的护佑下，阿合马终于露面了。他没有想到，伪装成皇太子的人突然出现在他的面前，他惊愕的表情定格在那里，以为自己在梦游，没等他清醒过来，几十名契丹人已蜂拥而上，转眼之间，阿合马的护从已变成一堆尸首。应当说，阿合马的性命，至此已经结束了，但反叛者又给他留了苟延残喘的机会。对此，我有些困惑不解。但无论怎样，他们押解着阿合马，进了健德门——那是元大都都城北面的两个城门之一，西为健德门，东为安贞门——然后，又顺利地进了皇宫。整个计划至此滴水不漏，没有人会想到，此时，重权在握的阿合马已经成了人质，所有看到他们的人都相信，是阿合马陪同皇太子一道回宫了。所有的官员，都聚集在东宫的前面，这出戏也终于到了它的高潮。夜色中的宫殿，空旷而恐怖。反叛者纷纷下马，只有装扮成皇太子的人骑在马上指挥——当然,在场的人,还都蒙在鼓里。一声号令从清冷的空气中划来,伪太子命令所有的官员靠近他,现在,一场由他主持的现场批斗会开始了,或者说,这是一场面对所有朝臣的审判,只有忽必烈和真金没有出席——这一大胆的冒险计划,在这里真正显露了它的迷人之处。皇帝不在,居然有人代替他主持了一场宫廷会议。最终,在历数阿合马的种种罪状之后,伪太子宣判了阿合马的死刑,立即执行。这位权臣的真正死期随之而来,王著手中那把巨大的铜锤,在等待了许久之后,终于运足了力量,狠狠地砸在阿合马脆弱的脑壳上。在场的人们听到一声妙不可言的脆响,紧接着,阿合马不可一世的脑袋就不知了去向——它变成了丝丝缕缕、纷纷扬扬的碎片,在夜风中飞舞、飘荡。

终于有人发现是计,弓矢如雨点般向反叛者飞去,密集的弓矢,遮蔽了人们的视野……

在这一事件的尾声,一个名为"孛罗"的枢密副使在《元史》中露面:对这一事件深感震怒的忽必烈,命枢密副使孛罗等人迅速返回大都,讨伐叛贼。正是通过孛罗的汇报,忽必烈才知道阿合马被杀的真实原因。有学者考证,这个孛罗枢密副使,就是得到忽必烈赏识和重用的马可·波罗。[21]

这一事件之所以重要,一是因为,阿合马的兴衰,在元朝由盛转衰过程中起着重要作用；另一方面，这一记载，使我们第一次在《元史》中看到马可·波罗的特写镜头，我们透过浩繁的《元史》，打探到的关于马可·波罗的仅有的消息。

《马可·波罗行纪》和《元史》这两部在不同时空中完成的著作，因此而形成一种互文关系，我们可以轻而易举地在两部著作间游走而不会遭到拒绝——它们之间并无明显相反的证据反驳对方，我们因此而相信马可·波罗记录的准确性。有人因为马可·波罗作品中忽略了长城、汉字与茶叶而认定马可·波罗根本不曾来过中国，这显然证据不足。因为作为一本"个人著作"，并非一部面面俱到的百科全书，作者当然有权根据自己的经验作出取舍，出现"空白"都是可以理解的。与此同时，《马可·波罗行纪》中的记载，在一个更大的范围内与历史真实基本吻合，这些事实数量庞大，许多未必传播到西方，比如对阿合马的谋杀，通过闭门造车，不可能有如此高的"成功率"。恍然大悟的忽必烈决定对阿合马"发墓剖棺，戮尸于通玄门外"[22]，让成群的野狗，饱餐他的筋肉。官员和百姓们共同欣赏了野狗们的盛宴，使这场惨烈的刑罚成为人们的节日。

在抄没阿合马家产时，人们从一位名叫引住的小妾的箱子里，搜出两张煮熟的人皮。这是两张完整精美的人皮，连耳朵都完整无缺地耷拉在上面。没有人知道他们是谁，只知道，每当阿合马诅咒别人的时候,都将神位放在上面,这样,他的诅咒,从来都不会落空……

然而,纸币的故事并没有结束,阿合马后继有人。他的后继者叫卢世荣,在元朝的佞臣排行榜上屈居第二,仅次于阿合马。阿合马死后,朝廷官员皆讳谈财利,把主管财政的职位当作烫手的山芋,这就为卢世荣提供了千载难逢的发展机遇。卢世荣的政治资本,是凭借向阿合马行贿获得的。阿合马死后,忽必烈急于解决经济的危机,正当朝廷用人之际,另一位与卢志同道合的奸臣桑哥,向忽必烈汗举荐了卢世荣,说"世荣有才术,谓能救钞法,增课额,上可裕国,下不损民"[23],忽必烈在接见他之后,任命他为中书省右丞,主管财政命脉。而卢世荣的招数,仍然是竭泽而渔,利用忽必烈的财政困难,为他个人渔利。但他的结局并不比阿合马好多少,处死他的时候,他的肥硕的肉体被割成小块,一一投放到猛兽口中。

奇怪的是,前车之鉴并不能使贪官们贪婪的胃口变得仁慈。他们在纸币的号召下奋勇前进。或许,这才是纸币的真正魔法。它既可以是通往天国的门票,也可以充当来自地狱的咒语,不知不觉中,让人丢官丧命。所谓"人为财死,鸟为食亡"。一代又一代的奸臣权相们,以飞蛾扑火般的执着证明着这一朴素的真理。等权力的接力棒抵达桑哥手中时,他变得更加有恃无恐。他对纸币的改革，对整个元朝经济形成巨大破坏，但只有借助这种改革，他才能捞到切实的好处。至元二十四年（1287），元朝实行币制改革，更定钞法，用称为至元钞的新钞取代旧钞，并按5∶1的比率，把旧钞换为新钞。翻手之间，无数人倾家荡产。所谓利令智昏，权力与利益给他们带来无尽的快感，使他们忘记了其中的风险。不知桑哥是否意识到，皇帝对他的信任可能是暂时的，如果皇帝死去，或者失去了皇帝的支持，他什么都不是。这个日子在至元二十八年（1291）春天降临了，在众人的反复弹劾下，忽必烈的态度发生了转变，终于对桑哥起了杀心。

此时的桑哥知道了什么叫无处藏身。七月里，一把锋利的断魂刀划过他的脖子，他的头飞起来，追寻着消逝的刀光。

纸币，中国人的绝妙发明，在元朝，被接二连三的佞臣推向万劫不复的深渊。这使我们怀疑，在这种文明内部，已经预设了自我湮灭的种子。几乎任何一项造福人类的发明，在使用的途中都会发生转向，变成毒药和凶器。尽管三位佞臣全部未得善终，但他们给这个庞大帝国的打击是致命的。与帝国版图的扩张同步，这个国家的纸币开始如瘟疫一样肆虐起来——这个国家的政治体制，简直就是滋生细菌和瘟疫的温床。打仗实际上是在打钱，蒙元帝国试图从它的经济困局中脱身，采取的却是通货膨胀这种慢性自杀的方式。或许，它仿佛吸毒，长久的危害性被短期的快感所隐藏。于是，在纸币中，实存与符号的关系已昭然若揭——实存严重地依赖着符号，渴望着来自符号的安慰。疯狂繁殖的纸币并不能给帝国带来实力上的增长，相反，纸上瘟疫的肆虐，最终使这个巨人倒下，如约翰·肯尼迪在《大国的兴衰》中的著名论断：当一个超级大国为维持它的霸权地位花费的成本超出它的收益时，这个大国必将衰落。《元史》记载，至正十一年（1351），政府设置宝泉提举司，铸造"至正通宝钱"，印造交钞，令民间通用。这种纸币使用未久，物价便迅猛上涨，转眼就翻了十倍。时不凑巧，刚好赶上海内大乱，军储供给，赏赐犒劳，处处都需用钱，造币厂于是解放思想，大干一番，纸币就这样源源不断地制造出来。各种舟车，满载着幸福的纸币，奔忙在祖国的大道上。遗憾的是，这种纸币，即使撒在路上，也没有人去捡了。并非国人路不拾遗，而是这些纸币，已无价值可言。在京师，料钞十锭，已经换不到斗粟。在野心与贪婪的催促下，纸币迎来了它的末路。在各个郡县，人们已经抛弃了纸币，重新开始以物易物。印制精美的纸币，终于沦为祭奠这个衰亡国度的纸钱。[24] 马蹄上的强国，化作风中的纸屑，随风而逝。

那一年，距离元朝灭亡，只剩下十七年。[25]

四、朋友

小时候看过一部名叫《马可·波罗》的传记电影，英若诚演忽必烈，于绍康演海都，娜仁花演阔阔真公主，马可·波罗、阿合马都是外国演员，记不得名字，后来查资料，才知道是美国演员，前者叫肯·马歇尔，后者叫雷纳德·尼莫伊，这部电影是中意合拍，朱里亚诺·蒙塔尔多导演。我喜欢这部电影，像许多电影一样，我看了很多遍，直到能够背诵它的一些台词。有些台词至今令我深为感动。

年迈的忽必烈在黄昏的皇宫里这样对行将离去的马可·波罗说："冬天快到了，夜阑人静的时候，北方刮来的彻骨寒风会带来蒙古草原的气息和战马嘶鸣的声音，我会怀念起家乡，也会想起你，马可，我万里之外的儿子。"

如今把这句话默写下来，我脑子里下意识地响起英若诚浑厚、抑扬顿挫的嗓音。

很多年中，我都在反刍他们的友谊。两个差异巨大的人之间建立的友谊最为神奇。马可·波罗与忽必烈，就是这样的两个人。在他们身上，找不到任何共同点，甚至在许多方面完全是南辕北辙——西方／东方、青年／老年、平民／皇帝，唯一的共同点，是两个人碰巧都有真诚。商人的本性是牟利，而皇帝更是不择手段——忽必烈一生杀人无数，其中包括身兼他的胞弟和汗位争夺者双重身份的阿里不哥，据说，阿里不哥是被忽必烈毒死的，但是，即使老谋深算的皇帝，也会显露出孩子似的天真本性。马可·波罗给了他机会。除了马可·波罗，他无法再从别人那里得到这样的机会。马可·波罗，使这个终生陷入政治旋涡的生命获得了一个新的支点，可以使他站在一个新的视角上观察自己的人生。同时，他们的忘年交，为这个过于坚硬的时代增添了一些温情的气息。从这个意义上说，忽必烈和马可·波罗都是幸运的，他们都通过对方实现了自己。

　　这一事件的隐喻特征也显露无遗，因为我们随时可以把忽必烈汗与马可·波罗的个人友谊放大成东西方之间的关系。也就是说，无论是中国，还是欧洲，都通过对方看见了自己。鉴于眼睛寄寓于身体之中，因而，它们在履行观察功能的同时，唯独无法观察我们自身，这是眼睛在设计上的重大缺陷，这就要求我们在观察自己的时候，不得不借用别人的目光。同样，对于一种文化而言，其自身身份的认定，不是与生俱来的，更无法在一个封闭的文化环境中完成，而只能在异质文化的相互对照中实现。对方如镜子，描述了自身的状况。"身份认同"是理解现代性理论的一个关键词。巴赫金说："一个人在审美上绝对地需要一个他人，需要他人的观照、记忆、集中和整合的功能性"[26];"必须在我的内心自我感受(即我的空洞观照的功能)与我的外在形象之间,插入一个仿佛透明的屏幕,通过屏幕他人对我的外形可以作出情感意志的反应,如他人对我的可能的惊喜、爱慕、诧异、怜恤;我透过他人心灵(它降低为一种工具)的屏幕来观照,就使我的外形获得了活力并融入绘声绘影的世界。"[27]这说明人对自己的身份认同不是从内部,而是从外部完成的。如果没有这面镜子,看清自身是十分困难的。或许,朋友的真正意义,正在这里。

然而,对于处于成长阶段的西方而言,中国形象展示出的迷人品格,在激起西方人追求自身强大的欲望的同时,其内部的制度性缺陷也不幸被掩盖。西方人,比如马可·波罗,尽管目睹了这个东方帝国的疮疤,但他们的兴奋点不在这里,全部停留在那些恢宏华丽的事物上。这类记载,在《马可·波罗行纪》中随处可见。这并非有意粉饰,而是弱势心理的直观表达,就像鸦片战争,特别是五四运动之后,中国人文化价值向西方的彻底倒戈一样。欧洲人通过中国看到了自己的未来,而中国却没有从他们口中得到对自身的忠告。正是这个原因,使整个欧洲在穿越了黑暗中世纪的围困大步前进的同时,整个中国陷入悲剧性的停滞之中。

1280年代末,威尼斯的马可·波罗与汗八里的列班·扫马,分别在杭州与巴黎做客。这无疑是一次富饶与贫困之间的比较历程。当马可·波罗沉醉于西湖的湖光山色，列班·扫马正穿过巴黎狭窄、肮脏的街道。与中国木质建筑的轻灵舒展不同，西方人全部生活在石头的世界里，那些房子以冰冷的语言讲述着他们的生存处境，而不似中国建筑，以其木质的温婉敦厚品质，成为承载和安顿家族血脉的稳固容器。在列班·扫马看来，那些石头房屋局促、简陋、逼仄，人在其中，远不如在中国庭院那样，舒展、松弛、自由，厅堂的布局，刚好凸显居住者的风仪，而是成为石头缝中卑琐的寄生物。当他从街道上走过，那些卑微的面孔就会从窗子后面浮现出来。所谓的街道，只不过是石头房子中间的窄缝，回环曲折，去向不明，走在其中，就像走在某个晦暗不明的诡计中。随时可能有一盆尿，从某个打开的窗口忽然汹涌而出。街市上昂贵的东方进口产品，与当地粗糙的面包、腌肉，形成了鲜明的反差。这里不仅卫生条件奇差，而且物资匮乏。只有教堂是高耸的，它以难以企及的高度见证着人的卑微。有意思的是，教堂以近乎狂热、病态的方式表达着对天空的崇拜，而它对高度的偏执恰恰遮蔽了天空的存在。

在中国，人们感觉不到建筑的压迫感。它更像穿在人们身上的一件宽松、庄严的大袍，朴素、得体，富于亲和力。它突出的飞檐，在我看来简直是对中国式袍袖的绝妙翻版。杭州，刚刚逝去的朝代——南宋的都城，比教会所描述的天堂更像天堂，只不过它不在天上，不在海拔一万米以上的空气中，而是在尘世，马可·波罗也因此把它称作"天城"，称其为"世界最富丽名贵之城"。这座城中，"有一万二千石桥，桥甚高，一大舟可行其下。其桥之外，不足为异，盖此城完全建筑于水上，四围有水环之"，"城中并见有美丽邸舍不少，邸内有高大楼台"，"有商贾甚众，颇富足，贸易之巨，无人能言其数"，在马可·波罗的描述中，这里的人们"面白形美，男妇皆然"，穿着丝绸的衣衫，举止安静娴雅，连妓女都充满丰神，她们衣饰灿丽，空气中飘散着她们的体香，"外国人一旦涉足其所，即为所迷，所以归去以后，辄谓曾至天堂之城行在，极愿重返其地"[28]。

灭顶之灾并没有降临在西方人身上，相反，马可·波罗告诉他们一个简单的事实：原定通往地狱的旅程居然直达天堂。与基督教的天堂不同，那是一个被人证明、完全可以抵达的天堂。历史的诡计隐藏在一个过程紧张、结局完美的玩笑中。西方人从大悲转向大喜，而中国人的欧洲之旅，却两手空空，一无所获。

列班·扫马，到达欧洲的第一个中国人，被轻而易举地忘记了。没有人步其后尘。

相反，在利益的怂恿下，越来越多的西方人拥向东方。传教士们成群结队地启程，前往东方收获灵魂；而商人和冒险家们则希望从那里收获财富。

马可·波罗的传说感染着传教士们，尽管当时他们对于中国的知识少得可怜。弥尔顿1655年出版《失乐园》第十一卷中还有这样的句子："从契丹可汗的都城汗八里的坚固城垣……直到西那诸王的北京……"——他们甚至不知道汗八里、大都和北京是一座城市。他们只知道，蒙古人的故乡，在草原深处。他们在绝望中奔走了三百年，蒙古武士的甲胄照亮了他们的脚步，即使北方的冰雪也不能把他们的足迹彻底掩埋，然而，当他们终于抵达中国，他们沮丧地发现，大汗已不知去向，这个国度，留给一个名叫朱元璋的皇帝统辖，他不再像大汗那样慷慨，而是固执地封闭了通向西方的道路。1583年，当利玛窦终于在广东肇庆建立起第一座教堂时，等待他的，不再是大汗的盛宴，而是前所未有的危机。这个国家留给利玛窦的印象，与《马可·波罗行纪》中的记载大相径庭：

中国人害怕并且不信任一切外国人。他们的猜疑似乎是固有的，他们的反感越来越强，在严禁与外人有任何交往的若干世纪之后，已经成为了一种习惯。[29]

利玛窦身着中式长袍，他试图把自己掩藏在中式服装里。

但每当他照镜子，他都会陷入深深的恐惧和绝望中——他欧式的面孔，会使他的身份暴露无遗。他所有的梦想，都将在某一天，被突如其来的石头击得粉碎。

与那些苦行僧相比，哥伦布的目的更加单纯：寻找黄金。马可·波罗到达中国两百年后，当哥伦布从《马可·波罗行纪》中得知忽必烈汗两次远征日本失败的消息，以及日本列岛的"黄金和其他宝物的价值无法估量"时，决定寻找大汗的国土与遍地黄金的"西潘戈岛"（日本）。1492年8月，哥伦布带着西班牙王室写给大汗的国书开始了他的远航，在整个航程中，他都幻想着汗八里的耀眼金顶会在前方的海面上骤然浮现。[30]

大约1484年，热那亚人哥伦布抵达西班牙。有一天，他在特塞拉岛上的家里，来了几名不速之客。他们衣衫褴褛，神情恍惚。其中一个名叫阿隆索·桑切斯·德韦尔的驾船人对哥伦布讲，他们的小船，经常在西班牙本土与大西洋中的加纳利群岛之间行驶，贩卖货物，这一次是他们遭遇了强大无比的风暴，被海浪冲卷着，在大西洋上，向西方漂流了二十八九天，根本无法根据太阳和北极星判断方向，懵懂之中，在加纳利群岛西边、大西洋深处一个不知名的地方上了岸，在获取一些水和干柴之后，摸索着返航。谁都不会想到，一场偶然的风暴将彻底改变人类的历史。由于他们是被风暴吹到那里的，完全不知路线，所以他们回来的路多花了一倍的时间。从西班牙出海时，船上共有十七人，到达哥伦布家时，只剩下四五个人，其中包括驾船人阿隆索·桑切斯·德韦尔。他们是听说哥伦布是杰出的水手和宇宙志学者，还会画航海图，才去他家落脚的。显然，他们的故事把哥伦布迷住了。他突然意识到，一个巨大得难以想象的机会忽然降临，与此同时，一个阴谋也已经在他的内心酝酿成形。这个不可告人的阴谋，使那几位幸存者无一例外地死在哥伦布家里。

哥伦布从他们的叙述中听出一个事实：向西，的确存在着一条通往日本和中国的航线。阿隆索·桑切斯·德韦尔的航行印证了这一点。对此，相信地圆理论的哥伦布确信不疑。在他看来，沿这条航线去中国或许更近一些。我曾经与精通西班牙语言和历史的张承志先生探讨过这一点：在哥伦布之前，向西穿越大西洋的航线早已存在，大西洋中间散落的岛屿，如同跳板，把航行者一节一节摆渡到新大陆。只是知道这一秘密路线的人凤毛麟角，阿隆索·桑切斯·德韦尔便是其一，他在无意中，把秘密透露给哥伦布，也在无意中自寻死路。那个妄想狂突然意识到自己已经被置于历史的关键时刻，天上掉下来的巨大机会，使他被一种巨大的幸福感吞没。杀人灭口，哥伦布一丝犹豫都没有——他谋杀了所有的知情者——一群刚刚死里逃生的幸存者。只有这样，他们才会守口如瓶。

这一惊人的秘密，是由古代印加帝国公主伊莎贝尔·钦普·奥克略的儿子印卡·加西拉索·德加维加在《印卡王室述评》一书中透露的。这位西语文学的大师，出生于1539年，距离谋杀事件的发生不到六十年，完全有可能通过他地位显赫的长辈了解到历史的真相。遗憾的是，他没有为我们提供这一秘密的具体细节："当时我年岁还小，听时不太注意。如果那时注意地听，现在我就可以写出更多令人赞叹的，在这部史书中非常需要的事情来。"[31]

西班牙耶稣会传教士何塞·德阿科斯塔神父在他一部尚未完成的手稿中，披露了相同的事实："那位航海人（他的名字我们仍不得而知，只好把如此伟大的事业归功于上帝这位造物主了），由于一场突如其来的猛烈风暴而看到了新世界，后来为了报答克里斯托瓦尔·哥伦布的殷勤好客之情，便把如此重大事件的消息告诉了他。"[32]

没有人能够想到，在震惊世界的地理大发现背后，居然隐藏着一场惊天血案。而哥伦布，从谋杀与欺骗中最大限度地获取了利益，成为世界历史中最成功、也最隐秘的剽窃者。

由此我们可以理解，哥伦布为什么在他的行程开始之前，就胸有成竹地向国王和国后索取高额回报，而且，只用六十八天多一点就到了瓜纳蒂亚尼科岛,"如果不是他从阿隆索·桑切斯的叙述中知道在广阔无垠的大洋中该沿着哪些方向航行,那么在如此短的时间内到达那里就是不可思议的奇迹了。"[33]

这也决定了他的旅程,不可能是纯粹意义上的探险,战栗的木船仿佛从欧罗巴海岸的弓弦上弹射出的一支箭,它的杀伤力将在终点得到证明。

草原上弥漫的血腥味渐渐消散了,有关蒙古人的凶猛传说渐渐褪色,而前往中国的冲动,日益变得势不可挡。从蒙古人的铁蹄下劫后余生的西方人,在喘息之后杀了一个回马枪,诞生于地中海的海盗基因使他们终于露出更锋利的犬齿。西方人与东方人下一次相遇的地方,是大明王朝的东南沿海,一个名叫郑成功的中国军人,在那里拭目以待。

很多年后,我仍记得在那部电影中,忽必烈在与马可·波罗告别时,说过一句意味深长的台词:

"你是真正的朋友,像你这样的朋友,即使再过几千年,我们也是欢迎的。"

第二章 利玛窦：历史中的牺牲者

我们来自那西方世界的尽头,走了三四年才抵达中国,我们为它的盛名和光辉所吸引。

到世界各地去，将福音传播给每一个人……

——《圣经·新约·马可福音》

一、面孔

对于中国人而言，利玛窦的相貌与魔鬼近似。无论多么英俊，西洋人的长相也不符合当时中国人的审美观，这预示着利玛窦在中国的道路不可能平坦。1582年，澳门已经成为葡萄牙人的"飞地"。晚明学者张燮曾经对葡萄牙人作如下描述："葡萄牙人身高七英尺，长着猫一样的眼睛，嘴巴就像黄鹂，脸色灰白，胡子卷曲，像黑色的纱布，而他们的头发却几乎是红色的。"更令人觉得奇怪的是：当囚犯被拉去斩首的时候，他们在后面吟唱着宗教经典里的赞美诗。[1] 虽然利玛窦是意大利人，但在中国人眼中，他们没有区别。

尽管如此，一个洋人的到来，在帝国引起的震荡是有限的，尽管此后数百年中，传教士在中国陷入一种长期复杂的纠葛中，以至于今天对他们进行判断仍然是一件困难的事情。当时，没有人——包括利玛窦自己——能够意识到，他的到来，标志着中国进入了一个历史拐点。由于最初的变化过于细微，即使对于当时最敏锐的人来说，也不可能观察出来。

1580年代的大明王朝，已经步入它的黄金时代，王朝的一切都像黄昏之前的景象一样明亮和耀眼，尽管所有明亮的事物已经具有回光返照的性质。那一年利玛窦刚好三十岁，按照中国人的说法，正值而立之年。

大地以前所未有的辽阔出现了，有一千只飞鸟在它的上面盘旋，翅膀的影子在他年轻的脸上掠过。南方的土地，各种从未见过的植物肆无忌惮地生长，风藏在树冠里，像歌谣一样不期而至。太阳落山之前，男人们在河中洗澡、钓鱼，妇女们淘米、洗衣，偶尔还将干枯的经血残片倾倒在河中。一大群幼小的鱼苗密匝匝地追逐着那些残剩的、颇有些言不及义的红色。物质如此这般地奇妙循环，让人觉得这里从头到脚都充满生机。一切都与他的故乡马切拉塔不同。他的嘴里情不自禁地冒出一个字："主。"

他的发音很轻，在广阔的大地上，没有人听到他的发音。但在这里发出这个音节，令他感到奇特、陌生和刺激。那个音节立即被土地上的各种声音吞没了，它像一个隐秘，深埋在利玛窦的心里。但它没有消失，它会在时间中生长，像真理一样，日益强大。他沿江北上，展现在他面前的是一片桑叶似的国土，茎脉如河流一样密集丰沛，站在边缘，他就能听见水流在桑叶内部的轰然回响。这是一块神奇的土地，它的疆域超出了上帝的视线，所以，被上帝无所不至的光芒所忽略。他为主的缺席而深感遗憾。他和他遥远的组织——耶稣会[2]都认为，有必要使这块土地沐浴在上帝平均主义的光芒之下。当然，这是一份艰巨的任务，他从未对此有所低估。

无须证实，仅从表情上，他就对中国人的态度心知肚明。中国人对经验以外的世界怀有斩钉截铁的怀疑态度。关于佛郎机人的各种可怕传说盛行，他们拥有所有的恶行，不仅杀人放火，而且如海中怪兽，专吃童男童女。在中国人的常识中，佛郎机国与狼余鬼国对面，狼余鬼国"分为二洲，皆能食人"，"嘉靖初，佛郎机国遣使来贡，初至行者皆金钱，后乃觉之。其人好食小儿。云其国惟国（口）得食之，臣僚以下，皆不能得也。至是潜市十余岁小儿食之。每一儿市金钱百文。广之恶少，掠小儿竞趋途，所食无算"[3]。佛郎机，就是本文开头提到的葡萄牙。与他们的饮食习惯相比，他们的烹饪方法更加恐怖：他们会用一口巨大的铁锅烧好开水，然后，把盛在铁笼子里的孩子放在铁锅上蒸，等到孩子浑身出汗，再用铁刷子刷去孩子的苦皮，这时，孩子仍然活着，在厨师的注视下艰难地喘息，厨师看火候到了，就及时剖开孩子的肚子，去掉他的内脏，将他蒸熟，美味佳肴应运而生。

中国人把自己与外部世界的关系构筑成"神—魔关系"或者"人—鬼关系"，这是一种简单的二元对立关系。它使降妖除魔的历史使命自然而然地落到中国人的肩上。它既表明了中国人对外部世界的恐惧，也是文化优势造成的心理幻觉。作为一种原始思维，它透露出某种无知与狂妄，诸如"解放全人类"这类的豪言壮语，只能产生于这种想当然的思维方式中。仰仗着文化上的优越感，中国人在现实世界中与西方发生的关系都被纳入这一话语体制下。1580年前后，几乎与利玛窦进入中国同时，一部名为《西游记》的小说问世，玄奘法师不远万里前往印度取经的历史变成了抵抗妖魔的传奇；1597年，即意大利诗人阿利瓦本尼杜撰的中国传奇《伟大的皇帝》出版那一年，流寓南京的中国文人罗懋登完成了他的《三宝太监西洋记通俗演义》，在这部小说中，伟大的航海者郑和蜕化为一只虾蟆精，而他的航海事业，更应感谢呼风唤雨、法力无边的碧峰长老的拔刀相助。中国文化总会生产一批奇异的舌头，文化英雄们创造的历史奇迹在他们引人入胜的讲述中烟消云散。他们的关注点不在文化地理探险，而志在批发数量不菲的西方魔鬼，等待中国人绳之以法。耐人寻味的是，伴随西方走向现代社会的步伐，对中国人进行妖魔化，也列入他们的日程。中国人以丑陋不堪的形象（所谓"东亚病夫"）在各种图像中频繁出没。这是他们对中国人的回应，当然，这同样不能使他们显得崇高。对他者的蓄意矮化，最终会无一例外地伤及自身。

无论怎样，利玛窦赤发绿眼的形象，刚好验证了中国人的传说。从上岸那一天起，他就着意对洋人们臭名昭著的外表进行修改——首先剃光了自己的胡须，然后穿上中国式的长袍。他试图将面孔引发的冲突，通过服饰缓冲下来。况且，他说的每一句话，都是小心翼翼的，以免无意中刺痛中国人敏感的神经。总之，他把自己深隐在异国的人群里，生怕他们像挑选渣滓一般，把自己挑选出来。他在写给校友富利加蒂的信中，声称自己已然变成中国人："我们的服饰打扮，我们的容貌举止，我们的待人接物，在所有的外观特征方面，我们都已经变成中国人。"[4]尽管如此，他们对身体的修改毕竟是有限的，"长身高鼻、猫睛鹰嘴"仍然会随时出卖他们的身份，并把他们置于可怕的危境。有一万种危险等待着他。当然，对于信仰奇迹的人而言，所有的危险，都微不足道。

二、教堂

最初的教堂是以近乎简陋的形象出现的。这与欧洲中世纪的辉煌教堂形成鲜明反差。在利玛窦的故乡，教堂，这上帝的人间居所，华丽而威严，与上帝的身份相呼应。它挺拔入云，各种复杂的廊道如树枝般纵横交错，仿佛通向天国的幽秘暗道。建筑内部蕴藏着一股神秘的力量，使孤立无援的人们获知来自天堂的消息。与中国平面铺展的木构建筑不同，教堂以不可置疑的态度表达着对高度的追求。通过对高度的追求，表达对天堂的向往和对上帝的敬意。而作为农业文明的产物，中国的庙宇宫殿，则以平面铺开的方式，表达对大地的亲切感。这表明中国的神不是来自天空，而是来自大地。中国的建筑，只有将身体在大地上充分展开——而不是像哥特式或者巴洛克式教堂那样踮起脚尖，增长自身的高度——才可能探听到神的信息。轻灵的台基、耸立的廊柱，支撑着一个硕大的屋顶，那夸张的屋顶，看上去如同一只在空中飘浮的船，让人觉得随时可能下沉——中国式宫殿的重力是向下的，力量的下坠感，被那些平行的廊柱引入大地，或者说，廊柱的支撑力，来自大地，无论多么宏伟的宫殿，都要依托大地的力量才能得以实现。中国式建筑，得自大地的恩赐，它也通过自身的结构，表达了它融入大地的愿望。只有凌空的飞檐是向上的，以飞升的姿态，对整体建筑下坠感形成一种巧妙的平衡。教堂则罔顾大地的旨意，不顾一切地从自然中超拔而出。正如朱大可所说："它是竖起来的灵魂战车，向着上帝的领地飞跃"，"哥特式教堂是战栗、狂热、病态和神经质的教会表达。这是中古神启时代终结前的最后一次照耀，它要从一个极端的立场，重申对神的最后敬意。"[5] 正是借助无与伦比的高度，教堂尖顶上的十字架即使在一个遥远的距离之外，也能被看见。实际上，教堂对于高度的追求中，暗含着对于广度的追求，即：它的高度，随时可以被换算为它的覆盖面。中国的宫殿试图通过凌空伸展的飞檐表达它的扩张性，这是一种横向的努力；而教堂的野心则孕育在一种纵向的努力中，它重现了《圣经·旧约》中"巴别塔（即通天塔）计划"的本性。然而，神圣的信仰在这里遭遇了技术的阻挠——教堂它不可能无止境地上升，高度的有限性，标明了教堂的限度。"巴别塔计划"也因此成为宗教世界的隐痛。为此，它需要更多匍匐在地的信徒作为补充。除了高高在上的十字架，它更需要前赴后继的传教者播撒福音，让那些看不到十字架的地方，聆听到神的旨意。

利玛窦和罗明坚在 1583 年 9 月抵达肇庆。他知道，自己行将开始的传教事业，将如同在岩石上播种一样艰难，充满未知数。

他对当地知府说："我们是一个宗教团体的成员，崇奉天主为唯一的真神。我们来自那西方世界的尽头，走了三四年才抵达中国，我们为它的盛名和光辉所吸引。"然后，他向知府表达了他们微薄的愿望：请求允许他们修建一栋小屋，作为住所以及一所敬神的小教堂，以远离他们在澳门时体验到的恼人的尘嚣与商人的喧哗。总而言之，他们需要建立一个住所并度过余年，这就是他们的全部愿望。[6]

作为这种表白的补充，利玛窦向当地知府赠送了他从意大利带来的望远镜。这是中国式的交际方式，他深感内疚却又无可奈何。他对知府说，这是中国人经常提到的"千里眼"，用它能够看清任何远方的事物。知府对他的话显然持有怀疑态度，但是当他用望远镜看清远处田野里的一个草人时，他开始用一种无法言喻的目光打量着眼前的洋人。片刻之前，他还无法相信这位洋人的话，但是现在，他认为他是个诚实的人，并且对这个来自远方的小伙子或多或少有了几分好感，更加赞赏手中的望远镜。知府显然被望远镜迷住了，举着它四处望个不停。这个精巧的望远镜，居然能够在他的眼睛与远方的事物之间建立一种联系，而这种联系，在以前是不存在的。距离割断了眼睛与许多事物的联系，使它们各自孤立。这是一种多么神奇的魔法！或许，中国人不如洋人走得远，正是因为中国人不如洋人看得远。中国人不知道远方是什么,但是远方却被西洋人提前看到了。知府又好好看了看送上门的洋人。兴奋之余,他顺便允许了洋人们的请求。对于洋人,这无疑是至关重要的。洋人们按中国习惯,在他的面前下跪,三次叩头,那颗年轻的意大利头颅结结实实与中国南方的大地发生了碰撞。

自抵达肇庆以后,利玛窦和罗明坚一直寄居于一个简陋的窝棚中。他们开始满怀欣喜地建造房屋,使自己得以寄居于神的脚下。他们的计划一丝不苟。他们打算按照欧洲的式样,修建一座小巧动人的建筑,有两层,与中国的平房相区别。他们亲自劳动,艰辛的劳动不能丝毫减少他们的兴奋。他们把这一想法报告给了澳门的修道院,修道院的院长回答他们,这一计划可能使多疑的中国人认为他们在修碉堡。出于慎重,他否决了他们的想法。

院长的答复传到肇庆时,他们的工程已经进行了一半。他们没有经费进行修改了。利玛窦从行囊中拿出一个玻璃三棱镜,举到中国人面前。他看见围观的中国人在这块神奇的玻璃面前都流露出惊奇的神色。他们一致认为,眼前正站立着一位法力无边的僧人,甚至能篡改阳光的线路。利玛窦说,你们谁都可以将这件法器请回家。这句话在中国人中引起更大的骚动。

利玛窦卖掉了玻璃三棱镜,它的价格是二十枚金币。这笔钱足以维持他剩下的工程。一切看起来还算顺利。两年后，一座基督教堂，在肇庆的天空下出现了。

我相信没有一个欧洲人会把这座平淡无奇的房子当作教堂——这座教堂并没有露出哥特式建筑尖挺的外形，而是像所有中国式建筑一样蹲伏在地上，它质朴得近乎寒碜，但在利玛窦看来，这是他的一个巧妙的权宜之举，尽管他受到耶稣会的严厉批评。但重要的是，这座房屋，已经成为这座小城的一部分。人们的视线，已经无法超越这座朴实无华的房屋。与外形相配，这座教堂同时拥有一个中国式的名字——"仙花寺"。这个佛教化的名字，是当地知府王泮送给它的。他还送了一幅匾额，让他们挂在中堂，匾额上写："西来净土"。通过利玛窦自己的记录，我们知道，这座最初的传教堂，"在两头各有两间房，中间是间空屋，用作教堂"。[7] 当利玛窦小心翼翼地把圣母画像挂在中央的时候，他知道，自己的第一个愿望，已经实现了。

1585年的肇庆人或许能够看到这样的场景：一个年轻的洋和尚对着房屋顶端的十字顶礼膜拜。阳光照亮了每一粒灰尘。他表情安详，清澈的泪水顺着面孔蜿蜒而下，没有人能够分辨他是快乐还是悲伤。这是一场盛大的典礼，但它只存在于他的心中。他感觉自己在抬眼的瞬间遭遇了主温热的目光。

出于好奇，中国人开始走进那座房屋。他们在房屋中央看到一位面容秀丽的女子塑像，怀中抱着一个男孩。他们认为，那一定是送子观音。于是，他们开始虔诚地匍匐在地上，对着女人的塑像顶礼膜拜。

这微小的开端令利玛窦激动不已。他试图用中国人能够接受的方式传播他们的宗教。教堂的人气，开始越来越旺了。但是有一天，当人们走进教堂的时候，他们的脸色骤然变得煞白，目光中充满恐惧。

——那个秀丽的女子消失了，取代她的，是一个形容枯槁、面目狰狞的男人，更重要的是，这个不知廉耻的男人竟然不穿衣服，只有一小块破布耷拉在他的胯下。他的手足被钉在十字架上，鲜血横流，青筋暴露。这与前面那个慈眉善目的女人形象形成多么强烈的反差。用耶稣像代替圣母像，这一行动的冒险性质显露无遗。中国人从未在庄严的神殿上看到过如此骇人的形象。他们迅速地逃离，并以这一果断的行动，表明他们对这间缭绕着不祥之气的房屋采取了断然拒绝的态度。

那间充满恐怖气息的房屋，似乎证明了有关佛郎机人吃人的传闻。这是最初的转折。利玛窦完全没有察觉，他们的教堂已经被一种怒气所包围。传闻还说，洋人从那位受洗者的面容中，看出他的脑子里有一颗宝石，他们照料他，是为了可以占有他的尸体，并把那颗无价的宝石取出来。不久，第一块石头飞向教堂的屋顶。在这块石头的带动下,越来越多的石头义无反顾地飞向教堂。利玛窦看不见投掷石头的人,只能听见那些石头在屋顶发出的尖锐的声响。利玛窦透过窗子往外看,飞翔的石头令他感到一阵眩晕。

仆人拎着一个孩子的衣领,把他摔在利玛窦的面前。仆人说,他亲眼看见他往教堂扔石块。孩子战栗着,像犯人一样,等待着惩罚。他在这一刻里温习着从大人们口中得知的洋人吃孩子的所有细节,即使战栗也无法阻止他的回忆。那些传说中的细节在他的回忆中已经清晰毕现。这使他的战栗更加疯狂。孩子的同伙迅速向孩子的父母报信,父母又纠集了更多的人。一个可怕的信息在人群中传递——洋人给孩子吃了一种奇特的药,使他无法喊叫。这个信息一经传出就无法阻拦,愤怒被传染,并将成为一块决定性的石头,砸向利玛窦的教堂。群情鼎沸的百姓已经同时包围了衙门,要求官府出面,讨回被捉去的孩子,如果迟疑,孩子就会成为洋人盘子里的美餐。所有人的情绪都接近了燃烧点。利玛窦对于突如其来的危险毫无准备,他甚至对人们愤怒的原因一无所知,因为那时,他对于佛郎机的传说闻所未闻。他惊呆了,他的辩解被嘈杂的哭喊所淹没。他不知所措。这是他在中国经历的第一次险情。他似乎没有做错什么,但可怕的事情还是不可避免地发生了。他在胸前画了一个十字。

此刻，除了依赖主的保佑，别无他法。

三、书简

我有时会想，一个外国人，受耶稣会的派遣，不远万里，来到中国，面对一片遥远而陌生的大陆，他的心境会是怎样？

一个人，一旦进入历史，有关他个人的一切就不再重要了。秉承着对历史人物的一贯态度，我们很难从史籍中寻找到与他们内心有关的记录。他们来龙去脉、喜怒哀乐，都在宏大的历史叙事中消失了。每个人都将经历空洞化的过程。历史将掏空原本附着在他们肉身上的一切，除了一个名字，他们将一无所有，连一个表情也留不下来。既然他已经占用了历史的一个席位，那么，他们也必接受历史的盘剥，这是再公平不过的交易。

初来北京时，我曾在车公庄北京市委党校的校园里，与他的墓地不期而遇。那是一座中国式石碑，碑顶有双螭旋转盘绕，依依不舍，碑额为十字架图案。碑上刻着"耶稣会士利公之墓"几个汉字，是京兆尹王应鳞的手笔。两侧分别用汉文和拉丁文书写着利玛窦的生平。没有人来凭吊他，他的墓地显得空疏、寥落，犹如他寂寥的生命年华，黯然消泯于暮秋昏晚的风里。然而，二十多年过去了，我对他的兴趣与日俱增。伴随着这种兴趣，各种猜测油然而生。他来中国的时候，几乎像我当时一样年轻，并且，拥有一张近乎完美的面庞——这一点是重要的，尤其在意大利，那地中海边的美丽国土，盛产阳光、美酒和歌声，歌声里，少女茁壮成长，等待收割——从一个人的脸上，我们可以看到一个国家的成长。那张脸，被一张线条粗疏的画像保存下来。他身体蕴含的所有潜能，都将归结在他的脸上，通过这张脸得到完美的表达。这张脸，以及它所代表的年轻雄健的身体，无疑有着可观的使用价值，但利玛窦却做出一项出人意料的选择——他用一袭幽黑的教袍，遮蔽了自己日益蓬勃的身体。

那时的意大利，宗教的黄金时代已经远去。八十三岁高龄的教皇保罗四世，已经在一声漫长的叹息中溘然离去。宗教裁判所被洗劫一空。庄严的教义被喷涌的火苗所否定。火焰的高度迅速超越了哥特式尖顶的高度。从前正面形象全部成为打倒的对象。世界正在急速变化，而利玛窦，却从欲望浮动的世俗街景中转身，走向背负恶名的修道院——那空阔、冰冷、顽固的旧日殿堂。不知他是否预见了那个世界里的人欲横流，预见到身体在摆脱禁锢之后又迅速陷入迷途，预见到后工业时代的芸芸众生成群结队地重返教堂。与那些跃跃欲试的身体相比，他更热衷于沉默无语的教会和修道院，在他看来，克己、苦行、冥想、祈祷、独身、斋戒、甘于贫困，都是超越人的动物性本能的必经之途，只有踏上这条必经之途，信仰、启示以及上帝的拯救才能纷至沓来。灵魂活跃的必要前提，是身体的必要尘封。他的冷峻，暗含着某种轻度的疯狂。

当他以陌生的目光打量中国，中国也在用同样的目光打量着他。一个地地道道的外来者，即使他侥幸进入这个封闭的古国，也必将消失于汪洋的人海。这个国家已经成为一个巨大的固体，任何改变它性质的企图都将会遭到否定，哪怕仅仅是微观的改变。但利玛窦显然对此有不同意见，他远赴中国，不是来度假的，他要完成上帝赋予他的使命。为此，他将承受更多的艰苦、孤独、贫穷，甚至凶险。我从不怀疑，他是一个意志坚定的人，但他首先是人，那么，他就理应像你我一样，有软弱、怀疑、动摇甚至绝望的时刻。抵达新大陆的兴奋最多维持一个星期，此后，他将被无边的孤独所淹没，最初的兴奋，将消失得无影无踪。茫茫的人海无助于消解他的孤独，相反，只能加深他内心的荒凉。尽管他们得到地方官员的宽容，但他们却在人们的怀疑和误解中被一再驱逐。他开始写信，寂寞使他的倾诉欲望变得极为强大——后来几乎所有耶稣会士，都养成了写信的癖好，这是异国生活中的被逼无奈。他们的文字，像寂寞一样没完没了。这不仅为我们留下了浩繁的"耶稣会士中国书简集"，即使在17世纪，这些书简就已经在欧洲正式出版。通过远渡重洋的水手，把信带回祖国。为了保险，他有时甚至将内容相同的信，经几个不同的渠道寄出。他在一封信中写道：

> 中国人把所有的外国人都看做没有知识的野蛮人，并且就用这样的词句来称呼他们。他们甚至不屑从外国人的书里学习任何东西，因为他们相信只有他们自己才有真正的科学与知识。如果他们偶尔在他们的著述中有提到外国人的地方，他们也会把他们当做好像毋庸置疑的和森林里的野兽差不多。甚至他们表示外国人这个词的书面语汇也和用于野兽一样，他们难得给外国人一个比他们加之于野兽的更尊贵的名称。[8]

这些书信可以被认为是对利玛窦寂寞时光的最好证明，如果不是因为难耐的寂寞，这位同时兼任了医生和建筑工人的耶稣会士不可能留下这么多的文字，使我们能够穿越时光的阻隔，觉察到他的哀乐。

年轻的意大利人在油灯下写信，讲述他的无奈与寂寥。他需要与人交谈，即使他看不见对谈者的脸，写信，就是这样一种交谈方式。尽管茫漠的海洋延缓了谈话的周期，他的话，要过好几个月，甚至一年半载，才有反馈，但对方是存在的，他不是对着一片虚空在说话,这多少令他感到踏实。他的倾谈对象,是耶稣会的教士们,一些与他同样寂寞、贫穷而坚忍的人。在他看来,即使在意大利,也只有他们,能够听懂自己的语言。

在我看来,利玛窦更像是一个被时代遗忘的人。作为旧时代的遗民,他无法获得进入新时代的护照。当他义无反顾地决定为上帝献身的时候,上帝的光环已经黯然失色,他的"组织",也不再拥有当年的权力。他不能得到荣誉,相反,只能忍受苦寂。他离开意大利,离开宗教的圣地,前往遥远的东方。他认为上帝的希望正暗含在那条危机四伏的道路上。他把一切都交给了那条神秘莫测的道路,如同他当初果断地把自己交给上帝。他从不为自己的选择后悔。现在,他试图把他所知道的关于道路的一切,告诉故乡的人们。有意无意之间,这些信件透露了关于中国的消息。这些是一个亲历者从东方发出的来自另一个世界的报道。对于欧洲人来说,中国从前曾经出没于各式各样的"海外传闻"中,而利玛窦这些耶稣会士,则带来了关于中国的"现场报道":

在这样一个几乎具有无数人口和无限幅员的国家,而各种特产又极为丰富,虽然他们有装备精良的陆军和海军,很容易征服邻近的国家,但他们的皇上和人民却从未想过

要发动侵略战争。他们很满足于自己已有的东西，没有征服的野心。在这方面，他们和欧洲人很不相同……[9]

如果没有这些信件，除了少数教士，故乡的人们可能已经对他的存在一无所知，而在中国，当时知道他的人也寥若晨星——尽管一个洋人在大明王朝长期居留是件不同寻常的事，但是，对于这个天国上朝来说，他的存在略近于不存在，即使他已经开始传教，但他的影响力仍然微不足道。这是一些私人信件，它们表明了一个耶稣会士在东方的存在。但人们感兴趣的，并非利玛窦本人，而是他所讲述的那个国家。传教士们的来信，已经涉及了中华帝国的版图、物产、科技、制度、习俗、历史、宗教的方方面面，那些零散的纸片也因此汇聚成一部关于中华帝国的百科全书。在西方视野中，有关中国的讯息逐渐凝聚成一个完整而庞大的形象、一种真切的观念力量、一个无法回避的事实、一个尺度、一种视角、一个无法超越的"他者"。

到1550年，欧洲了解中国的渠道还少得可怜，只有马可·波罗、曼德维尔等提供的少数版本，各种各样的小道消息和内部传达，呈现出真实与想象相结合的东方世界。耶稣会士的书简，则动员了诸多更加权威的舌头，使欧洲的中国形象在亲历者的众说纷纭中变得日益清晰。16和17世纪，几乎在欧洲所有中等以上城市，都可以见到结集出版的耶稣会士的东方书简。中国书简已经开始以"新闻简报"的形式，在欧洲广为传播，在它们的吸引下，无数人蠢蠢欲动。人文主义者们——莱布尼茨、伏尔泰、孟德斯鸠——正是在这些信息的声援下，完成了关于中国的科学性的总结著作。1583年，几乎与利玛窦抵达肇庆、着手修建第一座教堂同时，奥古斯丁修会的修士门多萨开始编写他历史性的庞大著作《大中华帝国志》，学者公认，这部著作"塑造了一个完美的、优越的中华帝国形象，它的意义不是提供了某一方面的真实的信息，而是总结性地在西方文化视野中树立了一个全面、权威或者说是价值标准化的中国形象。为此后两个世纪间欧洲的'中国崇拜'提供了一个知识与价值的起点"[10]。有人说，传教士在中国的活动，包括大地测绘、田野调查等，目的是为后来西方列强入侵中国提供情报准备，也就是说，传教士的进入中国，从一开始就是一场阴谋，他们是带着谍报使命进入中国的。我对当时的西方人是否具有这样的"远见卓识"深表怀疑。学者认为，16—18世纪的欧洲正处于近代早期，他们正忙于从教会的压迫下进行自我解救，而征服东方那个世界上唯一的超级大国，对于任何一个精神正常的西方人来说，都是不切实际的幻想。

法国思想家蒙田1581年在罗马梵蒂冈图书馆发现"一本中

国书；印的是奇怪的字，书页材料比我们的纸要轻得多，更透明，而且，因为纸不能经受墨汁，只能用一面印字，书页是双的，外沿边叠起，连在一起；他们认为那是用某种树皮制成的"。蒙田用一连串复杂的法语描述的，正是在中国司空见惯的线装书。此后，蒙田在一篇名为《谈马车》的随笔中谈到中国时，语气中依然充满惊奇与惶惑：

> 即使我们知道的历史记载都是真的，其数量与未被知晓的事相比，真是微乎其微。而有关我们生活在其中的这个世界的面貌，我们——包括求知欲最旺的人——的认识又是多么贫乏和简单！且不说那些经造化之手变成千古传颂或儆戒的个人事件，就连那些伟大文明和伟大民族的情况，我们未能知道的也比我们知道的多百倍！我们对自己发明的大炮和印刷叹为奇迹，殊不知，其他民族，远在世界另一边的中国一千年前便已使用。倘若我们看到的与我们看不到的东西一样多，那么，可以相信，我们会发现层出不穷、变化万千的事物。[11]

1588年，明万历十六年，英国的海盗舰队历史性地打败了由一百三十二艘巨舰组成的西班牙"无敌舰队"，双方制海权此长彼消。这一年,第一位进入中国的耶稣会士罗明坚返回欧洲,对中国的回忆与怀念伴随他在意大利那不勒斯故乡的田园中度过他一生中的最后时光。与此同时,隐居在法国波尔多郊外城堡中的大思想家蒙田,默默完成了他的不朽之作《随笔集》。

那些搅乱了整个欧洲的思想秩序的耶稣会士中国书简集,如今已经在图书馆里沉睡多年,人们对它们的存在早已漠不关心。耶稣会士如同历史中的邮递员,在完成一次次递送任务之后销声匿迹。与强大的白纸黑字相比,邮递员的渺小不言自明,没有人注意他们的长相、表情和身世。他们是作为文字的衍生物存在的,是信件的辅助器官,协助那些体质单薄的纸页,完成信息的传递。所有的耶稣会士,都如历史中牺牲者一样,悲壮而又无奈地消失了。但思想并没有因他们身体的退席而停止旅行,在他们身后,他们书信中的文字仍在坚持不懈地奔跑,寻找着自己的盟友和敌人,在版本不同的快意恩仇中生存和死亡。他们强大的遗传基因使得无数思想的胎儿茁壮成长,演变成语词、书籍和精神的华丽家族,把整个欧洲托在了他们的掌心。

欧洲在"对外开放"的历史机遇中首先看到了中国。中国,于是以一个强大的"他者"形象,令整个西方世界自惭形秽。耶稣会士们似乎没有想到,他们的"东方来信",将他们所信奉的《圣经》置于一个无比尴尬的境地。因为他们对中国历史的描述，使欧洲人逐渐相信，在上帝创世之前，世界就已经存在。无论是盘古开天，还是大禹治水，都远远早于上帝创世和挪亚方舟。1721年，孟德斯鸠在著名的《波斯人信札》中，直言不讳地质疑《圣经》的历史观，表示"很难理解上帝为何在漫长的时间里都无所事事，而要经过那么久的等待，直到距今相当短的一个时期以前才创造了万物"[12]。伏尔泰甚至觉得，以色列写下的那部天主教自愿视为其信仰基础的书是有罪的、无耻的，《圣经》只是一个小小的牧羊人部落为自己撰写的，所涉及的只是他们所了解的中东的一个小角落，结果却被认为包含了全世界的历史起源。[13]

一个简单的事实不可回避地呈现出来：中国人在上帝缺席的情况下创造了伟大的世俗文明，这表明上帝的存在无足轻重。对于一向自命不凡的西方人而言，这一常识对他们形成了强烈的刺激。作为对于这种刺激的反应，他们对教会的仇恨更加势不可挡。于是，耶稣会士制造的舆论，刚好被启蒙主义者加工成刺向教会胸膛的利刃。在"中国形象"的声援下，他们开始了打倒教会的事业。于是，"东方书简"产生了意想不到的结果：它们正在取消教会和传教士们存在的理由，他们的艰辛、忍耐和牺牲，非但没有扩大教会的影响，感化自己的同胞，反而全部成为自己日后的罪证，这是一种文化上的自杀行为。利玛窦这批上帝的信徒,恰到好处地击中了上帝的要害,在失去了上帝的庇护之后,他也注定会跌入万劫不复的深渊。

四、地图

在利玛窦看来,他的许多信件都石沉大海了。他像一个断线的风筝一样,在一片陌生的土地上飘荡。除了偶尔从耶稣会得到一些指令,他与他的国家几乎断绝了所有联系,如果没有中国人以异样的目光提醒他,连他自己,都几乎忘记了自己是一个白人。

在这块陌生的土地上,他一再遭到驱逐,如同多余的渣滓,不断被手疾眼快的人们捡选出来。他在肇庆一败涂地,最终落荒而逃;尔后在广东游荡——韶州、南雄,又辗转南昌、南京。他已记不起来,在南京,他遭到第几次驱逐。在逃离南京的途中,他做了一个梦,梦见一个陌生的行人在质问他:

"你就这样在这个庞大的国家中游荡,而想象着你能把那古老的宗教连根拔掉并代之以一种新宗教吗?"

利玛窦自从进入中国,从来没有透露过他的计划,所以,他回答道:

"你必定要么是魔鬼,要么是上帝,才知道我从未向人吐露的秘密。"

那人回答他："我不是魔鬼，我是上帝。"

利玛窦的脸上露出了惊讶的神色，他梦见自己跪倒在上帝的脚下，含着眼泪说：

"主啊，既然你知道我的想法，为什么不在这困难的事业中助我一臂之力？"说完，他趴在地上，泣不成声。

主回答他："我将要在两座皇城向你启祥。"

上帝的回答，与上帝曾在罗马答应帮助圣依纳爵的话，字数完全一样。利玛窦梦见自己进了皇城，自由而安全，被那座圣洁而荒淫的东方都城所接纳。他醒来的时候，眼泪早已在梦中就汇合成一脉细致的水流，决堤而出，正顺着他瘦削的面颊，蜿蜒而下。[14]

利玛窦在自己的书简里记录了这个梦。他把这个梦讲述给自己的同伴，使这个梦在暗夜的深黑里具有了某种光源的性质。他必须坚持自己的信仰，除了做到这一点，在这片繁忙的国土上，他无事可做。后来发生的事证明了梦的预言性质。此后几年，当他从北京无功而返时，他在大明王朝的另一都城南京获得了成功，他进入的南京，与他所梦见的一模一样。继而，他得以进入北京的宫殿，并在那里建立了自己的传教团。但那些都是后来的事了。此时，他必须想好怎样应付眼前的困局。

多少个世纪以来，上帝不止用一种方法把人们吸引到他身边，垂钓人类的渔人以自己特殊的方法吸引人们的灵魂上钩。任何可能认为伦理学、物理学和数学在教会工作中并不重要的人，都是不知道中国人的口味的，他们缓慢地服用有益的精神药物，除非它凭借知识的作料增添味道。

万历十二年（1584），就在肇庆的那次危机化解之后，知府王泮来拜访利玛窦，他被墙上一幅带有椭圆框的世界地图迷住了。这是这位知府第一次看见"世界"的形象。这个"世界"，自然与他心目中的"世界"大相径庭。在他的心目中，中国就是"天下"，其他国家只不过是几片不毛之地，或者几个无关紧要的小岛，眼下的"世界"，则要丰富和广阔得多，而中国，也并不碰巧处于世界的"中心"位置上。这表明他对于"世界"的认识必须重新开始。也许，把王泮当作中国"睁眼看世界第一人"更加妥当——他要求利玛窦再为他绘制一幅，加上中国注释。历史的惊人巧合出现了——就在这一年，葡萄牙人巴布达（Luis Jorg'E De Barbuda）为欧洲绘制了一幅中国地图，欧洲的第一幅中国地图正式出版。与中国地图在欧洲的声名显赫相比，世界地图在中国的履历则平凡得多，以至于鸦片战争爆发时，中国皇帝还搞不清楚，那个英吉利王国到底在什么地方。

利玛窦神父是以一种对中国人来说十分新奇的欧洲科学知识震惊了中国学术界的，以充分的和逻辑的推理，证明了它的新颖与条理性。在利玛窦看来，在经历了无数个世纪以后，中国人才从他那里第一次知道地球是圆的。从前，他们坚信一个古老的信条，即"天圆地方"。他们没有一个人知道地球吸引着有重量的物体，或引力把落体引向地球。他们不知道大地整个表面大都居住着人，而人们可以住在地球相反的两面却不会跌下去。有些事情他们可以相信，但有些事情他们却难以想象。一直到利玛窦那个时候，他们还不理解月食是由于月亮进入地球的本影而发生的。他们对月食的荒谬解释，对于他们的心灵，比对于月亮本身，更加黑暗。中国的一些哲人说，月亮同太阳面对面时，由于月亮极端恐惧而失去了它的光辉。还有人说太阳里面有一个空洞，月亮走到那个空洞前面就得不到光。当他们知道太阳比整个地球大时，感到无比惊奇；但有些人却倾向于相信，因为在他们古代的数学书籍中记述说，他们曾用某种仪器测量过太阳，发现太阳有一千多英里宽。他们听说有些星球，人眼看来是那么小，却比整个地球还要大，感到这是个悖论。他们从来不知道，事实上也从未听说过，天空是由坚固的实体构成的，星体是固定的，并不是无目的地游荡，有十层天轨，一层包着一层，由相反的力量推行运行。他们原始的天文科学一点也不知道椭圆轨道和周转圆。他们不知道相对于地平线，极地的高度随着地球上地带的不同而高低变化不同，而且除了赤道以外，昼夜长短也变化不同。

直到利玛窦神父来到中国之前，中国人从未见过有关地球整个表面的地理说明，不管是做成地球仪的形式，还是画在一张纸地图上；他们从未见过按子午线、纬度和经度来划分的地球表面，也一点都不知道赤道、热带、两极，或者说地球分为五个地带。利玛窦曾看见在中国人的天文仪器上标明了许多天体轨道，但他从未看到他们把这些转绘到地球表面上。他们一点都不知道一个星盘加上图版就能适用于各种不同的地区，他们也看不出地球是一个圆球，或者是一个悬在空中的球体。他们没有关于两极的知识，一个是固定的，一个是移动的，从这里面他们就可能知道许多有关行星运动的知识。他们不懂得在平面上或者固定在墙上怎样能使用日晷，他们也不肯相信这些和无数的其他事情都是可能的。

最使他们感到惊奇的莫过于看到利玛窦记为二十四度的黄道带合适地刻画在一个日晷上，以至表影与中国字说明的白昼指示线没有丝毫不合。他们感到惊奇的是，只用象限仪就能够测出一座塔的高度，一条沟或者一个山谷的深度，或者一条路的长度；算数能够采用笔算，而无须借助算盘，这对他们来说也是稀奇的。[15]

在利玛窦看来，所有这些似乎不可置信的事情都向他们当中最顽固的人作了试验和证明。当一种事实被清楚地证实之后,其余的也就容易为中国人所接受了——其中也包括上帝的存在。

以现在的眼光看,利玛窦如同一个矛盾的混合体,在执行着两种截然相反的使命——传布宗教和传播现代科学。16世纪以后来华的传教士,如毕方济、卜弥格、汤若望、南怀仁、戴进贤、刘松龄、徐日升、沙如玉、杨自新、郎世宁等,大都兼具科学家、机械师和设计师的身份。1685年初,法王路易十四甚至向中国任命了六名"国王数学家"派往中国,他们是:洪若翰、刘应、白晋、李明、张诚、夏塔尔,并亲自签准从国库中拨款九千二百镑给他们作为年俸。清代康雍乾三朝,中国政府的天文部门钦天监的领导岗位几乎全部被传教士垄断。对于这些耶稣会士而言,在中国似乎找不出比钦天监更适合他们的岗位了。这里有助于他们利用自身的天文学造诣对朝廷施加影响,又能接近皇帝,从而保证教务的顺利进行。一种有趣的历史现象于是应运而生——就在欧洲教会迫害伽利略的那些年代,伽利略的望远镜正在中国为汤若望——伽利略的罗马学院同学——赢得传教的机会。这使我们打量教会的目光变得更为复杂。在我们的印象里,科学与理性,是启蒙主义者的专利,是他们刺向蒙昧时代的利刃,而作为愚昧与迷信的化身,教会业已成为伤痕累累的标靶,已有的史书众口一词地证明了这一点。

而令我们意外的是，科学与理性，竟同时成为这群上帝信仰者的护身符。火刑柱已在不知不觉中销声匿迹，科学披上了僧袍，天文学的巨大发展也并没有驱逐他们心目中的上帝。即使今天，在航天飞机和宇宙飞船的进逼面前，上帝也丝毫没有退却之意，相反，它聚集了更加庞大的信徒群体——据统计，当今世界拥有数以十亿计的基督徒，无数人把《圣经》这部形成于两千年前的古老典籍当作自己现时的人生指南。从某种意义上，科技使人类过上了更好的生活，然而，如果我们把科学视为至高无上，必须依靠一个假设：人类以及人类生活仅仅是一个物质世界，而灵魂则是一件不存在的事物，倘非如此，上帝的教诲便不会过期作废。科学不能消灭宗教。它们本质上并非敌人，只是分工有异，各司其职而已。物质的欲望越是强悍，人们就越是期望获得一种超越这种欲望的力量，通过牺牲短暂的肉欲来追求灵的圣洁与永生。

为什么近代科学派生于信仰基督教的西方，而不是在怀疑上帝的中国？这表明，科学与宗教之间，存在着比我们的想象更加复杂、诡异的勾连。即使爱因斯坦，也毫不掩饰对上帝的敬意。这表明了西方文化通过异质文化验证和调适自己的卓越能力。这种能力不仅存在于东西方文化之间，也存在于基督教文明与科学文明之间。尽管人文主义者发现了上帝的限度，但他们并没有剥夺上帝生存的权利。西方文明与东方文明的区别之一，在于前者是一种能够从悲剧中获得滋养的文明。血腥虐杀既违背上帝的意志也有悖科学的精神。它们能够从血泊中得到警示，通过对方来对自身进行重新阐释和印证。非此即彼、非黑即白的二元论遭到拒绝，至少在这一点上，科学与宗教达成了一致。我们通常认为科学是客观的，而宗教是主观的，但美国著名宗教学家伊安·巴伯认为："科学既不像人们假想的那样客观，宗教也不像人们假想的那样主观。两个领域侧重点固然有不同，但这些区别不是绝对的。"[16] 耐人寻味的是，在最早的科学促进机构英国皇家学会（The Royal Society）中，有十分之七的人是清教徒，其中许多人是神职人员。二者之间，或许存在着某种建设性的关系，甚至，它们之间存在着互证的可能。如果我们想避免无穷追溯世界源头的话，就必须假定存在一个第一因。把天文学和高能物理学的证据汇集在一起，人们就能重构出一种可信的宇宙历史，来阐明从大爆炸之后三分钟时间开始的那些事件。[17] 同样，哥白尼应该为此感到安慰，即：他的天文学说在17世纪已被基督教普遍接受，对《圣经》中似乎和科学证据相冲突的章句作隐喻性的解释，在大多数天主教的教派里都得到认可。天体物理学家罗伯特·贾斯特罗（Robert Jastrow）提出："天文学的证明证明了《圣经》关于世界起源的观点。"他不无幽默地说:"迄今为止,科学似乎永远无法揭开蒙在创世奥秘上的帷幕。因为科学家以对理性力量的信仰为生,所以这个故事的终结就像一个噩梦。他翻过了重重无知的山峦,将要征服最高的顶峰。当他自己攀上最后一块岩石时,迎接他的却是一群神学家,他们在那里已经坐等了几个世纪。"[18]

中国的皇帝和官僚部分笑纳了利玛窦的好意,但在更多的时候,他们对此不屑一顾。尽管利玛窦带来的自鸣钟、地球仪令他们惊奇不已,但它们并没有从时间和空间两个维度上,把中国与世界连接起来。西方巨变的波幅,在漫长的传导中被削弱为零,中国人对此,既毫无反应也漠不关心——中国人的悲剧是残酷的。他们丝毫没有与世界核准时间的意图,也不准备根据经纬线调整自己的坐标。那些纵横交织的经纬线,并没有像利玛窦期望的那样,变成使不同的大陆肌体相连的血管神经。中国皇帝固然注重发挥人才优势,充分挖掘耶稣会士的科学潜能,但他的全部志向,仅仅是聘请他们组织和领导全国范围内的大地测绘,编制《大明混一图》或者《皇舆全览图》这样的国家地图,他的国土,是他视力所及的最大范围。对自身以外的世界漠不关心,这显然源于农耕文明培育出的狭隘意识。中国皇帝无论怎样高贵,某种程度上还是保有小农意识,欣赏自己的财产,被他看作人生的最大享受。康熙皇帝任命耶稣会士雷孝思、白晋、巴多明等测绘、编制《皇舆全览图》，缘于他统治版图的不断扩张，不仅超出了他目力所及，甚至超出了他的想象，而国家地图，刚好是对他势力范围的视觉化呈现。所谓"普天之下，莫非王土"，地图标明了皇帝对大好河山的全部所有权和使用权。它不仅满足了皇帝的虚荣心，同时，也是作为纪念碑存在的，在它的上面，书写着皇帝的宏大志向和丰功伟业。皇帝是最高级别的地主，他的全部焦虑和幸福，都来源于他的财产。康熙五十年，《皇舆全览图》大功告成，康熙说："《皇舆全览图》，朕费三十余年心力，始得告成。"大地以一幅气势恢宏的图画来回应皇帝的野心。这幅地图给皇帝带来的快感，也是这块国土所能提供的快感。

身兼技术知识分子的传教士们，只有在皇帝圈定的范围内，才能发挥他们的技术专长，此外，他们百无一用。西方科技仪器，在宫廷政治的庞大机器中担负着零部件的职责，沦为为皇权政治效力的"御用科学"，这无疑是科学史上奇特的一页。对此，本文将在第六部分"宫殿"中继续阐明。总之，无论中国的学术传统、思维方式、心理定式，还是现实政治，既不需要基督教，也对他们推荐而来的科学兴味索然。

大清官员杨光先曾经写过一篇《不得已》，对曾受顺治皇帝恩宠的耶稣会士汤若望发出如下质问：如果你说地球是圆的，那么地球上的人站立，侧面与下方的怎么办？难道像蝶虫爬在墙上那样横立壁行，或倒立悬挂在楼板之下？天下之水，高向低流，汤若望先生喜欢奇思怪想，你是否见过海水浮在壁上而不下淌？中国人都立在地球上，西洋在地球的下方，淹没在水中，果真如此，西洋只有鱼鳖，汤若望先生就不是人了。上帝创造世界等于说天外造天，那么，上帝又是谁造的呢？宇宙万物、虚空众生，无始无终。如果说耶稣是天主，那么汉哀帝以前的世界就是无天的世界，如果说亚当是人类的始祖，岂不把中国人都变成西洋人的子孙了？……[19]

这些可以被认为是一个十足的理性主义者提出的"十万个为什么"，因为他的所有质问都是具体和实在的，因而它们理直气壮，这篇文章无疑会好评如潮。如果这些质问发生在欧洲，那么，杨光先极有可能赢得与伏尔泰相同的名声，但它不幸发生在中国，它旗帜鲜明地表明了中国传统思想的防范意识，尽管中国的"国门"已经小心翼翼地向外国人敞开，但中国人心理上的"门"，仍然紧紧地封闭着，以一丝不苟的态度，维护着亚细亚思维方式的纯洁性，拒绝着任何来路不明的事物混迹其中。文明意味着限定性。文明的冲突实际上为不同的文明系统提供了新的检验尺度，使任何一种文化都有可能通过其他文化来检验自身。西方人对此心领神会，他们在中国历史的启迪之下创造自己的新历史，或者说，西方的新历史，是"借腹怀胎"的结果，它的成长，很大程度得益于中国文化的胎教；反过来，传统的强大却使中国人染上了文化自闭症，对体系之外的一切事物有着强烈的排异反应，而文化误读，当然是这种反应的直接症状。杨光先通过这篇《不得已》向西方传教士严肃地申明，中国人有自己的信仰。

但是，在这些顽固的中国官僚和知识分子中，有一个明显的例外，这个人，就是利玛窦的私人朋友——李贽。在成群结队的聋子中间，李贽是仅有的倾听者，他听懂了利玛窦述说的每一个字符。他早就对中国居"四海之内"世界中央的说法提出过质疑，所以，当他在万历二十七年（1599），从利玛窦口中第一次听说"天体若鸡子（即鸡蛋），天为青，地为黄，四方上下皆有世界"[20]时，大有找到了同道的感觉。三年后，这位中国第一思想犯，昏昏沉沉地躺在门板上，由御林军押解，悄无声息地返回京城。未久，他在狱中从侍卫手中夺过剃刀，一把插在自己的脖子上。

五、钟表

如果我们打量 16 世纪末，我们会发现，不可一世的大明王朝正处在它的拐点上，整部中国历史，也同样处在它的拐点上。

出现在这个拐点上的中国皇帝,是臭名昭著的万历皇帝。利玛窦在肇庆传教的1587年,刚巧是著名的万历十五年。

这个平常的年份,因历史学家黄仁宇先生的一本史学名著而广为人知。根据黄先生的叙述:"当日四海升平,全年并无大事可叙,纵是气候有点反常,夏季北京缺雨,五、六月间时疫流行,旱情延及山东,南直隶却又因降雨过多而患水,入秋之后山西又有地震,但这种小灾小患,以我国幅员之大,似乎年年在所难免。只要小事未曾酿成大灾,也就无关宏旨。总之,在历史上,万历十五年实为平平淡淡的一年。"[21]

令人难以置信,万历曾经是一位有理想有追求的皇帝,他十岁登基,在老臣张居正的辅佐下,政治经济双管齐下,一手整顿吏政,一手推行"一条鞭法",使大明王朝呈现出一派安定团结的大好局面。更重要的是,面对来自边疆的军事压力,这位少年天子果敢决策,一举平定了来自宁夏的蒙古鞑靼部和来自四川的土皇帝杨应龙的叛乱,力保西北和西南版图,并且,击溃了日本丰臣秀吉政府对朝鲜的入侵,取得了抗日援朝战争的胜利。内政外交、文治武功,万历未在任何一门功课上输给前任皇帝。似乎没有什么事物能够对他构成挑战了,从此,他躲进深宫,关闭了通往朝廷的大门,留下一个荒芜的政权,数十年无人打理。

鞠躬尽瘁的张居正，已于万历十年（1582），就是利玛窦第一次进入中国那一年，不幸逝世。两年后，万历帝命人抄没了张家。除了皇帝，没有人知道张居正犯了什么罪——他死那年，皇帝还赐他文忠公的谥号，赠上柱国衔。张居正堪称万历的恩师，皇帝是在张居正的护佑下成长起来的，只有推翻这个偶像，长大成人的皇帝才能建立自己的功业——这是皇帝内心深处的秘密。

张居正为官耿直，一生得罪官僚无数，其中有一位，叫丘橓。隆庆年间罢官赋闲，万历年间，因张居正压制，而始终不得复出。这一次，万历任人唯贤，以伯乐的身份，将抄没张家的历史重任托付给他，丘橓果然不辱使命，以血腥手段对张居正家族进行残酷镇压，张居正的长子张敬修，因交不出丘橓收缴的所谓"赃款"，又抵不过丘橓的酷刑，自缢而死。死前留下一份遗书曰："丘侍郎、任巡按，活阎王！你们也有父母妻子之念……何忍陷入如此酷烈……"

没有人同情张居正，相反，张居正家族在血泊中陈列的尸体，为冷寂已久的朝廷增添了一道好景致。张居正死有余辜，他曾经获得的胜利是渺小的，经不起流言蜚语和秋后算账，因为他不是与某一个官员作对，因为每一个官员都与更多的官员相勾连，牵一发而动全身，没有一个人是孤立的，一个孤立的官员在王朝的生态系统中不可能生存下去。张居正忽略了这一点，他高估了自己的能力，与庞大的文官体系、与整个朝廷作对，这决定了他必然失败的命运。面对朝廷上令人眼花缭乱的"潜规则"，他发动了重振道德的运动，如黄仁宇所说，"其标榜的宗旨固然极为堂皇，但是缺少了皇帝的主持，其不能成功已在预料之内。"[22]何况，皇帝自己也绝不是什么完人，相反，他数十年如一日地为朝廷提供的绝对腐败的升级版——一种无可救药的体制性腐败。他敛财、好色，万历十年三月，曾经一天娶了"九嫔"，同时他还是一位同性恋者，在宫中养了许多男宠。皇帝以实际行动瓦解了张居正的所有努力，使朝廷窝藏的所有丑行获得了来自最高领袖的精神支持。通过自我牺牲的方式效忠那个被龙袍包裹着的行尸走肉，那无疑是愚蠢的，所有的牺牲都毫无价值，不仅会断送前程乃至性命，而且，他们也得不到他们期望中的英名，因为历史是由胜利者书写的，牺牲的人，则不可能再具有书写历史的权力。他们生前所唾弃的所有恶名，待他们死后都将无一浪费地安在他们身上。

对张家的抄没大快人心。显然，没有比这更令人欣慰的事了。在扫除张居正的影响方面，以贪腐为己任的朝廷百官表现出空前的团结。在他们的共同努力下，因张居正的雷厉风行而丧失已久的安全感已悄然回归，被撕破的关系网在顽强地修补，行贿者与受贿者、后台老板与前台走卒、利用者与被利用者之间的生态平衡又得以恢复,贪污腐败复活。对此,张居正再也无能为力。

大明王朝再也不可能找出一个像张居正那样敬业的内阁首辅了。

此时的大明王朝如同任何一个所谓的"盛世"一样,呈现出浪漫主义的亮丽造型和现实主义的一地鸡毛。黄仁宇在书中以"世间已无张居正"这个标题来形容他的伤感。他说:"张居正的不在人间,使我们这个庞大的帝国失去重心,步伐不稳,最终失足而坠入深渊。它正在慢慢地陷于一个'宪法危机'之中。在开始的时候这种危机还令人难以理解,随着岁月的流逝,政事的每况愈下,才真相大白,但是恢复正常步伐的机会却已经一去而不复返了。"[23]

即使今天,我们仍然可以看见万历帝的面庞。他的面庞被画在绣像上,四百年没有变化。1958年,在考古学大师夏鼐的主持下,定陵内万历的棺椁被打开,尸骨复原后得出的结论是:万历帝生前体形上部为驼背;从骨骼测量,头顶至左脚长一米六四。显然,明神宗朱翊钧并不具有与他的地位相称的身躯。而且,来路不同的历史资料也一再向我们透露了他身体的秘密:他体弱而多病。1586年,即万历十四年,万历帝传谕内阁,说

第二章　利玛窦：历史中的牺牲者

MATTHEVS RICCIVS MACERATENSIS QVI PRIMVS E SOCIETA[
ESV EVANGELIVM IN SINAS INVEXIT OBIIT ANNO SALVTIS
1610 ÆTATIS 60.

　　《利玛窦像》被认为是中国人绘制的最早的传世油画作品之一，也是现存最早有中国人明确署款的油画作品。《利玛窦像》由中国画家游文辉于 1610 年绘制，当时，利玛窦已生命垂危。游文辉生于澳门，原名 Emmanuele Pereira，曾赴日本学画。1598 年以前回到中国，并协助利玛窦传教及担任教区画师。《利玛窦像》画面为利玛窦上半身，他的双手拱放在衣袖内，身子朝正面，脸部略向左侧，双眼凝视远方天际，其身后为一片青灰色天空，天空中，利玛窦像头部后方，有一枚放光的耶稣会会徽像章，像章四周有一圈金色光芒。

身穿中式长袍的利玛窦。西方人的面孔在中国传统的服饰与家具的环绕下，显得更为诡异。创作于十七世纪初

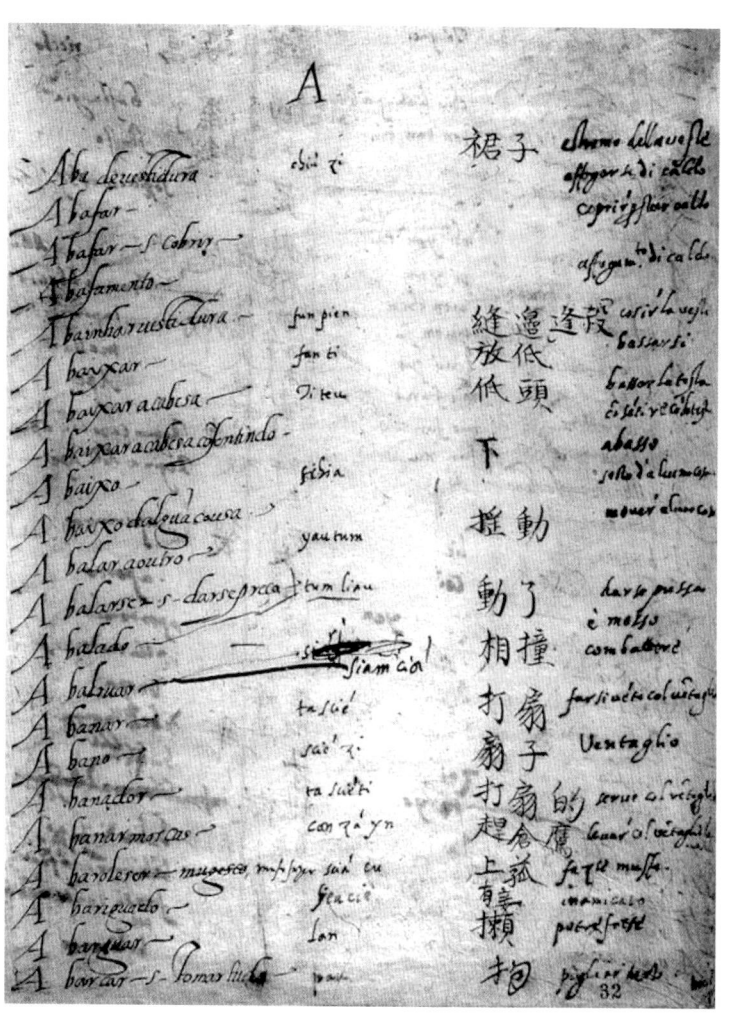

罗明坚、利玛窦所编的《葡汉辞典》手稿,1583—1588年作于广东肇庆。资料来源:谷歌图书

位于该图上部的两人为耶稣会创始人,下部的两人即汤若望(左)与利玛窦,上部中央的"IHS"是耶稣会的标志。值得注意的是,汤若望与利玛窦都身着中式服装。此图来自 1667 年出版于阿姆斯特丹的《中国图说》(*China Illustrata*)一书,作者是德国传教士基歇尔(Athanasius Kircher)。资料来源:美国斯坦福大学图书馆

利玛窦与徐光启于 1607 年合作翻译出版了欧几里得的《几何原本》。此为西方人绘制的利玛窦与徐光启像，二人头上是用汉字写下的二人的名字，中间竟是模仿篆字书写的"耶稣"。该图下部中央亦可见到上图出现过的耶稣会标志。此图来自德国传教士基歇尔《中国图说》。资料来源：美国斯坦福大学图书馆

1602年，利玛窦绘制的《坤舆万国全图》中的远东部分

第二章　利玛窦：历史中的牺牲者

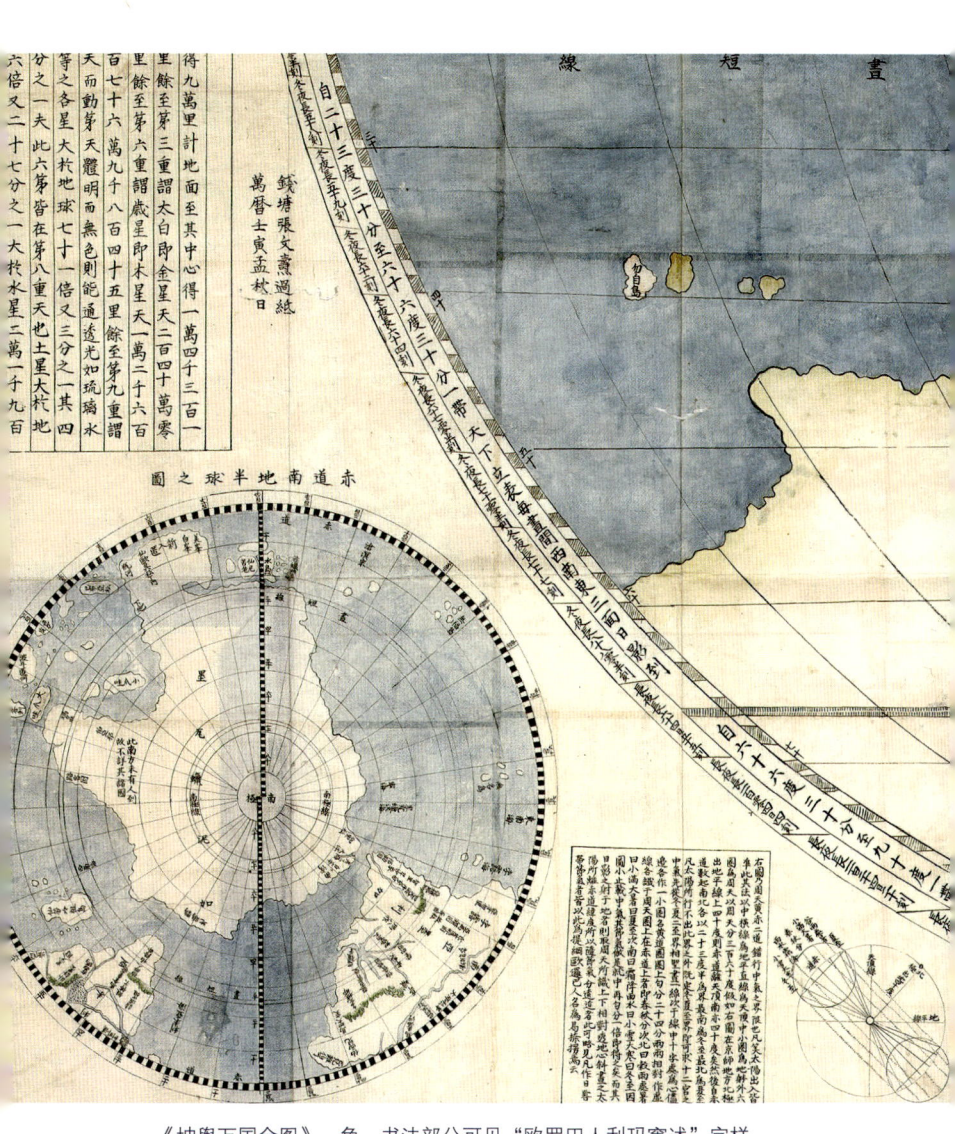

《坤舆万国全图》一角，书法部分可见"欧罗巴人利玛窦述"字样。

远路去中国

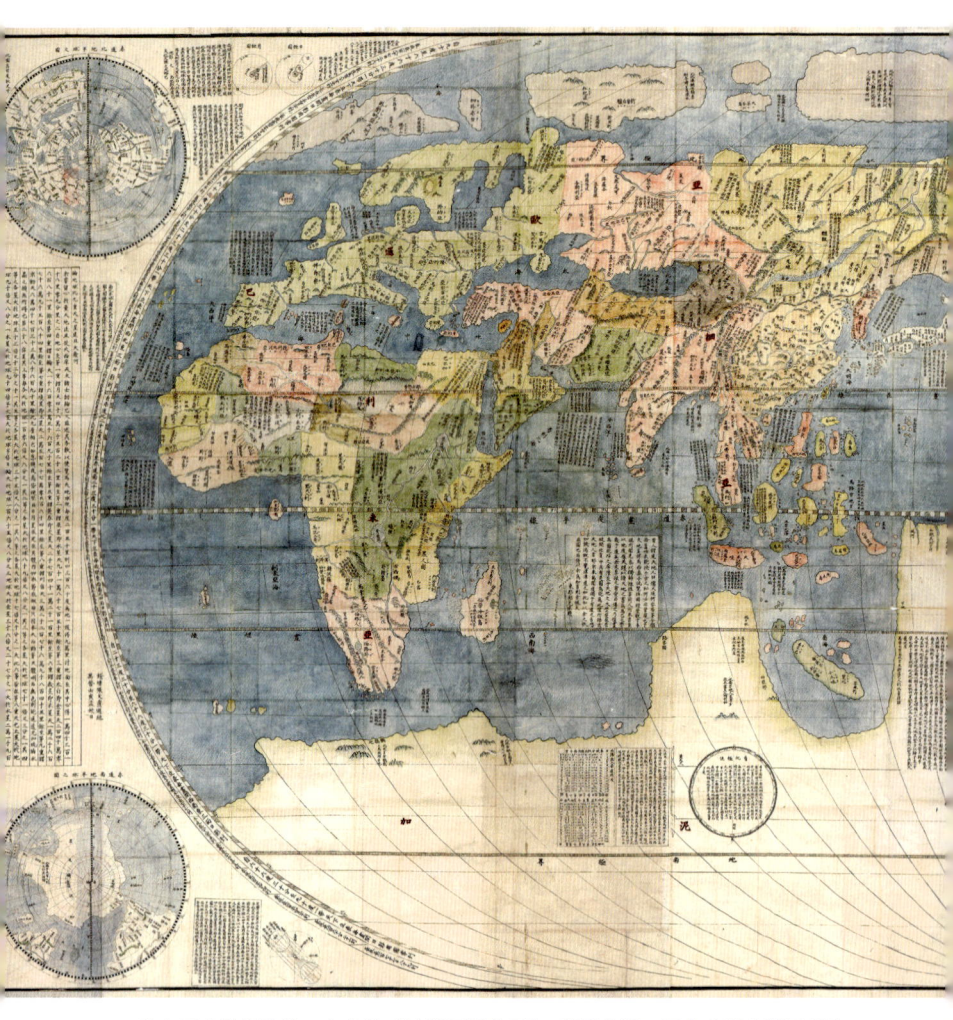

传入日本并经抄绘、上色的《坤舆万国全图》。资料来源：日本京都大学图书馆

第二章　利玛窦：历史中的牺牲者

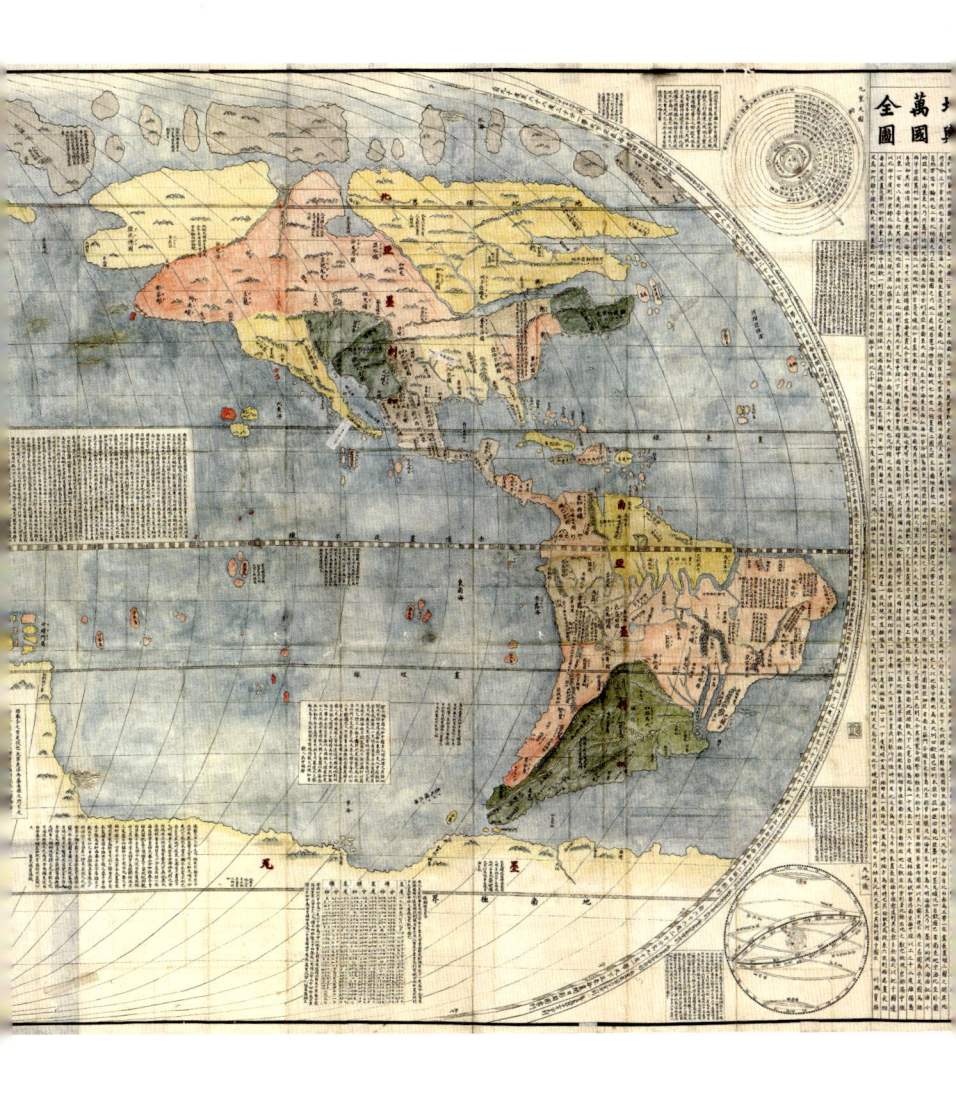

Gymnasium Imperij

學 què hiò 國

孔夫子 CVM FV CU siue CONFVCIVS, qui et honoris gratiâ 仲尼 CHVM NHIJ dicitur, Philosophorum Sinensium Princeps; Oriundus fuit ex oppido KIO FV Prouinciæ XAN TVM, Parentem habuit XO LEAM HE Præfectum ÇEV dinoris, Matrem CHIM dictam e prosapiâ profundissi- natus est autem Imperantis LIM VAM (qui fuit e tertiâ CHEV domo Imperiali Princeps 25) anno primo et vigesimo, et ante Christum 551. dicipu- los numerauit ter mille, quos inter eminebant duo et 70, et hos inter rurcus decem selectissimi, quorum nomina cui tabellis inscripta. Vicuntur in Imperij gymnasijs. post irrios conatus et labores desperata temporum duarum et principum reformatione, migrauit è vita anno æt. 73 et KIM VAM Imperatoris 25° anno 49°. huius prosapia non interrupta serie propagata, hoc anno 1687. quò Nepos ordine 68 in natali Confucij Solo cum Ducis titulo residet. Computat Annos 2238.

A Paris Chez Nolin Rue S. Jacques A L'Enseigne de la Place des Victoires. Auec Priuilege du Roy.

PHILOSOPHORUM SINENSIUM
PRINCIPIS
CONFUCII
VITA

CUM FU CU, *sive* Confucius *quem Sinenses uti Principem Philosophiæ suæ sequuntur, & colunt, vulgari vel domestico potius nomine* Kieu *dicto; cognomento* Chum nhi *, natalem habuit sedem in Regno* Lu, (*quod Regnum hodie* Xantum *dicitur*) *in pago* çeu ye *territorij* Cham pim *, quod ad civitatem* Kio *seu pertinet; hæc autem civitas paret urbi* Yen cheu *dictæ. Natus est anno* 21. *Imperatoris* Lim vam. *Fuit hic tertius & vigesimus è tertia Familiâ, seu domo Imperatoriâ,* Cheu *dicta, cycli* 36. *anno* 47. Kem sio *dicto; secundo item & vigesimo anno* Siam *cum Regis, qui ea tempestate Regnum* Lu *obtinebat : die* 13. *undecimæ lunæ* Kem çu *dictæ, sub horam noctis secundam, anno ante Christi ortum* 551. *Mater ei fuit* Chim, *è Familia prænobili* Yen *oriunda;* Pater Xo leam he, *qui non solum primi ordinis Magistratu, quem gessit in Regno* Sum, *sed generis quoque nobilitate fuit illustris; stirpem quippe duxit (uti Chronica Sinensium testantur, & tabula genealogica, quæ annalibus inseritur, perspicuè docet) ex* 27. *sive penultimo Imperatore* Ti ye *è* 2. *familiâ* Xam. *Porro natus est* Confucius *Patre jam septuagenario, quem adeo triennis infans mox amisit; sed Mater pupillo deinde superstes fuit per annos unum & viginti, conjuge in monte* Tum fam *Regni* Lu *sepulto. Puer jam sexennis præmatura quadam maturitate, viro, quam puero similior, cum æqualibus nunquam visus est lusitare. Oblata edulia non ante delibabat, quam prisco ritu, qui* çu teu *nuncupatur, cælo venerabundus obtulisset. Annorum quindecim adolescens totum se dedere cæpit priscorum libris evolvendis, & rejectis iis, quæ minus utilia videbantur, optima quæque*

G g

1570年，佛兰芒地图学家和地理学家亚伯拉罕·奥特柳斯（Abraham Ortelius）制作了第一本世界地图册，这是其中的世界地图。资料来源：美国国会图书馆

TERRARVM.

NONDVM COGNITA.

S HVMANIS, CVI AETERNITAS
SIT MAGNITVDO. CICERO:

远路去中国

1584年，葡萄牙人巴布达（Luiz Jorge de Barbuda）绘制了第一幅中国地图。资料来源：香港科技大学图书馆

第二章　利玛窦：历史中的牺牲者

1734年，法国制图师和地理学家让－巴蒂斯特·昂维尔（Jean Baptiste Bourguignon d'Anville）基于耶稣会士的地理研究成果上绘制的中国地图。资料来源：香港科技大学图书馆

远路去中国

1930 年的杨家坪修道院

自己"一时头昏眼黑,力乏不兴"。[24]礼部主事卢洪春为此特地上疏,对皇帝的身体做出如下诊断:"肝虚则头晕目眩,肾虚则腰痛精泄。"这一诊断已经露骨地挑明了皇帝的身体与床笫之欢的直接联系。那一年,万历帝只有二十四岁。四年后,万历在评价自己的身体时承认:"腰痛脚软,行立不便。"[25]皇帝的病症与国家的实际状况呼应得那么严丝合缝。

成吉思汗的东征,打通了欧亚大陆桥;明成祖朱棣派遣的郑和船队,又从海上沟通了东西方交通。元明两季,分别以战争与和平的方式,拉开了全球化的序幕,书写了各自朝代的不朽神话。把中国人视为全球化的先导者,应当不算自夸。战马和海船,都是宫殿的延伸,它们包含着皇帝对于空间的蔑视。但是,刚刚向世界打开的宫门,又被万历帝武断地关上。他的内心版图,一天天变小——由天下、朝廷、后宫,最终萎缩成一具躲在帏幄中的瘦小身体。除了被窝里的快乐,只有炼丹能令他振作起精神。他欣赏着自己的微缩景观,国际形势的瞬息万变已与他无关。他已经放弃了对于空间的所有兴趣,而专注于对时间的控制中。或许,在他看来,成为空间的主宰者,对于帝王来说易如反掌,这是已经被他的祖先们一再证明的事实,但无论多么伟大的君王都要接受时间的裁决。对此,他心有不甘。拼命地炼丹,企图延长自己的生命。那是一股黑色的隐秘激情，调动了他身体中所有可能和不可能的能量，青红的炉火映照出皇帝焦虑的面孔。如同对春药的热衷，他无可挽回地陷入悖论——闪烁的金丹，包含着对延时的许诺，但它是建立在预支时间的基础上，它通过对时间的预支来满足人们对时间的期待，而透支者，不仅要偿还他们的本金，还要付出利息，使时间的存款日益减少。可以说，金丹的事业是一场骗局，对时间的贪婪使这位皇帝输掉了自己半生的时间。

混世魔王万历，有一天突然想起很久以前的一份奏疏，问："那座钟在哪里？"当值太监不明就里，不知怎样回答。万历又说："我说，那座自鸣钟在哪里？就是他们在上疏里所说的外国人带给我的那座钟！"

那应该是一座无比精致的自鸣钟。利玛窦曾经费尽心机地想把它进献到皇帝的手中，但在当时，这确实是一件难以完成的使命。他的礼品，一旦进入中国的官场程序，就会去向不明。它们会完全脱离利玛窦预想的线路，去投奔新的主人。那些人对于利玛窦来说可能闻所未闻，但他们不仅存在，而且把守着利玛窦前往皇宫的道路上的各个重要据点，是利玛窦前往北京的道路上必经的关卡。他们在暗处，不动声色，却随时可以腰斩利玛窦的事业。甚至那些宫廷太监，都可以无所顾忌地向这位洋人展示他们欲望的深度。利玛窦必须随时用那些精湛的西洋礼品喂饱他们的占有欲，稍有不慎，就会招致无妄之灾。

这是一次充满阻力的奔跑，尽管他使出了浑身力气，但他已觉得筋疲力尽，可能永远无法接近他的目标。而且，离目标越近，他的危险可能越大——在官僚聚集的京城，他遭遇各种不测的概率也大大增加。

无论从正面还是从反面评价，太监马堂注定在利玛窦的事业中起到举足轻重的作用。马堂，这个张居正时代的漏网之鱼，如今在皇帝身边已经格外活跃。利玛窦一行乘船抵达临清港的时候，船上有人向马堂出卖情报，说船上有外国人要向皇帝进献礼物。这一情报引起马堂的极大兴趣，因为他此次出京，名义上是收税，实际上就是搜刮民财，而利玛窦的到来，可谓送货上门。对于帝国里的大臣和太监，贪污不仅是他们主要的日常工作，而且已经成为他们的生理需求。在大批珍贵西洋礼物的吸引下，马堂很快来到利玛窦乘坐的船上，亲自查验这批礼物。那些来自遥远欧洲的礼物没有让马堂失望，他说，这批贡物与中国皇帝的威严十分相配，他要求把所有礼物搬到他的船上去，他会向皇帝禀奏此事，但利玛窦蓦然感到自己置身于一个极为可疑的环境中，他预感到它们危在旦夕，因而迅速思考着对策。

马堂想尽了各种办法，但是除了一份礼品清单，马堂没有从洋教士身上得到任何东西。日子就这样在彬彬有礼的僵持中消耗着。终于有一天，马堂失去了耐心。在天津，利玛窦和他的全部货物突然被当地官员扣押。他们强迫教士们把全部辎重搬进一座庙里，然后派士兵把人和物全部看管起来。利玛窦问这是怎么回事，得到的回答是，他们是按马堂的指令行事。此时，马堂的奏折可能已经递到万历手中，但万历的炼丹事业正如日中天，没有一件事能比这件事更加重要。这份奏折就这样悄无声息地消隐于那堆积如山的奏折中。这无疑将西洋人的礼物置于空前危险的境地。它们可能全部沦为官场运作的润滑剂，而皇帝将对此一无所知。那时已经临近冬天，河水快结冰了。马堂在一个西北风呼啸的黄昏出现在利玛窦面前，脸上带着阴鸷的笑容。他指责利玛窦的清单有所隐瞒，没有如实透露他的礼物，要求当场查验。士卒们就在利玛窦无效的阻拦中，把所有辎重搬到院子里，翻箱倒柜的声音在冬日干燥的空气中显得焦灼和杂乱。那些精致的礼品在士卒们粗暴的动作中被撞得叮当作响，有的还被士卒们不耐烦地掼在地上。于是，耶稣会为中国皇帝精心准备的礼物，就在皇帝仆人的手中，在刺耳的尖叫中，纷纷化为碎片。

马堂没有找到被利玛窦"隐瞒"的东西，他很愤怒——我们可以猜测他愤怒的原因：可能是一种表演，也可能因为利玛窦把所有的礼物都如实写在清单上，没有预留"手续费"。他恼怒的目光最终停留在那尊钉在十字架上的耶稣像上。耶稣血肉模糊的形象令他一惊。这尊耶稣像最终给了他发火的借口。

"谁都看得出来，"他说，"制造这东西就是专门要用害人的巫术使人中邪，你们带着这个魔物，就是要用妖术谋害皇帝。"

利玛窦说："依照基督教的信仰，十字架上的形象是最神圣的人的肖像。基督为了拯救人们的灵魂，选择了那种可怕的死法。为了纪念他，基督徒们用油画和雕塑把他死去时的样子表现出来。"

与马堂同来的兵部官员说："用这么悲惨的死法来纪念一个人，这成何体统？"

马堂决定抄走部分物品。其中包括两个乌木匣子，一个是十字架形状，另一个的样子像一本书。他还抄走一只教士们用来做弥撒的银质圣餐杯。马堂粗短的手指紧紧抓住圣餐杯，这令利玛窦十分气愤，右手在胸前画了一个十字，说：

"那是用来祭祀上帝的，在基督徒的心里，那是最神圣的器物，除了经过特别的仪式就任圣职、可以献祭的人之外，没有任何人可以摸它。"

太监听了这句话，把圣杯举起来，在手里转了转，说："没有人可以摸它？我现在不是在摸吗？你能怎么样？"

利玛窦感到自己受到了莫大的污辱，他的眼泪即将流下。

他从怀里抓出一个钱袋，向马堂扔去，钱袋划出一个短暂的弧线后，在马堂脚边安然降落。利玛窦说：

"请吧，杯子有多重，你就拿多少金子，或者，你愿意拿多少就拿多少吧，可是得把圣杯还给我。"

利玛窦和马堂相互逼视着，空气立刻凝固了。

一只苍蝇飞到他们视线的中间，像被什么击中，猝然坠地。

没有人知道将会发生什么。

最先动摇的，是那个没有在史书中留下姓名的兵部官员。他看了看马堂，说："你看，他看重那只杯子，不是因为它的价值，而是因为他把它看成圣物。他向你出双倍的价钱索回它，我劝你还是还给他吧。"

太监想了想，就把圣杯还给了利玛窦，事实证明这并非一件难事。仿佛为了补偿自己，他命人把较大件的礼品和他拣选出的物品集中起来，共约四十件，包括一件飘垂的长袍、一些印度棉布、几只玻璃瓶、日晷、沙漏等等，吩咐士卒们运到他家里。他格外慷慨，把那座较大的钟，以及圣母雕像都留给了教士们。那座钟，才可能最终到达皇帝的手里。

皇帝竟然在某一天突然想起那份奏折，并且对利玛窦的钟发生了浓厚的兴趣。前往皇宫的大门突然敞开了。当值太监回禀：

"万岁爷若不赐下马堂的奏折，夷人怎敢擅自进京？"

这件事，在今天看起来颇为神秘。但无论如何，它给利玛窦带来了一个历史性的转机。万历皇帝终于从那摞闲置已久的奏折中找到那个留中未发的奏折，批道：

> 天津税监马堂奏远夷利玛窦所贡方物暨随身行李，译审已明，封记题知，上令方物解进，利玛窦伴送入京，仍下部译审。[26]

此时的帝国已经成为一个藏污纳垢的巨大身体，它看上去像个强人，但时间正一点点将它摧垮，它的所有皱褶，正日益成为各种细菌的寄生之所，各种病灶，在不被察觉中潜滋暗长。对于官吏太监们的贪婪，皇帝心照不宣，却从来不加约束，因为他首先无法给自己的贪婪提供合理的解释。在一个放浪形骸的皇帝手中建造一个道德王国，那绝对是痴人说梦。在他看来，即使依靠本能，帝国依然能够正常运转，即使它在更多时候都在无效地空转。但此刻，被官吏太监折磨得死去活来的教士们，突然峰回路转，柳暗花明。来自帝国内部的所有障碍，都在一瞬间消失了，埋伏在暗处的重重机关，此时都已失效。马堂似乎更希望他的奏折被皇帝所忽视，这样，他不仅可以从利玛窦身上捞取更多的好处，直至全部贪污他的贡品，而且可以不承担任何责任，但那份奏折还是突出重围，向皇帝表明了自己的与众不同。除了渔色和炼丹，万历实在找不出其他的事可干了。现在，他想看看西洋钟到底是什么模样。

或许，皇帝对待那份奏折的态度，取决于他对时间的态度。是西洋钟，唤起了他对时间的敏感。时间总是悄无声息地流逝，不疼不痒地征服着我们的身体，控制着每个人的来龙去脉，没有一个人能够逃出它的手心。这是一种如影随形的专制，比大明帝国的锦衣卫制度更加深入骨髓。但它却从不给我们任何提示，不仅让我们忽略它的存在，甚至产生时间无穷无尽的错觉——春去冬来，月落日升，那些消失的时间，似乎都会重新出现。时间以这种方式麻痹我们，使我们在昏蒙之中一败涂地。

钟表的意义在于为无形的时间提供了有形的刻度，使时间变得可以计量——如同那些有重量的事物一样。中国人当然早已开始以自己的方式计量时间，如更鼓、铜壶滴漏、日晷，但它们都有各自的限度，比如日晷，在夜晚就无法报告时间。钟表就不同了，它不仅方便，而且准确——它已经把时间划分到分秒这样细小的单位，使每一个瞬间，都能找到它对应的数值。它把无形的时间视觉化、数字化，更何况，钟表自身就是艺术与技术的完美结合。

对于像万历这样一位对时间高度敏感的人而言，一台好的时间测量器是重要的。时间对于以下几种人至关重要：一、运动员，二、战场上的士兵，三、怕死的人。万历无疑属于最后一种。他拥有无尽的财富，像他自己宣称的："朕为天子，富有四海之内，普天之下，莫非王土，天下之财皆朕之财。"但他的时间存货实在有限，自从他登基那天起，就进入了死亡倒计时——只有当一个人获得了无限的权力，才会意识到死亡的力量是如此强大，它将成为他最大的敌人，它将剥夺他的所有荣耀，将他的所有财富化为乌有。

据此，万历对先帝们的事业不屑一顾，也无意于向洋教士打探地球另一端的消息。只有一个奇迹等待着他——超越死亡和时间。火炉里闪烁的金丹是他最后的武器，他要用钟表——这时间的载体，见证自己的奇迹。

六、宫殿

宫殿以昏沉的金黄色迎接来自远方的客人。那座眩晕的宫殿是他们全部里程的真正终点，所有颠簸的道路都指向这座宫殿，他们的全部远大理想，都维系在这座宫殿上。如同先前的梦中所预示的，他们如愿以偿。他们对于宫殿的权威毫不怀疑。这座宫殿所发出的强大声音，他们远在万里之遥就可以听见。所以，他们以无比卑微的姿态，小心翼翼地走进这座灿烂之城。这一天是 1601 年 1 月 25 日，明神宗万历二十九年十二月二十二日，新世纪的光芒没能稀释大陆上的梦魇。这一年，苏州发生民变，杀织造太监六人；吏部尚书李戴以京畿、山东、河南、山西大旱，民不聊生，亟言矿税之害。此前一年，在伊丽莎白女王的倡导下，吸取东方财富的榨汁机——东印度公司刚刚成立，源源不断的东方财富使日不落帝国的欲望与体重同步增长，三百年后，即 1900 年，脑满肠肥的西方人以另外一种方式重新进入这座宫殿——粗鲁、无理、傲慢，他们对从前的苦行僧角色充满不屑，他们像所有的强盗一样，把罪恶当作资本加以炫耀。耐人寻味的是，利玛窦进京的 1601 年，与中国签订最大一单卖国合同的 1901 年，有着相同的年号——辛丑。

在这两次进入之间，存在一种多么奇妙的因果转换。但在当时，无论是西洋人，还是中国皇帝，对此都不可能有先知先觉。他们对这次朝见给予了符合他们各自身份的诠释。利玛窦希望他的传教事业得到中国皇帝的帮助，而作为时间爱好者的中国皇帝则对他带来的钟表器械情有独钟。

万历把他对于时间的占有欲转嫁到钟表上。如果没有那些西洋钟表，万历似乎永远不会有召见耶稣会士的热情。所以，在万历眼里，那些传教士的作用，与钟表搬运工异曲同工——他们把巨大的自鸣钟，从遥远的欧洲故乡带到中国。此外，万历对这些西洋人毫无兴趣。他宁肯让宫廷画师为神父们画等身像，再通过画像打量他们，也懒得接见他们一次。所以，那些画像，不止一次地作为传教士们的替身，受到皇帝的接见；而神父们自己，却不可能拥有超越朝廷百官的特权——朝臣们已经忘记了多久没有见过皇帝的面了，皇帝的面容，对于他们将日益陌生。

但是，那些巨型钟表在经历了长途劳顿之后，已经疲惫不堪，不再胜任准确报时的使命——它们既不守时，又不报点。再也没有什么事比这件事更令皇帝寝食难安的了，在耶稣会士的指导下维修这些钟表，成为当时皇宫一切工作的重中之重。

太监们把一个小钟摆在万历的案头，他们为小钟上了发条，小钟就开始像一个忠实的奴仆一样为皇帝效劳了。这大大缓解了皇帝的焦虑。万历对太监们进行了犒赏，那几名摆弄钟表的太监，在宫廷中的地位也日益显赫。

时常罢工的钟表，凸显了神父们的价值。否则，他们将不被准许留在京城。钟表挽留了他们的脚步。出于维修钟表的需要，皇上钦准神父们可以一年进宫四次而无须要求批准，"从那时起，他们就可以进入皇宫，不是一年四次，而是可以经常随意进出了，还可以自由地带领此后来京的教友同去参观"[27]。

探险者的价值，需要终点来认证。有了终点的认可，他们所有的艰辛都不值一提。历史从来不对半途而废者报以同情的态度。然而，对于利玛窦而言，作为终点的宫殿是那么的神秘莫测，制造着强烈的迷宫效应——在对他的不屈不挠进行嘉奖的同时，也对他的事业进行着彻底的瓦解。不知传教士们是否意识到，他们的胜利同时也是他们的失败，就像雨水降落在沙漠，他们建起了规格不等的教堂，但与佛教的传播相比，基督教在中国的"胜利"是值得嘲笑的。相反，倒是一批批的西洋传教士，前赴后继地被中国的宫殿所吸纳和改造，他们来自欧洲各地，以飞蛾扑火的热情投入宫殿，旋即变成宫殿的一部分，成为宫殿中各种名目的工作人员，成为技术官僚，成为庞大的官僚体系中不可替代、又无足轻重的一分子，他们离上帝的事业不是更近，而是更远了。

中国宫殿具有一种超强的叙事功能，它以斩钉截铁的叙述手段，表达了亚细亚政治关于尊卑的主题，通过建筑本身的层次错落，完成了对等级秩序的设定，它巧妙地利用了人性的弱点，实现了对皇帝的圣化和对民众的矮化过程，即使像利玛窦这样的局外人，一旦进入宫殿，就会被吸纳到它的话语体制中，不知不觉中摆出一副顺从的姿态，遵从它的语法、节奏与发音。如果不考虑他的长相，他已如他给富利加蒂的信中所说的，变成了一个地地道道的中国人。这是中国式空间政治的重大胜利。

它进一步加强了中国皇帝对自身的幻觉，为一百九十二年后的"中英礼仪之争"埋下了伏笔。

宫殿如同一个巨大的自鸣钟，只要给它上足了发条，它就会自行运转起来。它的每一个部分，都没有独立存在的价值，只有在这一固定的体系内，才能相互找到生存的理由。或者说，每一个独立的存在，只有依附于宫殿，才有价值，它们的价值是从宫殿获得的。为此，它们必须对宫殿的存在心存感激，尽管宫殿无情地剥夺了它们的个体独立性。或许，这就是万历痴迷于自鸣钟的原因之一。在他眼里，自鸣钟与他的宫殿具有相同的属性，摆弄钟表，与驾驭宫殿没有太大的区别。精巧无比的自鸣钟，就是一座微缩的宫殿，置放在他的掌中，被他操纵和玩弄。出于"曲线救国"的考虑，这些传教士全盘接受了宫殿的规则，他们对于这个陈腐王朝来说堪称全新的知识体系，并没有震慑这个朝廷，宫殿如同一个巨大的黑洞，把所有的异见都吞噬掉了，进而，他们所有的科学知识，都成为帝国政治的镶嵌，他们紧密地团结在皇帝周围，为皇帝的秩序保驾护航。

尽管利玛窦一生未与中国皇帝谋面，但是，在利玛窦之后，龙华民、邓玉函、汤若望、罗雅谷等传教士，曾先后进入历局，参与历书的编订。其中，德国人汤若望在清顺治元年十一月正式被任命为钦天监监正，此后，比利时人南怀仁也出任钦天监监副。除编订天文历法外，传教士还参与了大地测绘、地图编修、建筑设计、武器制造，乃至外交谈判，有人甚至成为皇帝的左膀右臂。越来越多的西方人开始在中国的宫殿里出没，他们身穿中国的朝服，使用中国的公文，对中国政治驾轻就熟，他们的身体消隐于山呼万岁的百官中，用宫殿的语法，表达对中国皇帝的效忠。

没有迹象表明，利玛窦曾经在北京兴建过教堂。向高度挑战的教堂，在平面铺展的东方空间政治面前暂时失语。但是，利玛窦终于还是在北京建立了教区——万历三十七年（1609），他在北京建立了第一所圣母马利亚兄弟会，他们或许希望，这种平面铺展的空间政治，比上帝来自天空的垂直牵引更有效力。从进入中国那一天开始，他就把对权力的借用，当作完成上帝使命的最重要手段。为此，他不得不采取行贿这类官场小伎俩来推进他的事业。他以丧失纯洁性来推进上帝的事业，这使他的工作陷入不可救药的悖论中。当他的事业蒸蒸日上的时候，他所迷恋的基督教，也离正宗越来越远，逐步演变成为另一种宗教。

为了更好地与宫殿的语法吻合，1662年，汤若望在天文观测报告中加入迷信内容，以增加"可信度"。他在报告中写道："……（四月）初十壬戌，巳时至午时，观见日生晕，围图赤黄色鲜明，良久渐散……谨按观象玩占，占曰：……五谷不成，人饥，天下有兵色。"[28]

汤若望没有想到，这一次弄巧成拙，大祸即将临头。不久，荣亲王的生母董鄂妃和顺治皇帝相继归天，全部责任，都要由这位外国预言家来承担。杨光先上《请诛邪教疏》，参劾汤若望"内勾外连，谋为不轨""传妖书以惑天下之人""于时宪历敢书'依西洋新法'五字，暗窃正朔之权"三大罪状。终于，一纸判书飘然而至，血一样黏滞的字迹令汤若望大惊失色，他被处以这个国家最残酷的刑罚——凌迟。

七、墓地

几乎所有的耶稣会士都忽略了一个简单然而无比重要的事实：天主的权威，与中国的皇权，是不兼容的。在中国的政治结构中，皇权不可置疑地居于至高无上的地位，中国人的一切信仰，都可以归结为对于皇帝的信仰。在宫殿、龙袍、礼仪、文牍的包装下，皇帝被视为"圣人"，他的言论命令，皆被称为"圣旨"，理解的要执行，不理解也要执行。皇帝的一切意志，都必将成为全民的意志，成为他们生存或者赴死的理由。皇帝不仅以"天子"的身份替天行道，所谓"奉天承运"，即代替上天行使人间的权力，甚至皇帝自己，也被视为神的化身，接受全体人民的顶礼膜拜。准确地说，皇帝被渲染为人与神的混合体，具有人的肉身与神的法力，是神与人的混血儿。即使一个被美女和佞臣所簇拥的怪物，人们也要对他绝对服从。只有皇帝的大脑具有思考的资格，而成千上万的脑袋，则是为凛冽的砍刀准备的，随时准备着，只要众生的舌头无法与皇帝的大脑接轨，脑袋就会被皇帝毫不犹豫地收割。一切都是虚无的，只有皇位是真实的，拥有皇位，就等于拥有了一切，这是中国宫廷政治历来血腥惨烈的根本原因。获得皇权的可能性，对于每个人都是极其吝啬的，即使是皇帝的儿子，攫取皇位的概率也不容乐观，同时，它的成本是极其高昂的，往往需要支付成千上万颗血淋淋的人头。但是，在利益的刺激下，这些都不能使权力野心家们望而却步，相反，激发了他们飞蛾扑火的巨大热情。

在这种情况下，在皇帝的头上再加一个"天主"，这不仅是可笑的，而且是无法容忍的，是对中国皇权政治的最大挑战。它为至高无上的皇帝增加了一个新的领导，使居于权力至高点上的皇帝显得形迹可疑。在高耸入云的教堂面前，宫殿所营造的神圣气氛将荡然无存，后者对前者只能采取匍匐在地的仰视姿势，这对于宫殿而言，不仅是陌生的，而且是不可接受的。耶稣会士们企图得到中国皇帝的保佑，这实在是一个天大的错误，他们在劫难逃。尽管利玛窦成功地把他们的受难英雄耶稣引荐给万历皇帝,这或许是中国皇帝第一次认真打量耶稣受难十字架,据说"皇上展开天主像,凝视良久,恭恭敬敬地把它收入内库",然而,这并不意味着耶稣会士的成功。他们对于普及福音的梦想,正面对着中国政治伦理的致命性限定。

1606年,黄明沙神父在广州被逮捕。在押解他去衙门的路上,中国民众聚集在路边,群情激昂地对他进行咒骂。神父死得悲惨——他是在监狱里被渴死的。人们渴死他有着充分的理由——他们认为,这位番僧通妖术,能隐身水遁,哪怕只给他一点点水,他都会瞬间消失得无影无踪。他死的时候,感觉到有无数只爬虫在喉管里欢快地爬行。他的喉咙试图采取某种有效的措施,来摆脱它们,但他的喉管在经过长久的干渴之后早已僵化,甚至已经无法用力,他感觉那个部分已不属于自己,不再听从自己的调遣,甚至,在爬虫的策动下,已经成为自己的敌人。他企图用手援助自己的喉咙,双手紧紧卡住自己的脖颈,他知道了什么叫隔靴搔痒,任何外在的力量都无法解救内在的干渴,他拼命地吞咽唾液,但唾液也已经干涸,他的舌头在失去水的滋润以后,像一截木块一样干硬,搁在嘴里,十分碍事。于是,他把舌头放在两排牙齿之间,把全部的愤怒倾注在舌头上,用尽全身力气咬去。他想,血水喷溅在喉管里的感觉,一定妙不可言。

不久，人们在广州城外发现了他被弃置的尸体，粗重的手铐和脚镣，紧紧扣住他浮肿变形的肢体。他的十大罪状，以告示的形式，在城门上公布：

一、非法入境；

二、在澳门修建堡垒；

三、纠集倭寇，意欲进犯中国；

四、从事间谍活动；

五、身为魔法师，行妖作祟；

六、与日本同谋来往密切；

七、佛郎机与红毛夷匪首；

八、传教惑众，密谋造反；

九、私设讲堂；

十、曾被官方驱逐。

同样的事情在这块土地上固执地翻版，直到利玛窦弥留之际，都没有看到事态的好转。就在黄明沙神父死去这年，范礼安神父也在澳门去世，死前，他在给耶稣会会长的信中写道："怀疑和不信任外国人，是中国人的不治之症。"

寒冷的华北冬夜里，利玛窦越来越频繁地想起三十年前离开的那座意大利小城。在他眼里，故乡，是一个一旦离开就无法回去的地方。那座宁寂的小城在他的记忆里纹丝不动地保持着从前的样貌,但他已经老了,像一个风干了的苹果一样皱纹堆累,岁月不仅剥夺了他的青春,而且剥夺了他的力量。年轻的时候,道路是无限的,而现在,道路如同烧溶的蜡烛一样所剩无几,它正日益呈现出末路的性质。记忆中的故乡如同漂浮在大海上无法回航的废弃大船,熙攘华丽,但只能逐渐下沉,直至无从寻觅。与他静止的记忆不同,他的故乡正处于历史性的动荡中,"通天塔"已经摇摇欲坠,他曾把幽深的教堂视为生命的子宫,但它不可能再成为他的墓穴。时间和空间,从两个维度上斩断了他的返回之路,这是他与马可·波罗的本质区别,他的生命业已成为一条单行线,他将在异国他乡,成为一名无人知晓的殉道者,而他的死,无论对于中国,还是对于他的祖国,都是微不足道的。

1610年5月11日,利玛窦在重病七天之后,要求行临终涂油礼。他仿佛对自己的大限了如指掌。耶稣会在场的四位成员请他做最后父亲般的祝福,他分别单独和他们谈话,勉励他们继续实践宗教的德行,并说,这会儿的感觉是再好不过了。他对神父们说:

"我把你们留在一个大门洞开的门槛上,它可以把你们引向成功,但必须经过艰难险阻才能办到。"

又嘱咐说:"要对欧洲来的神父始终给予关心和仁爱,不仅是你们平常的那种关心，而是要特别爱护他们，使他们从你们每个人身上都能找到他们在国内时从教友相聚中所得到的那种安慰。"

临近黄昏时，他坐在床上，慢慢闭上眼睛。夕阳的余晖涂抹在他的脸上，把他变成一幅油画，那种在宗教绘画里常见的侧光，使他瘦削的面孔轮廓清晰。他的表情就在这幅油画里逐渐定格，定格，不再醒来。

一个月以后，万历帝批准了教士庞迪我的请求，将平则门（阜成门）外二里沟一所杨姓太监私人建造的寺庙赐作利玛窦墓地，计基二十亩，房屋三十八间。没有人比神父们更加清贫，他们买不起木棺，两天后，才在利玛窦的最后一名皈依者李之藻的帮助下，购买了棺木。他们把遗体放入棺材，移到教堂，在那里做了弥撒，祷歌在教堂中悠扬响起，像天国的召唤。尽管丧事被耽搁，但利玛窦的遗容没有丝毫变化，静穆庄严。11月1日，利玛窦的灵柩下穴于御赐墓地，大批教徒前往参加。金尼阁说：这次远征的创始人利玛窦神父是在这个国家找到长眠之地的第一人。

半个多世纪后，正当针对汤若望的宣判了结的时候，一场地震突袭北京。人们还没有从恐惧陷阱中挣脱出来，一场大火又将皇宫吞没。不可一世的天子，在他无法抵挡的力量面前，终于束手无策。天怒必有人冤,皇帝想起一件事——或许,那名西洋和尚真的怀有不凡的法术。于是,对汤若望的凌迟处决,就这样取消了。心有余悸的人中,只有汤若望对这场灾害心怀感激。死有余辜的,轮到了上书弹劾汤若望的杨光先。罪人的席位不会空缺,而皇帝则永远正确。但汤若望的开释并不意味着教案的结束,当汤若望重返天主堂的时候,各地传教士共二十六人已被押解到京——上帝的使者被一网打尽,集体沦为阶下囚,他们的教堂不是被封,就是被拆。这些耶稣会士有一人死在北京,其余二十五人又被解送广州,软禁起来。

1666年8月15日,汤若望在福音事业最为惨淡的时刻溘然长逝,死后,葬于利玛窦墓地旁边。在他最后的岁月里,耶稣会士已所剩无几,好在年轻的南怀仁神父始终陪伴着他。从南怀仁年轻的脸上,即将前往天堂的汤若望看到了人世间最后的福音希望。

尾声

街上到处都是残缺不全的尸体,河流如一条腐烂的肠子,散发着血腥的臭气。由于死者大部分是传教士和教民,他们死有余辜,所以,没有人为他们收尸。于是,尸体的腥臭气息就在这个明晃晃的夏天里日复一日地堆积着、发酵着,而这种恐怖的气味又如一种致幻剂，使国人陷入无法克制的兴奋中，这是一种恶性循环，他们想方设法炮制新的尸体。死者阵营的不断扩大，对于义愤填膺的国人而言，实在是莫大的心理安慰。光绪二十六年（1900）夏天的中国北方，一场悲剧正向它的高潮挺进。

一个新的名词震动朝野：义和团。"义和团"的英文译名"boxers"为传教士所创，1899年10月才第一次出现在报刊上。光绪二十五年五月二十七日，总统武卫右军、工部右侍郎袁世凯在奏折中写道："窃维德夷窥伺山东，蓄志已久，分布教士，散处各邑，名为传教，实勘形势，而构衅之由，亦即阴伏于此。今又与英夷分界造路，德之工匠员司嗣将纷至沓来。该省民性刚强，仇视非类，稍有龃龉，德夷即由胶澳借口遣兵，侵权自治。日照之事甫急，高密之变又起，接踵而至，几成惯技，不但骚动民心，尤足损我国体……"[29]

英国《泰晤士报》记者莫理循博士一到北京就听到许多传闻。此时的莫理循或许也未曾想到，此后他就与中国结下不解之缘，直到后来成为袁世凯的顾问，他竟然深刻地介入了中国的历史。他初来北京，是1900年4月，空气中都晃动着不安分的元素。26日，他在日记中写道："大街上卖着反洋文学作品。保定府附近爆发了有义和团参加的激烈战斗。传教士尤因报道了这场战斗，并向外交使团提出警告。"[30]

5月16日，莫理循的仆人告诉他，将有八百万天兵天将从天而降，灭绝洋人。还说，杀灭洋人之后，天就会下雨。京师大学堂英文教习秀耀春对莫理循说："义和团运动会愈演愈烈。如果义和团有了领袖人物，情况就会更加严峻。"[31]

在"东方书简"的鼓动下，欧洲社会大张旗鼓地开始了近代化的历程，开始了科学、民主的发迹之路，并带着殖民主义的辉煌成果，以"船坚炮利"的方式重返东方。也许我们会问，西方列强为什么会毫无节制地蹂躏他们曾视为理想国的东方圣土？原因很简单：中国形象，不过是西方国家完成自我转型的一个过渡物而已，它曾如一切想象中的图景那样绚烂、圣洁、完美无缺，呈现出全部的偶像特征，照鉴着它们自身的秽陋不堪。而当它们一旦完成转型，这个过渡物就要遭到抛弃，甚至，它们需要通过对昔日偶像的征服来检验它们进步的成果——在它们眼中，偶像，就是用来超越的。于是，中国，成为西方近代化道路上的一个不可或缺的中转站。当它们大功告成，注定会用它们的新式武器，将顽固不化的东方大陆打得千疮百孔，体无完肤，以此来报复两者间在过去年代里的地位悬殊，用中国人的尸体，充当它们胜利庆典上的祭品。

从鸦片战争到甲午海战，中国人的愤懑情绪积蓄已久，终于在这个干旱难耐的夏天喷发出来。如同一份义和团告白中指出的那样,他们把旱灾的全部责任推到传教士身上:"兹因天主耶稣教,欺神灭圣,不遵佛法,怒恼天地,收起雨泽……"[32]这一连串不幸的事件距离太监马堂抄收利玛窦的耶稣受难十字架刚好三百年,看上去似乎与利玛窦毫无关联,但我们可以把它视为利玛窦传教事业的一个悲剧性的尾声。历史以这样方式环环相扣,利玛窦无论如何不会想到,他带来的宗教会在历史的追逼下向着深渊一路狂奔,在生死关头与中国的义和团狭路相逢。

历史的路,在中国总是越走越窄,耶稣会与义和团都失去了选择的机会和转圜的余地。此时,它们在刀刃上相逢,并且,只能以血的方式进行交谈。如果彼此没有其他的交流可能,那么,战争可以被认为是最后一种交流方式,双方通过血与火表达自己的观点,只是双方都会在战争中丧失理性的判断与倾听的耐心。义和团以残酷的杀戮行为表达自己与西洋人的势不两立:"遇有天主教及耶稣教均不能放过,俱以乱刀剁之。后又开膛,其心肝五脏俱同猪羊一样,尸身任其暴露,犬鸟啐吃,目不忍视。天桥坛根一带尸横遍野,血肉模糊。"[33]

莫理循给他的同胞们带来了可怕的消息。他说,拳民正在挨家挨户地搜查,像割韭菜一样,把发现的基督徒的头颅一一割掉。6月13日，莫理循在日记中写道：

> 义和团发动进攻，能听到他们念咒作法、装神弄鬼的叫喊声。
>
> 经过法国公使馆时，我发现那里戒备森严。有人喊："义和团来啦！"我急忙赶回家……整夜都提心吊胆……
>
> 城西通宵达旦都能听到可怕的叫喊声，被杀者的狂吼声。抢劫和屠杀。[34]

16日，莫理循收到窦纳乐爵士的一张便条，询问他是否愿意参加一次出击行动。他参加了，除他之外，还有二十个英国人、十名美国人、五名日本人，参加这次行动。他们袭击了距离奥地利使馆三十码远的一座庙。他们冲进这座庙后，被血腥的场面惊呆了——四十五名基督徒，已经被杀害，他们残缺不全的尸体，七扭八歪地躺在地上，到处是零乱的肉屑、肉末和血迹，那些缺失的部件出现在供桌上，当作祭品陈列，上面的血液，将凝未凝，成为一层略略皱缩的暗红色薄膜。整座庙宇，都散发出阴曹地府般的腥臊之气。

18日，英国《泰晤士报》刊登了莫理循辗转发来的电文：

> 昨天晚上发生了严重的反洋暴乱，东城区一些最好的建筑物被烧毁，数百名在中国基督徒和外国人雇用的仆人在离皇宫两英里的范围内遭到屠杀。对所有外国人来说，这是个令人焦虑的夜晚。大家在使馆卫队的保护下，都聚在一起。拳民烧毁了天主教的东堂、伦敦传教团最大的建筑、美国传教团董事会，还有所有海关中外国雇员位于东城的住所。如果增援部队今天还不能抵达，预计还会有进一步的暴乱发生。[35]

救援队走街串巷，大声呼叫基督徒出来和他们一起走。许多基督徒因此而获救。莫理循把他们安置在肃王府。7月16日，莫理循和英军高级军官斯特劳兹上尉从肃王府前哨阵地返回，突然听到枪响，莫理循一阵剧痛。他的骨头被打断了，断骨从伤口突了出来，撑在裤子上。他艰难地抬起头，发现斯特劳兹倒在血泊里。斯特劳兹在医院抢救的病床上断了气，莫理循则在那里苟延残喘。

这一天，英国人从《每日邮报》上读到一篇发自上海的报道，报道有一个可怕的标题：北京大屠杀。报道写道：

> 太阳完全升起的时候，剩下的一些欧洲人紧紧地站在

一起,勇敢地迎接死亡。中国人伤亡惨重,但是他们前仆后继,最后终于以极大的优势取得了胜利。所有欧洲人都被用最野蛮的方式处死。[36]

义和团置对手于死地的方法灵活多样,不拘一格——剁、舂、烧、磨、活埋、炮烹、肢解、腰斩等,一应俱全,金木水火土,全部用来充当对付敌人的刑具。[37]"其杀人之法,一刀毙命者甚少,多用乱刀齐下,将尸剁碎,其杀戮之惨,较之凌迟处死尤为甚"[38]。美国学者布瑞安·伊恩斯认为:"20世纪前很久,中国有这样一个名声,那就是中国是一个比其他任何国家的酷刑都离奇精妙的国家,在实践上则极其残酷"[39],"(行刑者)如同技艺高超的厨师,精心地对待手中的原料,决不肯有一星半点的浪费。他们决不一刀夺命,在砍断头颅以前,他们总是先悉心享受囚犯的耳朵、鼻子、牙齿、手指和脚趾,充分发挥犯人每一根神经的功能,使他们的痛感最大化。他们或把犯人的眼睛缝上,或将耳鼻剜下,或将牙齿敲碎,或把手指和脚趾剁掉。他们使死亡成为一个过程,一个缓慢的过程,让敌人的意志在对死亡的无限期盼中彻底垮掉。"[40]所有的残酷,都是在一个令人愤怒的背景下,理所当然地展开的。重要的已不是愤怒本身,而是如何发泄愤怒。于是,在力比多的煽动下,广泛的愤怒，迅速地寻找到了一种阴鸷的、凶狠的、变态的、带毒的、急火攻心的奇异力量，被压抑的身体，通过对身体的虐待获得解放，钢刀在与皮肉接触的刹那发出快乐的尖叫，杀戮，不约而同地成为所有造反者的精神狂欢。对西方人的仇视，给所有酷刑提供了用武之地。在民族主义的旗帜下，暴力得以肆无忌惮地宣泄。需要指出的是，被杀戮的人中，相当一部分人是中国教民，甚至连教民都不是，因为义和团判断教民的标准是极其荒诞的——他们认为："凡是奉教者，其脑门皆有一十字，汝等凡眼不能见，我等一上法，即能辨别清楚。"[41]这种胡言乱语，使他们的死亡审判具有极强的随意性，客观标准是不存在的，每一个被判处死刑的无辜平民都必须接受无法逃脱的宿命。

连死人也未能幸免。在基督教教士墓地里看到的一切，令刚刚随远征军抵达北京的法国海军上校皮埃尔·绿蒂大吃一惊。那是 1900 年 10 月 22 日，星期一，深秋的北京城，没有一丝阳光，他看到那些被捣毁的墓地，被挖出并肢解的教士尸体。周围的花园早已荒芜，井里散发出腐尸的恶臭。那口井，已经被基督徒们残缺不全的尸体塞满了。绿蒂上校惊讶地发现，那些尸体会动，仔细看，原来是几条野狗，正在尸堆的内部钻来钻去，所以，那些残缺的尸体，有时会抬一下头，有时会晃一下胳膊。在干燥的天气，他们没有腐烂。他们身体上的伤痕述说着业已发生的一切。

三天后，上校见到了法国传教士的首领法维埃，他在北京已经四十年了，曾经得到过皇帝的恩宠。他曾经像当年的利玛窦一样，穿上中国的长袍，留起长辫子。但此刻，他已经割去了长辫，重新穿上的传教士的衣袍，向绿蒂讲述他如何在义和团的围困中坚持到最后——上帝保佑他，当他站在墙头，看见远处的法国国旗的时候，刚好吃完了最后的口粮。这时，他表情虔诚地感谢主的恩典。

有关"神—魔"的心理幻觉，打消了他们对于暴力的最后顾虑。既然对方是魔鬼，当然就无须寄予人道主义的同情。义和团的乩语中说："劝奉教，自信天，不信神，忘祖先。男无伦，女行奸，鬼孩俱是子母产；如不信，仔细看，鬼子眼珠都发蓝。"有关佛郎机人的传说以各种升级版的形式卷土重来。关于妖魔鬼怪的各种传闻在北京的街巷里闪烁不定，上帝的教义被人云亦云地修改为残酷的魔法。即使这座皇都里的教堂为数不多，但它仍在这种阐释下变成一座鬼魅之城，令人心惊胆战。为了印证这些传闻，许多人以亲历者的身份，提供了若干事实，有人说，教堂里的传教士们，把教民家里的女人们全部拘押起来，割去她们的阴户，再将她们卖掉。[42] 有人说，他亲眼见到拳民从教堂里搜出传教士的罪证，包括人的眼球、心肝、阳物等，堆在水缸里，满满地装了几十缸，还有人皮、胎儿，在脱离了他们的主人之后，以怪异的表情与他们对望，令他们毛骨悚然。[43] 还有人说，二毛（指中国教民）与大毛（指传教士）已经商量好，将在八月里剥人皮、剜人目。[44] 于是，人们在惊慌失措中，把西医学堂里的蜡像，当作僵尸；更有人把西洋照相馆里的荔枝当作风干的眼珠……各种各样的信息在京城的巷道中穿梭、碰撞、交织、缠绕，弄得人心惶惶。恐怖滋生恐怖，错觉孕育错觉，人们以错觉，印证着从传说中得到的真理。

即使今天也很难分辨，这场针对洋人的战争，多大程度上是在想象中进行的，多大程度上是在现实中进行的。拳民们一厢情愿地把他们与洋人的斗争看作古代各种神魔传奇的现实翻版。他们的胜利早已被昔日的传奇一再申明。然而，那些战无不胜的神话，在今天看来又是多么的可笑。与其说他们借此表达必胜的信念，不如说他们是自欺欺人。连一向以理学大师和中国传统文化最高代表自居的大学士徐桐都认为："拳民神也，夷人鬼也，以神击鬼，何勿胜之有！"[45] 他们用各种法术来克敌制胜。在攻击东交民巷和西什库教堂的时候，如拳民们把赤身裸体的女人钉死在墙上。拳民们对这种血腥的法术从不怀疑，他们认为，在这种无边的法力面前，洋人再凶猛的炮火也无济于事。[46] "都城洋使馆，今年进炮八十座，甲午、丙申所进，亦有炮位，丁字库教堂炮尤大，拳民以术坏之。故自宣战至今，一月有余，洋人未能发一炮，所发者气枪而已，洋人开花炮，经拳民以术破之，满城内外，飞落白屑，如盐如粉，此人人所共见者也"[47]。

身陷殖民地的中国人，如同启蒙时代的欧洲一样，对教会采取了断然否定的态度。但他们却以不同的方式宣告教会的末日——欧洲人把科学当作解救自己的现代魔法，而中国人则反其道行之，把原始思维当作战无不胜的法宝。义和团运动，使经历了洋务运动和戊戌变法的中国大幅度地后退了。徐桐说："轮车、电邮、机械，百出夷人，亦妖术耳。譬彼治疮，以毒攻毒，疾且瘳矣。"[48] 以拒绝成长来显示自身纯洁，在文明的童年状态里，中国陷入一种不可救药的集体性愚蠢中。这就是我们对这场轰轰烈烈的群众运动的所有溢美之词都难以自圆其说的原因。

还是尾声

文章到这里还没有结束。作为尾声，我还想提一下林达曾在一篇文章中谈到过的基督教苦修派——特拉普派。它的苦修制度在17世纪就已经开始创立，修士除了与上帝对话，终生不再开口，以表达他们苦修的决心。1960年代，这一戒律被第二次梵蒂冈大公会议解除,但他们依然坚持在静默中修行,思考哲学、伦理等人类本源性问题。"他们身无分文,没有私人财产。他们在夜里三点左右就起床,去他们院内的教堂早祷,天天如此。他们依据规则,必须辛勤劳作,自给自足,除了祷告,他们都在干活,周末没有休息,永远没有退休。年迈的修士只要还能起床,他们就会慢慢地起来,祷告和工作。他们做面包,做果酱,在苗圃耕耘,直到生命的最后一息。然后简单地安葬在修院的墓地里,没有棺木,只有一袭白布裹身,默默归于尘土"[49]。"在一千五百年前建立的'圣本笃规则',其实在试图制度化地寻求满足人在精神、心智和体力之间的平衡方式"[50]。"这是一群以宗教思考为生命的圣徒的生存方式"[51]。林达在文章中对他们的虔诚深表敬意,那时,他还没有想到,这一教派与中国的联系。

然而,就是这样一个孤僻的教派,还是与中国发生了联系。法国大革命几乎使这一教派遭受了灭顶之灾,他们决定在远离革命的地方寻找立足点,苟延残喘。光绪九年(1883),普列汉诺夫在日内瓦成立俄国第一个马克思主义团体——"劳动解放社",而索诺修士,则在太行山荒无人烟的深处——一个名叫杨家坪的穷乡僻壤,建造了中国第一个特拉普派修道院。比志在传播上帝福音的利玛窦低调得多,他们从不宣传他们的教义,不强迫别人加入,他们只想在远离政治旋涡的地方,寻找一块宁静的修行之地。

　　这一苦修院，在 1900 年，竟然神奇地逃脱了义和团的围攻。1937 年，日军开始在苦修院周围出没，尽管他们抓走了几名欧洲修士，把他们投入集中营，但苦修院还是神奇地存活下来。到 1947 年，太行山深处这座孤寂的修道院已经聚集了近八十名修士，其中包括六名外国修士——四名来自法国，一名来自荷兰，一名来自加拿大。但就在这一年，这个在中国默默存在了六十四年的苦修院，终于未能逃出它的劫数，而且它的灭亡，几乎是"法国革命消灭修道院的一个东方翻版"。一群身穿灰色军装的年轻战士在闯入修道院后，将它付之一炬。几里之外的一个农民亲眼目睹了对修士们执行的死刑，几天后，他看到天空泛起一片刺目的血红，像一摊鲜血，在潮湿的天空中泅染开来。大火使气流发生了变化，整个山坡像浸在水中一样晃动起来，燃烧的各种杂质掺杂其中，在热浪里起起落落。士兵的身躯穿越热流，奔跑下来，像打了一场胜仗一样兴奋。农民听见一个声音在喊：

　　"杨家坪——我们把它点着了！"

第三章 马戛尔尼：烟枪与火枪

认识中国近代历史，必须从认识一支烟枪开始。

一、烟枪与火枪

烟枪

一个收藏者,倘能搜集到一支烟枪,无疑是幸运的。这不仅因为它罕见,更因为它华美。烟枪,就是鸦片枪。一支好的烟枪是一件优秀的艺术品,或者说,成为艺术品,是成为一支好烟枪的先决条件。在使用之前,烟枪与鸦片没有太大关系,它不是为鸦片存在的,而是为精致的手和挑剔的目光准备的。中国人习惯为实用性器具制定严格的美学原则,秉承这种一丝不苟的审美态度,从蟋蟀罐到鼻烟壶,从餐具到马桶,各种考究的器物应运而生。在变化多端的世界里,中国人决定将自己的癖性坚持到底,并为器具的进化设计了一条近乎苛刻的道路,诸多令人叹为观止的事物都是这一生产链上的产品,尽管它们与整个世界的进化毫无关系。中国人不乏技术和想象力,那些产品即是证明。他们被自己无所不能的手所陶醉,甚至到了迷信的程度，企图在一切事物之上施展自己的野心，连一粒米也不放过。一只巧手可以改变米的功能，使它成为一件雕刻艺术品。几乎在所有的极限面前，中国人的手都不会有丝毫的颤抖。极限是它们的兴奋剂，它们就是在这些极限之上，一路高歌猛进，战无不胜。中国人的固执，在手的援助下，变得日益强大。

从专业角度看，烟枪是由噙口、枪身、花子、抓、斗五个部分组成的。一支好的烟枪，枪身应该是象牙的，最差也得用湘妃竹、紫竹，用金、银、铜镂镀镶焊；作为与嘴唇衔接的部分，噙口应该以红玛瑙制成，以显示它在烟枪上的显赫地位；花子是枪身上的五分之四外、一个覆以白铜花长条的开口；上面留口，装上翠、玉、水晶之类做成的"抓"，上安烟斗——最知名的烟斗，是安徽寿州陶斗……无论是材料，还是工艺技术，都在烟枪上实现了最佳组合。烟枪在设计上首先是人性化的，但是，就像其他器物一样，烟枪也没有被中国的鲁班们轻易放过，他们的全部志向，就是使那些平淡无奇的事物，包括一支烟枪，焕发出一种炫目的、燃烧着的、令我们心醉和心碎的光辉。在金银玛瑙的声援下，他们用细巧的技术，将枪杆层层围困，迫使它成为他们的美学代言者，尤其在推崇繁复绮丽的清末。烟枪的美是无可挑剔的，这样的烟枪，从一开始就让人爱不释手。它的诱惑力，是从视觉和触觉开始的。于是，在吸进第一口鸦片之前，人们就已经爱上了烟枪。

在今天看来，烟枪是由一系列费解的术语构成的，枯燥生硬，毫无趣味性可言。而对于当年的鸦片消费者，一切皆属简单常识。烟枪是他们最常见的事物，是使用率最高的日常生活用品，甚至，是他们的命根子。它比饭碗更加亲切。他们的眼、手、口，只有与烟枪接触，才有安全感，才能感觉到生命的意义，所以，烟枪是他们的信仰，是生命中不可或缺的部分。失去了烟枪的烟客，就像失去了火枪的枪手一样六神无主。从这个意义上说，烟枪对于烟客而言，具有强大的心理安慰功能，是他们狂躁状态下的精神镇静剂。作为鸦片与身体之间的过渡物，它们与身体接触所产生的效果是意想不到的。我们至今无法想象，一支烟枪，给肉体和精神带来的变化。那是一种无法言说的极致性快感。它不是一种数量上的添加——犹如充饥，而是一种质量上的改变。对瘾君子而言，他既改变了他们的肉体存在方式——他们从此更习惯于卧姿，又改变了他们的精神存在方式——使它像烟雾一样没有重量，飘来飘去。出于好奇，火烧圆明园的主谋之一额尔金勋爵曾经专门访问过鸦片馆，他在1857年6月8日给妻子的信中这样形容："这些地方污秽黑暗，几乎没有点灯。鸦片看上去像糖浆，吸毒的人憔悴呆滞，只有在吸入鸦片的那一刻，眼睛里才闪现出反常的亮光。"[1] 对于一个有追求的瘾君子而言，烟枪无疑是神圣的。那些美轮美奂的烟枪，就是本着精益求精的态度制作出来的，与消费者们的巅峰快感相呼应。所以，成功人士总喜欢不惜代价地炮制一支烟枪，这是他们的荣耀所在。在他们看来，唯有如此，他们才能和他们的烟枪一道出人头地。一支精致的烟枪，是鸦片消费者们的共同追求。在烟馆里，一支超凡脱俗的烟枪，常常成为烟客们争抢的对象，会有许多瘾君子虔诚地排队等候，直到烟瘾难捱，才另选一支普通的烟枪。好的烟枪，自然价值连城："开设在麦家园一带的绮园，以烟枪考究闻名，其烟枪有虬角象牙的，有广竹湘妃竹的，有甘蔗枸杞藤的，各式兼备，一枪之值高达百余金。还有一种大罗枪，更为名贵，以三千金易得。"[2]几人横卧榻上共享一支华美烟枪，更是清末烟馆里的经典场景。

　　烟枪的事业并没有到此结束。人们对烟枪的敬意，带动了相关产业的发展，作为烟枪的配套产品，同时也是烟枪的事业的坚定支持者，一些更为复杂和绮丽的器物应运而生。它们包括：烟灯、烟扦子、烟盘等，它们是作为烟枪的延伸物存在的，同样品质考究，花样繁多。在山东，我们至少可以发现两种烟灯，一种是太谷灯，用紫铜制成承座、灯身，雕刻着各式花纹，外套玻璃罩，通体为宝塔形；另一种是胶州灯，以白铜制成，形制与太谷灯相似，但八角玻璃短罩，外有雕花栅栏套住，其花纹有字。四川雅安，品质优秀的烟盘子是用佛磨铜打制的，金光灿烂，盘内雕花，周边花草镂空，烟盘子上放着几十个烟斗，挖刀柄和烟打石都是玉石做的，烟盒、烟杯都是黄金做的。民国年间以自贡烟王自居的刘圣蟾，是不折不扣的烟具恋物癖患者，他拥有的豪华烟具不计其数，其中包括一千多个烟斗（其中不乏礼三、张六、吮香、定一、书画、玉浆等名牌产品），五十多支烟枪（有象牙、犀角、宝石头底、湖妃等名枪），十余套烟盘、烟灯，三四十个烟盒……他的全部志向在于把自己住的房子打造成一个经典烟具的仓库。即使在清末，瘾君子们就已经树立了很强的品牌意识。比如烟枪上安的烟斗，就以宜兴陶器"允鸣氏"牌最好。内蒙古的某些与吸烟有关的民谚，也带有较强的广告意识：

恰图出的烟盘明又明，
潞安府的烟扦尖棱棱
……

与鸦片相关的事物像烟瘾一样蔓延。对享乐的追求是无止境的，所以，对于一个高级烟鬼而言，紫檀木的卧榻、红缎靠枕，三五丫鬟，是这一重要时刻不可或缺的，甚至留声机，嘶哑的唱音刚好与室内缭绕的烟气相匹配。这些零零散散的器物，以烟枪为核心，在烟枪的带领下，组成一个强大的联盟，以多兵种协同作战的形式，向人们虚弱的意志发起总攻。陈无我先生以民国上海为例，举例说明：

> 人不能一日舍粟菽，上海则土（指烟土）店多于米店，烟馆多于饭馆。所有烟间，皆高大其室宇，精洁其器具，榻则镜石镶嵌也，灯则精铜雕镂也，斗则寿州购办也，烟则冷笼清陈也。抑且枪必择其老，扦必取其钢，盘必择其洁，以及烟茶之供给、手巾之伺应。不特有瘾者趋之若鹜，即无嗜好之人，睹此一榻横陈，青灯有味，消磨岁月，呼吸烟霞，亦于此间得少佳趣，而忘其为伐性斧、腐肠药焉。……[3]

从实用角度上说，所有这些美不胜收的设计都不是必需的，对于一个穷烟鬼而言，一杆粗劣的烟枪足矣，如果说那些简陋的烟枪为毒品的普及创造了条件，那么豪华烟枪就代表了吸毒的最高境界，是以鸦片为主题创造出的精深而复杂的文化现象。如其他文化一样，这些实用之外的精美，制造了一种独特得无以复加的氛围，起到一种煽情的作用，使吸毒成为一种仪式，每个瘾君子都试图从中寻找快乐和尊严。他们的快乐和尊严会在他们期待的某个瞬间降临，又会随着吐出的烟雾于瞬间消散。

有些事物，越是完美，越是罪恶，烟枪是其中之一。它用具有煽情效果的修辞掩盖了它的罪恶，为地狱赋予了天堂般的外形，从这个意义上说，烟枪里藏着关于幸福的最大谎言，而所有的装饰，都成为它的花言巧语。如同各种来路不明却又不容置疑的真理一样，它是一个险恶的阴谋，等待中国人飞蛾扑火似的献身。我的朋友敬文东为煽情制定了恰如其分的罪状，在他眼里，"煽情是最不可饶恕的罪恶之一"。[4] 遗憾的是，中国文化这一次充当了罪犯们的帮凶。

烟枪是作为身体的一个多余部件存在的，它原本与中国人无缘，是历史强加给中国人的一件软性刑具。传教士斯奎尔牧师把它比喻为"撒旦手中的武器"，"而且是最有力的武器"。[5] 它对中国人的虐待，是以陶醉的方式进行的。它像阳具一样勃起，傲然挺立，只能满足中国人的口淫癖，却不能像路标一样，为历史指明方向。所以，中国人以多大强度接受它，就会以多大强度抗拒它。那场以鸦片命名的战争，被官方诠释为一场民族主义革命，但它同时也是在零容忍状态下进行的一场身体起义。

所以，认识中国近代历史，必须从认识一支烟枪开始。

火枪

　　火枪最初是作为西方人的礼品被带到中国的，它的目标不是中国人的胸膛，而是中国人的钱包。马戛尔尼首先是以产品推销员的身份出现的，他希望这些五花八门的样品能够换回中国足够的订单，否则，英国对华日益加大的贸易逆差会把他们的国王逼疯了。所以，大英帝国的使者，把他们的样品擦得锃亮，然后以毕恭毕敬的姿势，把它们递到他最大顾客的手中。但更重要的，英帝国企图以此让中国这个超级大国另眼相待，把他们视为一个平等的对话者，而不是什么"朝觐者"。马戛尔尼一厢情愿地认为，没有什么比起这些无坚不摧的新式火器更能吸引中国皇帝的目光。或许，在马戛尔尼看来，这一结合了中国人的火药发明与西方人的机械制造成就的产物，是奉献给中国皇帝的最佳礼物，也是中西方文化对话的最好例证。任何大道理，都比不上一支毛瑟枪更有发言权。所以，在确定礼品（中方官员坚持译为"贡品"）时，除天体运行仪、望远镜、地球仪、车辆等机械外，还特别加上了数门最先进的铜炮、榴弹炮、毛瑟枪、连珠枪等武器。[6] 这些火炮"每分钟可放二十响至三十响的速率"，"在整个中国恐怕也找不到这样优良的火器"，就是万里长城也"不能抵抗普通炮弹的射击"。[7] 他们甚至带来了当时英国第一快捷战舰"皇家元首"号的模型，装备有一百一十门大炮的巨大军舰的各个部分都在模型上清晰显现。这等于说，马戛尔尼已经把当时世界上最有价值的军事情报透露给了中国。不知英国人是否想到，如果中国拥有了这些先进武器（包括它们的制造技术），双方的实力差距会进一步拉大。英国人是在以国运相赌，他们为进入中国购买了一张价格高昂的门票。

没有一个少年能够抵御远方的诱惑，因为远方代表着未知的事物，它刚好与少年的好奇心相呼应。不像成年人那般事故、那样患得患失，只有少年能够为一个简单的梦想而远走他乡。踏上这艘船的时候，小斯当东对他的目的地一无所知，就像那个目的地的皇帝对小斯当东的国家一无所知一样——甚至很多年后，在那场分水岭似的战争结束之后，被重重宫闱阻碍了视线的中国皇帝还在向他的大臣发问：谁能告诉我，那个英吉利，到底在什么地方？这个出生于1780年的英俊少年那时只有十二岁。一万里的海上航程，正摆在他的面前，这使他兴奋得近乎晕眩。对于一个十二岁的孩子来说，它像一个离奇和刺激的梦。在他看来，那段距离足以让一只飞鸟度过一生的时光。一万里的航程太远了，彼此间的一切消息都会中断。小斯当东把他前往的那个国家当作一个地上流淌着蜂蜜、房子全部用金子盖成的国度，那个国家的一切，都像他们携带的餐具一样干净和明亮。这并非他的猜测，所有人都是这样说的，甚至，他们的国王乔治三世，在为他们饯行的时候，也作过同样的描述——他的眼睛在说话的时候熠熠生光。他很想目睹那个国家的一切，但他不能，所以，从某种意义上说，这支船队是在代表国王行使眼睛的职能，同样得到国王授权的，还有他们的嘴巴，除了观看，他们还要传达国王的旨意。

那时的英国就是一个少年，它符合少年的一切特征：精力旺盛，狂妄自信，富于幻想和占有欲，对一切事物都怀有饱满的好奇心，而且，感觉灵敏——是它最早意识到远方那块芳香弥漫的大陆对它的意义。一切都取决于它的心脏。与那个古老的东方国度不同，这个已经衰老的国家为自己移植了一颗金属的心脏，那颗坚硬的机械心脏拯救了这个衣衫褴褛的帝国，使他变成一个不知疲倦的机器人。这个船队的主人，马戛尔尼勋爵，就是一个精力旺盛的人。依照英国人培养精英的一贯手法，马戛尔尼自二十岁开始就开始周游欧洲，像吸毒一样狂热地吸取知识。他精通法语、拉丁语和意大利语，他的学识甚至得到了卢梭和伏尔泰的交口称赞，伏尔泰在第一次见到马戛尔尼时，曾惊讶地问："这个年轻人是谁呀？小小年纪便了解这么多的学科，知道这么多的东西！"慈祥的老伏尔泰迫不及待地向其他哲学家推荐这位小同志，他在给爱尔维修的信中写道："我杰出的哲学家，这是一位非常有教养的年轻英国绅士，他跟您的想法完全一样：他感到我们的民族很好笑。"[8]那时的马戛尔尼和他的整个国家，在启蒙思想的发源地"汲取着光的能量"[9]。那时的资本主义刚刚起步，那是一场人类从未经历过的壮丽事业，像马戛尔尼这样有理想有抱负的年轻人，满怀豪情地决心为这场事业贡献力量。果然，不负众望的马戛尔尼，二十七岁就当上了驻沙皇俄国公使，后来又先后出任加勒比总督和马德拉斯总督。1767年，马戛尔尼三十岁时，娶了英国前首相伯特勋爵的女儿为妻。与她丑陋的相貌相比，马戛尔尼对她的嫁妆更加满意。

小斯当东的旅程同样与疲惫无关。当绅士们在各自的船舱中睡去，他还在炎热污秽的机械舱里，与机械师们一起坚守岗位。他的汗像胶水一样裹在他身上，但他毫不介意。如同帝国一样，他们的"狮子号"拥有一颗坚硬的机械心脏。从某种意义上说，"狮子号"就是一个微缩的帝国，它与帝国有相同的癖性——热爱挑战和远征。它能够永不休止地运动，并一步步解除大海的封锁。机器有如魔术，令小斯当东着迷，他时常目不转睛地盯着它们，像盯着魔术师的每一个动作。齿轮就像魔术师的手，所有的变化，都是在齿轮的预谋下发生的，而且，还会有更多的变化，尾随在业已发生的变化后面。那些神秘的齿轮，咬合着一个个变化的链条，像巫师一样，对未来发出预言。小斯当东并不懂得预言的内容,但他相信它的权威,而内容,并不重要。

作为船队第二号实权人物乔治·斯当东的儿子,托马斯·斯当东很快习惯了与水手们以高分贝的声调说话。喧闹的机器改变了他们的发音习惯。四十八年后,他在英国下院的辩论中力主对中国动武,他的嗓音里已经拥有一种刀刃般的果决。他像磨刀一样,把自己的语言磨得越来越锋利,而"狮子号",为他提供了第一块磨刀石。只是,他那时的语气中,还流露着一股少年的透明感。那时,整个英国的发音,都像他那样奶里奶气,即使叫嚷,也并不坚挺,对于一个老谋深算的人来说,毫无震慑效果。所以八十二岁的中国老皇帝不喜欢从英国人嘴里发出的奇怪声音,就像机械舱里的水手,对少年的不谙世事,只能以宽容的微笑作为回答。

那时梦想正以最大的体积占据着他的内心,他还顾不上产生恶念,"托马斯的目光和他的声音一样清澈"[10]。像年轻时的马戛尔尼一样勤奋好学,把自己的全部精力用于汲取知识,除了机械动力方面的知识以外,他开始学习中文。他的老师是一位姓李的中国神父,他称他为"李子先生"。所以,小斯当东能够说出的第一个中文单词,就是一种水果的名字——李子。说出这个词时,他笑了,李子先生也笑了,阳光下,小斯当东的牙齿整齐洁白。他下意识地做了一个吞咽的动作，觉得那个国家就是一只李子，圆润剔透、冰凉可口，让他充满食欲。

火枪有着动人的身材，细巧、修长，线条光滑流畅，煽动欲望。它的腰身，与握掌的弧度妥帖相合。所有的礼品中，火枪对小斯当东构成了最强大的吸引。如同奔赴一场秘密约会，在跟随马戛尔尼的漫长旅途中，这名十二岁的侍童，无数次潜入货仓，带着犯罪般的快乐，偷偷取出火枪。当我们今天欣赏随行画师W. 亚历山大的铜版画时，小斯当东那张早已隐退在岁月背后的光滑面孔，又越过众多喧哗的人群，脱颖而出。从英国朴次茅斯到中国天津的超远航程，给了这个少年太多的惊喜、刺激和晕眩，而火枪，就是航船上使他兴奋的众多事物之一。火枪在握，他的食指是那么自然地搭在扳机上，枪托的每一个凹凸分毫不差地吻合着手掌的起伏，仿佛身体的自然延长。他下意识地把目光与准星排成一条直线，准星果断地改变了他与世界的关系，一切事物——包括人，都成为他的标靶。事物的来龙去脉、前因后果，全都消失了，等待它们的，只有生存或者毁灭的最终判决。所有的殊荣都将在枪口下消遁。谁拥有枪，谁就拥有了判决权。托马斯在这一瞬间感觉到自己成了最高判决者，一种前所未有的快感袭过他的心头。

但是他并不能真正把子弹射出去，哪怕一发。如同一次未遂的偷情，他如鲠在喉。他知道，不久之后，这支枪将握在中国皇帝苍老的手中，使他成为真正的判决者。这加重了小斯当东的失落感，这是他第一次体验到嫉妒的滋味。

中国皇帝拥有全国武器最精华的部分，他的宫殿，就是中国尖端武器的陈列所，坤宁宫东暖阁，就是宫廷武器的秘密集散地之一。乾隆三十一年（1766），由和硕庄亲王允禄领衔编修的《皇朝礼器图式》，已经把兵器纳入礼器，兵器从战场上退出，以陈列品的身份成为制度的一部分。嘉庆皇帝曾经满怀豪情地指出："我朝武备整齐，法制精良，百世不易。"而武器的取材、用料、制式、派场等，都作为大是大非的问题，在《清会典》《清通典》《清文献通考》中作了详细规定，等级森严、用途明确，"一名一物，巨细灿陈"。从清道光十五年（1835）七月十一日立《坤宁宫东暖阁陈设档》中，我们可以知道，皇帝在这一天把"霜威靖戢"刀，分为日、月、星、辰四种，盛装在楠木匣内。到光绪初年，这些武器仍然根据日、月、星、辰的分类收藏，具体包括：锋刀、流虹刀、黑鱼皮鞘刀、花雀刀、青电刀、粉练刀、银练刀、贯斗刀、蒙古篆金刀、贺兰刀、神雀刀、赖图库梵字刀、耿昭忠刀、叩鸣刀、宝腾刀、威服刀、苍龙刀、曜威刀、昆铭刀、超阿刀、鲤腹刀、越砺刀、飞鹊刀、洋漆刀、遏必隆玲珑刀。所有的刀，形成一套话语系统，将皇帝团团包围，以华丽的修辞赞美朝廷的功德，同时喋喋不休地向皇帝讲述有关社稷安危的寓言。

　　有趣的是，当我们面对这些兵器的时候，吸引我们的，并非它的嗜杀本性，而是它的装饰。那些装饰如同珠光宝气的衣袍，将各种兵器与生俱来的凶猛个性严严实实包裹起来。它们的赏玩价值超过一切，战斗功能已退居第二位。它们出现在宫殿里，本来是作为训诫出现的，但它们显赫的身份，反而使它们走向自己的反面。在华丽的刀鞘里，锋利的刀刃已变得无足轻重。它们日复一日地与繁复的纹饰发生关系，如祥龙、飞凤、流云、花卉，而与战场日益疏远。所有的图案，或单项点缀，或组合搭配，繁而不乱，各得其所，与其说它们代表了中国武器装备的最高水准，不如说代表了中国装饰工艺的最高境界，在血腥凶残的战场上，它们百无一用。[11] 这就是中国的尖端武器，所有的技术都在朝着一个莫名其妙的方向进展，花枝招展地为皇帝提供心理安慰。在中国的深宫，武器的意义发生了神奇的转化，刀剑的功能，已经与如意没有太大区别。在脱离了搏杀对手之后，武器与非武器的本质区别正在消除，似乎在表明，中国正在向一个不再需要武器的国家大步前进。当时的中国，已经天下无敌，所以，乾隆皇帝对于英国人提供的远距离、大杀伤性武器不屑一顾。除了当作玩具之外，他不认为它们有多大的存在必要。

在海上折腾了差不多一年以后，托马斯·斯当东终于在热河行宫（即承德避暑山庄）见到了传说中的中国皇帝。1793年9月14日星期六，深夜三点，小斯当东就被叫醒了。父亲为他穿上礼服，然后，他睡眼惺忪地跟在特使和父亲的身后，在黑夜中，向皇帝的宫殿前行。他们到达宫前时，父亲说，四点了。他们站好，等在那里。一直到日出以后，才有一名骑兵过来，大家站好队，一片寂静。远处传来音乐声。小斯当东有些紧张，他知道，拥有无上权力的中国皇帝即将出现。"所有人脸上都露出在等待发生异常事情时特有的表情"[12]。

中国皇帝与太阳一同出现。如果这是有意的策划，那么中国皇帝就应该被誉为身体政治的大师。赫脱南在回忆录中描述了那个庄严的时刻："太阳刚刚升起，照亮了这座广阔的花园，这是一个令人陶醉的早晨，由柔和的器乐和洪亮的铙钹伴奏的庄严悦耳的国歌声打破了大自然的宁静。"[13]

会见在皇帝的帐幄中进行。只有小斯当东跟随马戛尔尼和老斯当东获准进入大帐。小斯当东一丝不苟地注视着这一历史性会见，并在日后的回忆录中，记录了每一个细节。乾隆皇帝对于须经翻译才能进行的交谈感到厌倦不堪，他希望使团中有人能够直接用中文与他交谈。这个时候，小斯当东出场了。他用中文向皇帝表达问候，他漂亮的措辞令皇帝吃了一惊，乾隆高兴地让他坐到了御座的边上。语言拉近了他们的距离，这句话不再是比喻。整个使团，只有小斯当东，能够坐着与皇帝对话。语言，使小斯当东获得特权，他愈发大胆。小斯当东在乾隆身边坐定，然后，转过头来。他吃了一惊——整个帐幄里的装饰，像光怪陆离的万花筒，在他的眼前展开。所有的装饰都是从皇帝的视角出发的，只有在这个角度，才能目睹它莫测的美。这种美，只属于皇帝一人，而与那些平日里匍匐在地的大臣们无缘。小斯当东第一次获得了皇帝的视角，那是一种君临一切的傲慢与孤独，而那些身着盛装的使者——他平日里尊崇的父辈，在宫殿的辉煌背景下显得那么多余和可笑。他在一瞬间与马戛尔尼，还有自己的父亲紧张的眼神对视。他们担心孩子的鲁莽会触怒中国皇帝。所以，在小斯当东与乾隆对话的时候，宫殿里鸦雀无声，只留下乾隆皇帝苍老的声音和嘹亮的英吉利童音，在大厅里回荡。与小斯当东的单薄声音形成对比，乾隆的声音显得平稳、浑浊、世故、松弛和耐心。1793 年，清乾隆五十八年，法国人处死了路易十六，乔治·华盛顿第二次当选美国总统，而中国的乾隆皇帝，则和他的古老王国一起，到了老谋深算、目空一切的年龄。除了把漫长的人生拖得更长，他不再有任何愿望。这群欲望膨胀、肝火旺盛的英吉利人，在他心里成为不折不扣的麻烦制造者，他希望尽快体面地把他们打发走。只有与英吉利男孩的交谈是愉快的，它不需要外交辞令，只是一种天伦之乐，丝毫不会造成体力和精力上的浪费，所以，在乾隆看来，是这个聪颖的孩子，使这次可有可无的无聊会见变得生动有趣。

马戛尔尼在回忆录中对于小斯当东受到的礼遇不屑一顾，但老斯当东的回忆录显然没有忽略这一值得炫耀的细节。小斯当东付出的所有努力，都在中国皇帝的赞赏中得到了回报。他比使团中的任何一个人都看清了乾隆的皱纹，粗糙的皱纹在平滑的龙袍的映衬下显得更加不堪。他向中国皇帝进献了两支漂亮的火枪，两支坚挺的火枪，令他想起自己跟在父亲后面在英格兰的森林里射杀猎物的快感。皇帝回赠他的是一只绿色的玉如意，出于对小斯当东的喜爱，他还从自己的腰间解下一个荷包，亲自挂在英国男孩的腰上。那是一个黄色丝绸质地的荷包，上面绣了一条五爪金龙。从符号学的角度看，双方的礼物——枪和如意，分别代表各自的文化立场，无意间进行了一场悄无声息的对话。

中国皇帝对英式火枪的不屑一顾，令小斯当东，以及所有的英国人大吃一惊。他们无论如何无法预想到这样的结局。与他们的预期相反，英国人提供的军事装备被锁进圆明园的仓库里，直到六十多年后，英、法联军火烧圆明园时才发现，它们依旧蒙着厚厚的灰尘放在原处,始终没有人动过。马戛尔尼的苦心孤诣被彻底丢弃,他带着垂头丧气的表情,两手空空地离开中国,但他们也并非一无所获,他们发现了这个"骄矜"之气盛行的国度无法掩盖的虚弱,而中国人竟然对此一无所知。中国人至今对他们用火绳引燃的枪支津津乐道,而对英国人每分钟发射二十响的火枪不屑一顾。[14] 在马戛尔尼看来,"只要我们派两三艘小战舰,不消两个月工夫,就可以把中国沿海的海军全部摧毁。"[15] 这是一个骇人的秘密。小斯当东无意中看到,一丝隐秘的笑意,正浮上马戛尔尼的面容。

二、鸦片与下午茶

鸦片

1638年4月15日,徐霞客来到贵州贵定县白云山,在这里,他被一大片绚烂的红色花朵所蛊惑,在他的《游记》里写了一段文字:"莺粟花殷红,千叶簇,朵甚巨而密,丰艳不减丹(牡丹)药(芍药)。"莺粟,在古代文献中,常与罂粟通用。作为风景,罂粟花,以丰艳的形象引起这位职业旅行家的关注,并为他的锦绣文章提供原料。但那时的徐霞客并不知道它的味道和它的真正吃法,他显然小看了它的威力,对他的杀伤力一无所知。

罂粟花，曾经以观赏花的身份，在百花园中混迹多年。从观赏的角度上说，罂粟花的美无可置疑。它拥有硕大的花瓣和艳丽的色彩，并因此夺得了在花界的地位。唐代陈藏器在《本草拾遗》一书中，对罂粟花的描述如下："罂粟花有四叶，红白色，上有浅红晕子，其囊形如箭头，中有细米。"明朝万历年间，文学家王世懋在《花疏》中，对罂粟花的评价是："芍药之后，罂粟花最繁华，加意灌植，妍好千态。"

我从未目睹过一株真正的罂粟花。这一富贵名花因其身份可疑，已经被彻底边缘化。人们早已识破了它的诡计，因而对它采取了断然拒绝的态度。它的艳丽外表，已经无足轻重。快感与痛感，这感觉的两极，竟然同时存在于一种植物中。以罂粟（及其制成品鸦片）为媒介，身体开始在这两种相反的感觉中游荡和徘徊。在很多情况下，美等同于伤害，它的内部潜藏着对于危险的预告。只有聪明的人，才能对此有所觉察。这种预告，早在六朝时代就开始了。李白在诗中，把这种花称为"断肠草"："昔作芙蓉花，今为断肠草。以色事他人，能得几时好。"邓之诚先生考证道："断肠草即指罂粟花，知其流入中国已久，盖远在六朝之际矣。"但无论如何，打量一枝罂粟花是必要的。否则，关于历史的很多困惑都无法解决。

由香草到毒药的转变是神奇的。这是一个悄无声息的渐进过程。罂粟花以极其隐蔽的方式，开始了对我们身体的征服。如上所述，它最先欺骗了我们的视觉，继而，它以药物的名义，对身体进行最初的试探。宋代的许多医书和药方，都记录了罂粟花进入身体的过程，以及它克服病痛的丰功伟绩。这种试探得到了身体的认可，罂粟花也从此获得了进入身体的通行证。

罂粟花从此开始了它对于人们神经的腐蚀。没有人能够抵挡罂粟花的魅力。一株植物，因其销魂蚀骨的本性，而与历史发生了密切的联系。全球化的元代，吸食鸦片的方法由印度传入，中国人曾经从容飘逸的身体因罂粟花而战栗，那是一种从未体验过的快感。一种莫名的欲望从此变得不可遏制。到清末，整个国家都陷于一种酥麻的昏厥中。

人性的贪婪，为所有的阴谋提供理由。而元明时代的中国，在历经春秋战国秦汉三国两晋南北朝五代十国分分合合战争离乱之后，已经从血泊里爬过来，需要休憩、疗伤和享乐。在这个统一、平和的国度里，感官的欲望变得无比强大。所有的暴力，都需要高强度的享乐提供安慰。纵欲时代自此开始。中国人的五官，从这时开始，变得日益精致。他们以日趋苛刻的目光，打量自己的生活。生活的艺术，也在这种严格要求下，日臻完美。人们用享乐来抵抗死亡，他们忘记了，享乐的内部，暗藏着通向死亡的最快道路。这是纵欲的困惑,是享乐的悖论。人们以无法克制的欲望,与罂粟的阴谋相配合。他们自己充当了谋杀者的同谋。他们的罪恶,比起罂粟毫不逊色。

快感不仅仅是一种精神现象,同时也是一种物质现象,它与名为二羟基苯基丙氨酸和内呔啡的大脑分泌物密切相关,只要大脑分泌出这两种化学成分,快感就会应运而生。连情感都是物质的,这无疑给唯物主义者提供了最佳的论据。二羟基苯基丙氨酸和内呔啡是埋伏在人们身体内部的密探,罂粟花看穿了其中的秘密,并迅速把这两种化学物质发展为自己的盟友,对这一切,人们毫无察觉。对于罂粟(鸦片)提供的快感,我无从体验,但我不怀疑它是一种无法言说的神秘感受。这种感受不是我们身体自生的,而完全依靠那种名为鸦片的催化剂。快感一旦产生,身体对于催化剂的依赖就不可取消,除了因为催化剂自身具有瘾性之外,更因为人们的欲望是没有止境的。第一次快感的结束,必将成为第二次快感的开始。人们对于快感的要求,也水涨船高,如沙上垒卵,越垒越高。终止这条黑色的欲望之路,并不是件简单的事,它要与贪婪的人性作对。吸食鸦片的过程,如同推着一块石头上山,虽然人们知道石头终将滚落,砸伤自己,但参与人数的增加,使每个人的侥幸心理与日俱增。强大的快感召唤着每个人,使许多谨小慎微的人,

也参与其中。对此,光绪时人张昌甲曾有如下描述:

> 凡人初吃烟时,其志个个持定,必曰:"他人心无主宰,以致陷溺其中,我有慧力焉,断不至此!"及至将成之际,又易一言曰:"放下屠刀,立地成佛,我有戒力以制之!"迨其后明知不可复返矣,则又曰:"我终有定力以守之,不至沉迷罔觉也!"直至困苦难堪,追悔莫及,方瞿然曰:"一误至此哉!"然人寿几何,此生已矣!

这是一种由鸦片提供的超额快感,根据能量守恒定律,人们必将提交超额的痛苦作为补偿。天下没有白吃的午餐,幸福必将以痛苦与忍受作为交换,历来如此。这使我们看到了鸦片与药物的本质不同:药物的使用过程是苦的,但它的结果却是令人愉快的,而鸦片,则刚好相反,它的享用过程充满快感,而结果却令人痛苦不堪。快感,还是由身体提供,而鸦片,只是这种交换的中介而已,它只是帮助了快感资源的集中使用,当然,它的中介费用是高昂的。不论怎样,鸦片仅仅提供了一个以痛苦交换快感的平台,便有无数人趋之若鹜。所谓愿者上钩,对此,鸦片从不负道德责任。

下午茶

与鸦片的强烈相比,下午茶是淡的,刚好适合伦敦人的优雅胃口。

老斯当东几乎在每个下午都要喝茶提神。他拥有一间专门的茶室,里面摆满了美轮美奂的精致瓷器,既有东方文物的色彩,又带有英国古典气息。下午的光线刚好照亮那些大大小小的瓷器,使它们看上去更加晶莹剔透。他几乎在每天固定的时刻,将黄色古典花卉图案的细瓷茶壶、茶杯、奶盅、糖罐、银质茶匙、茶刀,以及金属过滤网等,在茶桌上一一摆好。他细致的动作常令小斯当东看得出神。老斯当东有一套固定的喝茶程序,先把烧开的沸水倒进茶壶进行"暖壶",片刻之后,他会倒掉热水,将红茶放进茶壶,再注满沸水,等待几分钟,然后把茶水倒入杯盏。有时还提前在杯子里加些牛奶,而且一定要凉的。他习惯用拇指和食指,将那只精致的中国瓷杯捏在手里,一面翻检手中的资料。温润的茶水轻轻熨过他的身体的内部,令他感到浑身妥帖。饮茶是一种细致而微妙的满足。小斯当东就是在这个时候,第一次听说了中国这个名字。他在那时把中国想象成一个弥漫着植物芳香的国度。小斯当东注意到,父亲饮茶时动作雅致,表情松弛,丝毫不像在考虑什么重大的事情。

当中国人横卧榻上吞云吐雾的时候,伦敦的众多客厅正浸泡在茶的芳香中。这是一种耐人寻味的交换——中国交出了茶叶，换回了鸦片。我们在东印度公司的档案中找到一封信，是该公司的职员威克汉先生与1615年6月27日在日本的费朗多写给在米阿考的伊顿先生的，信中要"一包最醇正的茶叶"，这是有关茶的最早记录。"Tch'a"是俄罗斯人给茶的称呼，他们通过中国北方获知这个发音并且保存在自己的语言中。[16] 茶叶于1650年进入英国，在这个岛国迅速风靡。1664年，东印度公司的普罗德船长（Captain Prowde）从万丹回来，送给国王查理二世的礼物，不是什么珍禽异兽，而是一小包"珍贵的茶叶"和一点肉桂油。国王的妻子、葡萄牙公主卡瑟琳（Catherine）王后带到英国的嫁妆，除了作为殖民地的孟买以外，还有她高贵的饮茶习惯。在王公贵族的号召下，饮茶成为一种不可抵挡的时尚。到1700年，伦敦就有了近五百家茶室。与茶叶的风靡相比，鸦片在中国的境遇堪称冷落，直到1782年，鸦片在中国还找不到买主，然而此后，鸦片的事业势如破竹，十五年后，英国向中国出口的鸦片就达到四千箱，而到了1836年，中国的鸦片吸食者已达到一两千万。

茶是一种温文尔雅的文化血液，它与中国人中庸平和、天人合一的精神特征相呼应，它以一种舒缓的节奏，塑造了中国人的行为方式和思想方式——中国人不疾不徐、顺其自然的性格，在很大程度上与茶的教诲有关。茶所散发的清香，充满了文化的隐喻与象征。正因如此，茶水，才得到英伦绅士们肠胃的认可，并在其中畅行无阻。这群被羊奶喂大的盎格鲁－撒克逊人，自饮茶伊始，就体验到一种前所未有的清醒与享乐。英格兰的荒原把他们塑造得血肉饱满，但他们自觉地接受了茶的驯化。饮茶，使那个阴霾的岛国变得温暖、宁静、和谐和安逸。平静的茶水，具有抵抗风暴的力量。但是，茶在英国的命运，至少有两点与它在中国不同——第一，茶的普及，使人们聚集起来，它培养了英国人的公共生活，以及对自由言论的偏爱，白金汉宫的最高指示逐渐被弥漫全国的窃窃私语淹没，茶与英国民主制度的酝酿具有某种难以言说的暧昧关系；第二，茶叶催生了英国人的征服感，在他们看来，他们的茶桌已然成为世界的中心，这是隐藏在饮食中的权力意识，如果他们愿意，他们可以得到一切，他们刚刚离开茶桌就露出了他们的犬齿：那个茶的国度，将成为他们的下一道开胃大餐。

与茶相比，鸦片有着明显的攻击力。作为一种良性的饮品，茶是建设性的，至少对于这个以牛羊肉为主食的民族而言，茶有着分解动物脂肪的作用；而鸦片则是破坏性的，它蛰伏在一种谎言式的快感背后，向痴迷者发起攻击。它像一个巨大的陷阱，而快感，只是它的诱饵而已。一旦上钩，它就会像一件看不见的刑具，把身体牢牢控制住，出现哈欠、喷嚏、呕吐、下痢、出汗不止、战栗、抽搐、神经痛、谵言妄语、哭笑无常等一系列身体反应，直至心脏停止工作。鸦片展现了一场隐性的杀戮过程，这个过程中，没有血腥刺激的场面，并且是渐进的，因而很容易被忽略，吸食者也因此放松了对它的警惕。茶是液体，对于个人和社会，都是滋养性的；而鸦片是气体，生命与财富都将在穿过美轮美奂的烟枪之后化为灰烟。作为鸦片的制造者和推销者，英国人自己并没有选择鸦片[17]，而是立场坚定地选择了中国茶，与此同时，一厢情愿地把鸦片视为中国人的最佳选项。中国人从一开始就笑纳了这份好意，并且如同英国人善待中国茶一样，把吸毒升级到一种艺术的境界。

三、下跪与握手

下跪

马戛尔尼在觐见乾隆的时候最终是否下跪，二百多年来一直是历史学家争论的焦点。

回到1793年9月14日那个神秘的清晨。在那次历史性会见中，英方只有六人在场，即：马戛尔尼、斯当东父子、温德、赫脱南和安德逊。那天，特使身穿绣花天鹅绒官服，缀以巴茨骑士钻石宝星及徽章，上面再罩一件巴茨骑士外衣，看上去与中国官员的打扮十分接近，似乎有意以此表明他们对东方习俗的尊重。马戛尔尼、斯当东、安德逊在各自的回忆中都承认了这一点。他们先后进入大帐，此后，他们的叙述开始出现歧点。

根据马戛尔尼的回忆，当他听到皇帝驾到时，他立即出帐，沿着铺在地上的红毯，迎接乾隆。在美妙的音乐声中，乾隆坐在一个十六抬的无盖肩舆中，神态安详地出现了。等乾隆入帐坐定，马戛尔尼手捧装着英王书信的木匣，拾级而上，呈递到乾隆手中。乾隆接过木匣，并没有打开它，而是随手把它放在宝座旁边一个锦垫上，分别向他们赐予赠物。从他的叙述中，我们丝毫看不到有关下跪的细节。历史学家特拉维斯·黑尼斯三世和著名专栏作家弗兰克·萨奈罗在他们合作的《鸦片战争——一个帝国的沉迷和另一个帝国的堕落》一书中认可了马戛尔尼的叙述，他们认为："那天谁也没磕头，什么事情也没完成，只有小乔治（即小斯当东）进行了一番表演。"[18]

从常识出发，我们会发现其中的明显破绽，首先，使者不通过执礼太监而直接把书信递给皇帝是不可能的，其次，他没有记述自己到底行了何种礼节，因为作为英国特使，见到中国皇帝不行礼同样不可能（但老斯当东的回忆录的记述与马戛尔尼相同）。我们有理由因此对马戛尔尼的回忆存疑。

有关那次会见的第二种记忆，仍然来自划破清晨的美妙的

第三章　马戛尔尼：烟枪与火枪

马戛尔尼刻像。约翰·霍尔（John Hall）作于 1797 年。资料来源：荷兰海牙和平宫图书馆

小斯当东像。莱缪尔·弗朗西斯·阿博特（Lemuel Francis Abbott）作于1785年。资料来源：英国国家肖像馆

第三章　马戛尔尼：烟枪与火枪

马戛尔尼像。莱缪尔·弗朗西斯·阿博特（Lemuel Francis Abbott）作于1785年。资料来源：英国国家肖像馆

乾 隆 大 皇 帝
TCHIEN LUNG TA WHANG TEE
TCHIEN LUNG, DE GROOTE KEIZER.

乾隆皇帝。这是 1798 年荷兰文版的《英使谒见乾隆纪实》(*An Authentic Account of and Embassy from the King of Great Britain to the Emperor of China*) 中的插图。资料来源：荷兰马斯特里赫特大学图书馆

第三章　马戛尔尼：烟枪与火枪

天津附近的城门。威廉·亚历山大（William Alexander）作于1793年。年轻的英国画家威廉·亚历山大是马戛尔尼使团的随团画家，在从澳门到北京的往返旅行中，创作了大量反映当时中国世态风情的画作，随后在英国及欧洲风靡一时。这本威廉·亚历山大的《中国服饰》（The Costume of China）内含48幅彩色版画，于1805年在伦敦出版。

乾隆皇帝在一众官员的陪同下，前往帐篷，接见马戛尔尼使团。威廉·亚历山大作于1793年。

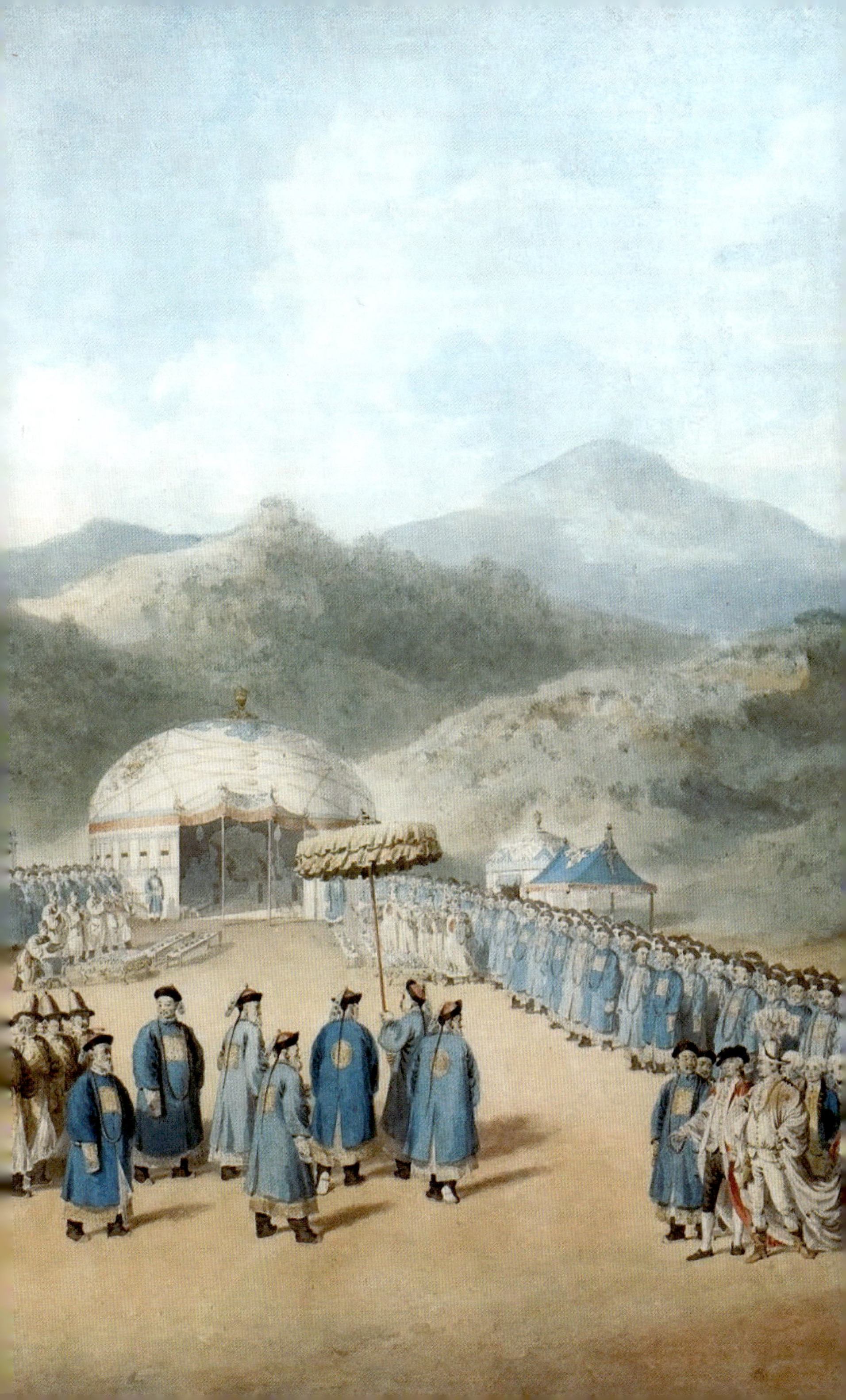

《中国的吸鸦片者》(Chinese Opium Smokers),托马斯·阿鲁姆(Thomas Allom)画,帕特森(G. Paterson)刻,1843年。收录于乔治·赖特(George Wright)编、1858年于伦敦出版的《插图中的中华帝国》(The Chinese empire, illustrated)。

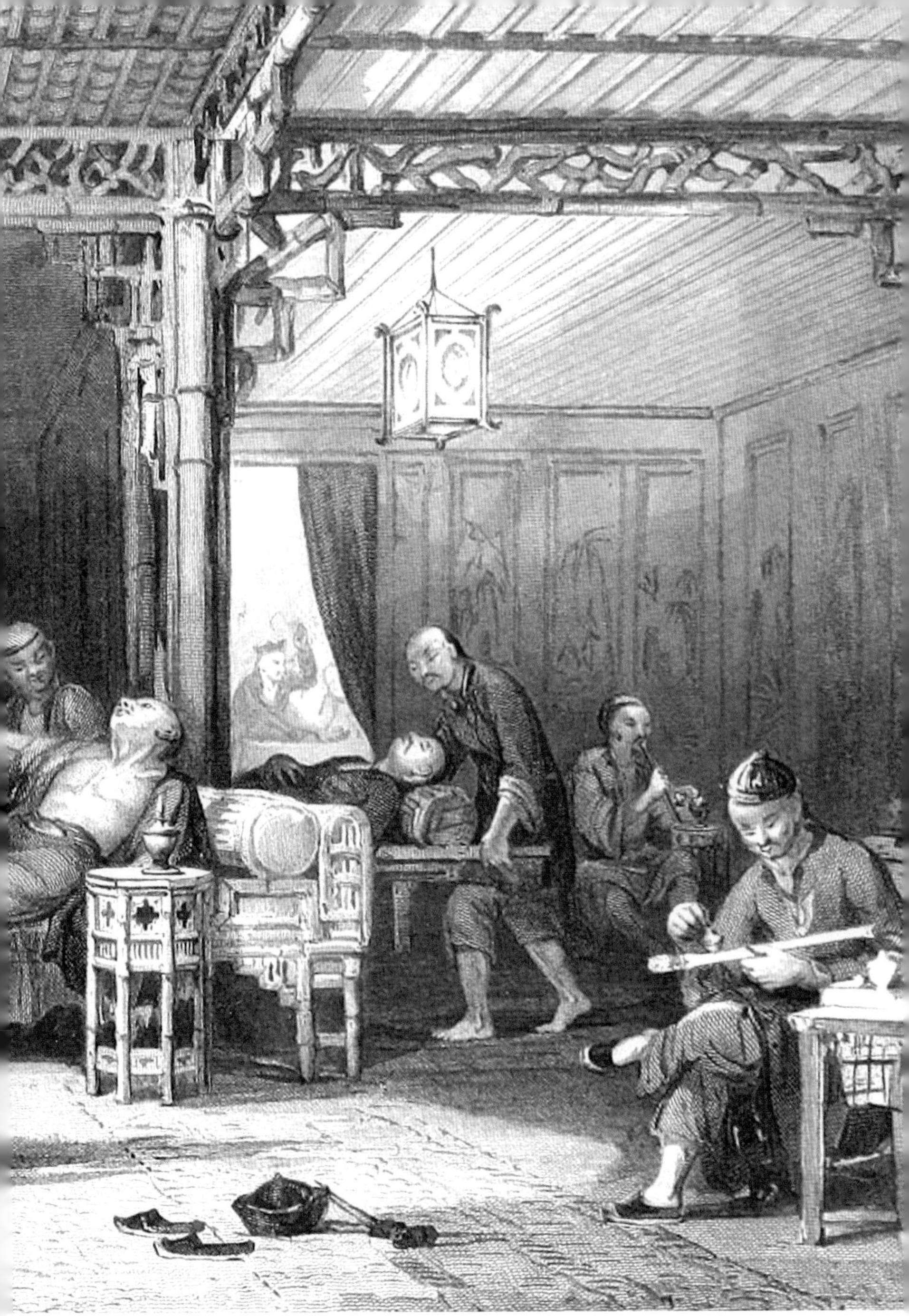

CHINE. — Une fumerie d'opium.

《中国的鸦片烟馆》。这是一幅作于 1896 年的木刻，作者不详。

第三章 马戛尔尼：烟枪与火枪

《乾隆皇帝在北京的宫殿对外交官及其随从的接见》（The Reception of the Diplomatique and His Suite, at the Court of Pekin）。这是詹姆斯·吉尔雷（James Gillray）作于1792年的漫画。资料来源：英国国家肖像馆

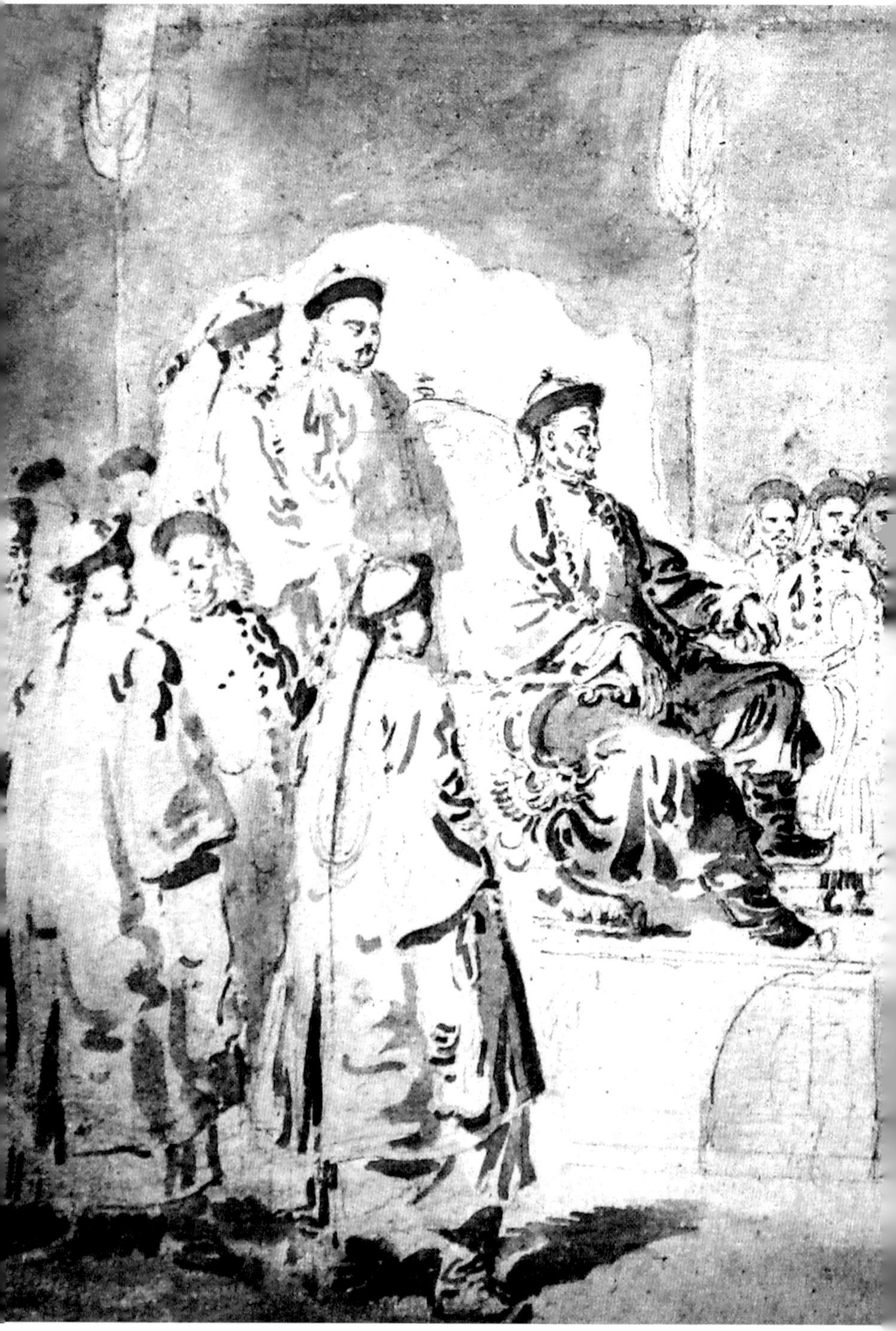

马戛尔尼第一次会见乾隆皇帝,右侧的小孩为小斯当东。威廉·亚历山大作于1793年,该图右上角有他对画中人物身份的标注。

广东港口中的荷兰东印度公司的商船。荷兰画家约翰斯·文布恩斯（Johannes Vingboons）绘于 1665 年。资料来源：荷兰国家档案馆

ON

远路去中国

广州欧洲工厂林立，珠江商船如织。英国画家威廉·丹尼尔（William Daniell）绘于 1805 年。资料来源：英国国家海事博物馆

第三章　马戛尔尼：烟枪与火枪

1840年7月4日，英国攻占舟山的前夜，中英双方在停播在舟山港的英国战舰"威厘士厘号"（HMS Wellesley）上进行最后的协商。英国画家哈利·达雷尔（Harry Darrell）绘于1842年。资料来源：美国布朗大学图书馆

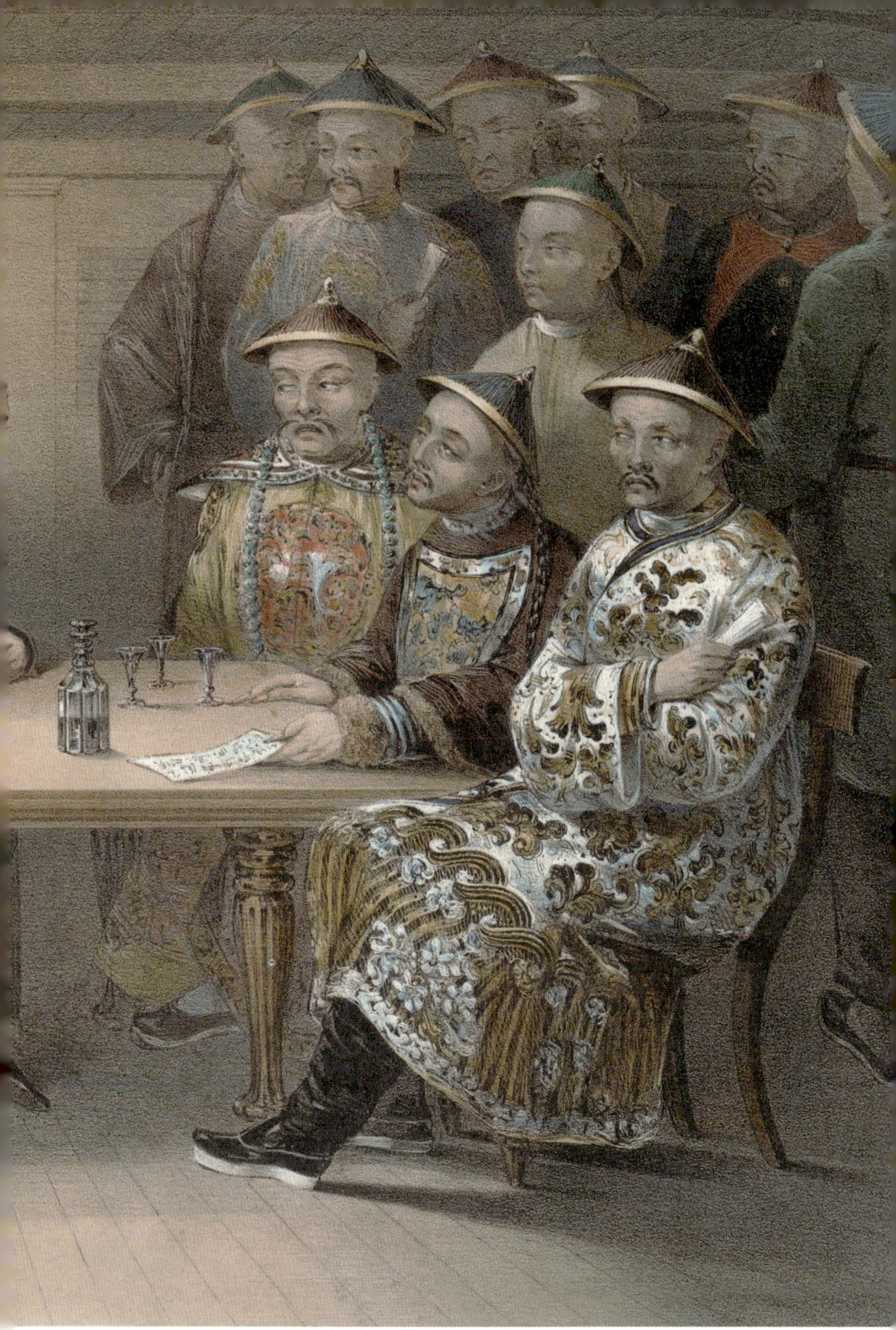

1840年7月,英军攻占定海。托马斯·阿鲁姆根据英国皇家海军的怀特上校(Lt. White)的一幅素描所绘,帕特森刻,1843年。收录于乔治·赖特编、1843年于伦敦出版的《风景中的中国:那个古老帝国的景象、建筑与社会习惯》(*China, in a Series of Views, Displaying the Scenery, Architecture, and Social Habits of That Ancient Empire*)一书。

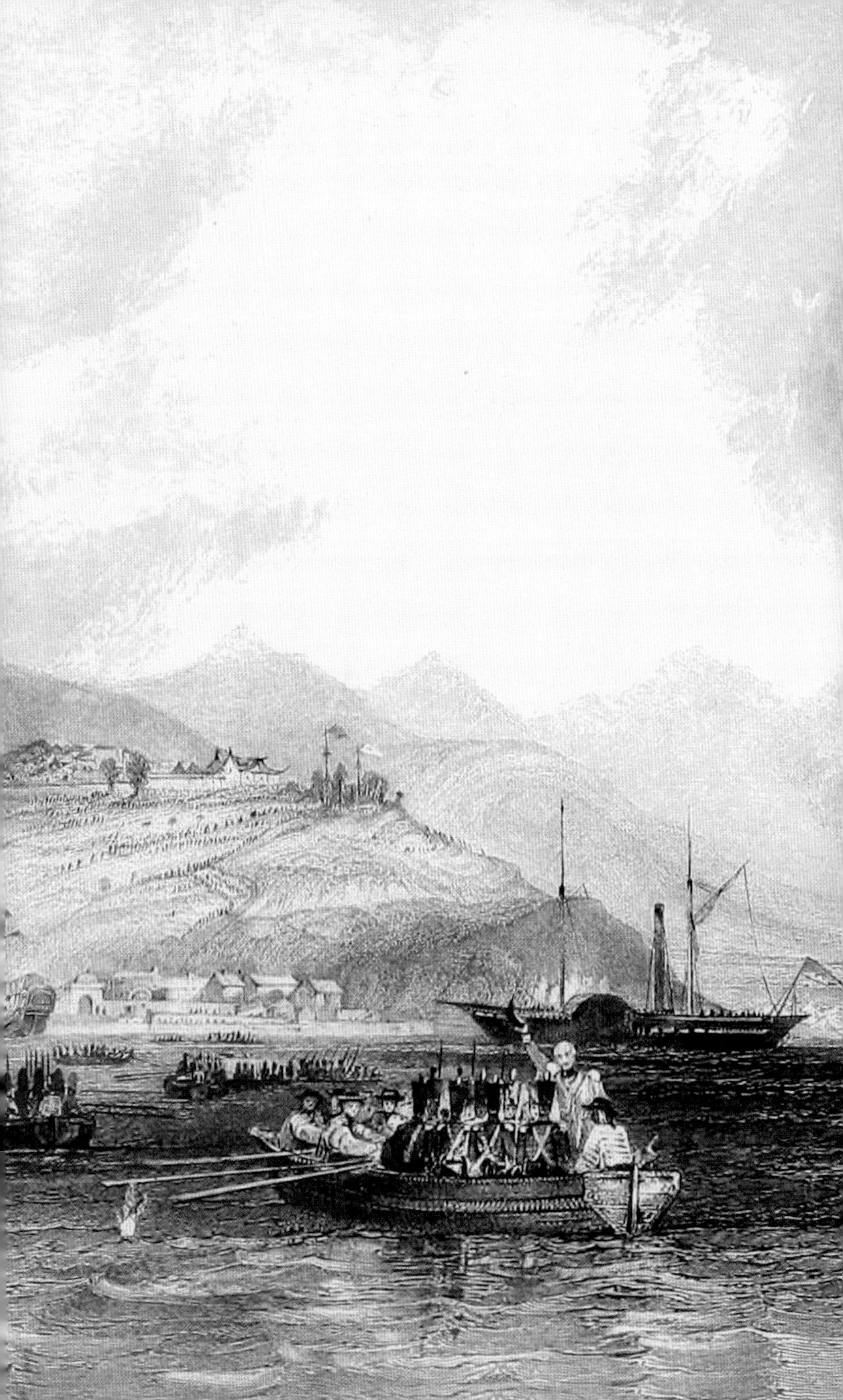

1841年1月,穿鼻湾,英国战舰的炮火摧毁了清朝的战舰,双方实力悬殊。英国画家爱德华·邓肯(Edward Duncan)绘于1843年。资料来源:美国麻省理工学院

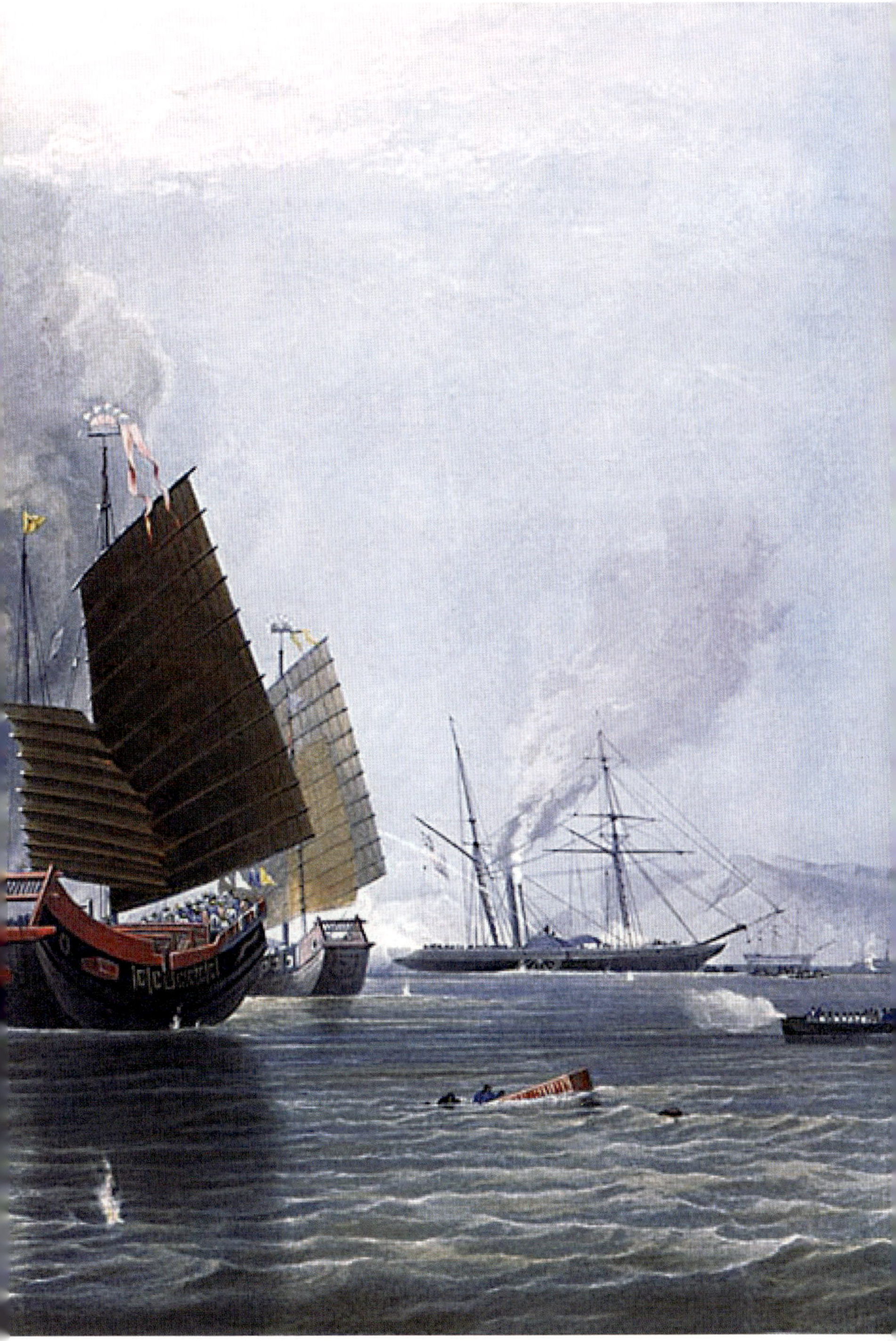

签订《南京条约》。英国画家约翰·博纳特（John Burnet）绘于 1846 年。
资料来源：美国布朗大学图书馆

第三章　马戛尔尼：烟枪与火枪

远路去中国

英法联军攻进大沽口时，清军守城将士的伤亡惨状。英法联军的随军摄影师费利斯·比托（Felice Beato）摄于1860年。资料来源:《皇朝落日》，林京著，人民文学出版社，2013年版

第三章　马戛尔尼：烟枪与火枪

远路去中国

第三章　马戛尔尼：烟枪与火枪

英法联军攻入大沽口南岸炮台。费利斯·比托摄于1860年。资料来源:《皇朝落日》

远路去中国

战争结束后,英军龙骑兵在大沽口留影。费利斯·比托摄于1860年。资料来源:《皇朝落日》

第三章　马戛尔尼：烟枪与火枪

1873年德国人恩斯特·奥尔末拍摄的圆明园西洋楼谐奇趣全景，是目前所知距西洋楼建筑群原貌最近的影像记录。资料来源：俄国庆提供 / FOTOE

远路去中国

奥尔末拍摄的圆明园西洋楼谐奇趣近景。资料来源：俄国庆提供 / FOTOE

音乐声。"我们离开了帐篷，因为有人通知我们皇帝快过来了。我们站到皇帝要经过的路边，他坐着由十六个人抬着的大轿。他经过时，我们单膝下跪，把头低到地上。"[19]

这是小斯当东在他后来的手稿中写过的原话。许多历史学家都在此后的二百多年间咀嚼着这句话的含义。与那些职业政客相比，或许孩子的话更加可信。佩雷菲特在档案馆中找到了这份手稿，他注意到，这句话（"down to the ground"）在手稿中被划掉了。它好像透露了什么，但又不彻底，仿佛一个孩子，在即将说出真相的瞬间，突然遭遇了大人严厉的目光。佩雷菲特认为，"这孩子十分聪敏，他清楚自己保持沉默的重要性，而他一生会发现这种沉默在他精神上越压越重。"[20]

这使我们必须重新回到那段浸透着清晨微凉的乐声中。"当皇帝陛下经过时，有人通知我们走出帐篷，让我们在中国官员和鞑靼王公对面排好队伍。我们按当地方式施下礼，也就是说跪地，叩头，九下。"[21]另一位现场证人温德的话，斩钉截铁。

温德不是孤单的，清代军机处的档案[22]，以及会见的口译者、俄国人瓦里斯基，都证明了温德的记忆。马戛尔尼或许认为自己并没有说谎，他只是剪除了关键性的细节，而这种蓄意的剪裁，反而使那些消失的细节，变得更加突出和强大。那看似漫不经心的剪切后面，一定深藏着他不可置疑的切肤之痛。

中国人取得了想象中的胜利。一个国家的皇帝，对另一个国家的皇帝，获得了暂时的胜利。尽管下跪将成为使团成员内心的隐痛，但乾隆却为此心安理得。这种礼仪堪称平常，因为它与他想象中的世界秩序完全吻合，只是那些蛮夷无礼，不懂教化而已。马戛尔尼在十三年后离世，在使团成员中，小斯当东成为最漫长的秘密持有者。如佩雷菲特所言，这份秘密，对他而言形成越来越大的压力。时间，是所有秘密的敌人。无法泄露的惊天秘密，会像怪物一样，在幽暗中兀自生长，一天比一天强大、嚣张和沉重，令他难以承受，并最终影响他的性格、思想和行为。小斯当东后来对中国的强硬立场，很难说与这一秘密毫无关联。二十年后，小斯当东第二次来华，觐见嘉庆皇帝，遭遇与前次一样的礼仪之争。中国官员要求他遵循前例，小斯当东厌恶并且冷漠地回答，他已完全忘记那段童年记忆。

下跪，是中国臣民与皇帝联系的唯一方式。每一个有幸与皇帝打交道的人，他的跪姿必须过关，不仅动作得合乎规范，而且要有耐久性，至少要坚持到皇帝恩准他站立起来以后。连七八十岁的老臣也不例外。如果哪位大臣得罪了太监，在跪垫下面放些石子，那么，这种庄严的礼仪便成了一种酷刑。朝廷上几乎没有人能够摆脱这种酷刑的折磨，但他们不能对此有丝毫的抱怨，相反，他们必须声情并茂地作出一副虔诚的表情，甚至有行动不便的老臣，在家中还要训练自己的跪姿，以免在上朝时出丑。这种心甘情愿的自我矮化行为，是他们从政训练中不可或缺的技术环节，是每个壮志凌云的政治家必须接受的身体命运，它表明了他们并非自己的身体所有者，他们的身体所有权归属于皇帝，必须在皇帝需要的时候挺身而出，并根据皇帝的意图做出各种高难度动作。他们是身体规训的接受者，同时也是实施者，因为他们在各自的辖区内，承担着训练子民的任务。他们要通过自己的努力，将这种姿势普及到全体民众中去。如同大臣见到皇帝时要下跪，子民见到大臣时也要下跪。这是一个由下跪串连起来的权力链条，他的顶端是皇帝，在经过层层过渡之后，直达它的末端——草民。它以形象的方式，对递进式的权力关系做出注解。如果有外国人，对中国"君君臣臣父父子子"这四项基本原则不能全面理解和深刻领会，那么，虔诚的跪姿，可以为他们提供最直观的解答。下跪，将无以数计的身体纳入到一个统一的国家编码系统中，是对所有无组织状态的身体的有效组织，它成为全体中国人民认可的通用姿势，这个杂乱无章的国度，只有在这个动作中，才能真正做到整齐划一。

从皇帝的视角看，所有人都匍匐在他的面前，只要他不同意，就不会出现一个例外。（一个人如果从整体的规定动作中独立出来，等待他的只有灭顶之灾。)这使中国古代宫殿不需要借助过分的高度，就可以把皇帝的地位恰到好处地突显出来，也使皇帝永远以俯视的视角看待别人。他与他人之间的这种空间关系，是以国家制度的形式确定下来的，而它对统治者与被统治者的心理影响，又是十分微妙的。这样的空间关系，在宫殿中无处不在。臣民们在下跪中对自我精神的矮化，与皇帝的自我圣化，是同步完成的。皇帝英明伟大的寓言，也是由这些行为艺术的操作者集体创作完成的。老斯当东曾经感叹："很难想象世界上还有什么礼节比它更表示行礼者的恭顺卑贱和受之者的神圣崇高了。"[23] 不仅如此，作为这种尊卑秩序的极致化体现，皇帝本人，甚至皇帝的象征，比如圣旨、器物，也在顶礼膜拜之列。在这种话语环境中，即使皇帝的夜壶，也要接受这种隆重的待遇。1905年，清朝五大臣出洋考察西方政治制度，美国总统在白宫前举行欢迎仪式，升清美两国国旗时，清朝大臣就是全体卧倒，以匍匐在地的古怪姿态完成这一神圣仪式的。

下跪，是中国国民面对领袖（最高领袖，以及各种级别的小领袖）的唯一方式，也是中国皇帝所能接受的唯一姿势。显然，在中国，无论君臣，都习惯了这一姿势。没有下跪，这个国家的一切都运转不下去。根据拉康的"镜像理论"，每个人都是通过他人（环境）来确认自我的，就如同每个人只有借助镜子观察自己一样，他人就是必须借助的镜子。那么，那些纷纷跪下的身体，就是皇帝认识自我和认识世界的主要方式。在这个世界上，不可能有比皇帝的宫殿更宏伟的建筑；即使皇帝是个侏儒，也不可能有比他更伟岸的身躯——所有高大威猛的身材，都在下跪这一经典姿势中消失了。从国家政治的层面上看，统治者在构建社会的时候，通常是以身体为模型的，这就是约翰·奥尼尔的"拟人论"。在中国皇帝的政治理念中，臣民们身体上最重要的器官，不是大脑，而是膝盖。一个人的政治表现，常常取决于他的膝盖骨是否够硬。

因此我们可以理解，当马戛尔尼一行拒绝下跪时，中国皇帝为什么大为恼火。根据皇上旨意，军机处还于八月十八日特别发出上谕，要求英国人"其瞻觐时自必能恪遵礼节"[24]。中国皇帝是以类推的方法，构筑他与国家、世界的关系的。他把世界想象为一种同心圆结构，皇帝将永远居住在所有同心圆的共同圆心上。皇帝的执政经验，屡试不爽地验证了这一理论的正确性。实际上，这是一种古怪却无比固执的幻觉，像顽疾一样，生长在每个帝国统治者的身上，亘古不灭。汤因比在他著名的《历史研究》中一针见血地指出："任何大一统国家都不会包容整个地球，都达不到名副其实的大一统。但是，就那些生活在其政权之下的人的主观感受而言，这些国家确实是大一统的,它们看上去并且让人觉得是整个世界。正如我们前面看到的,罗马人和中国人都认为他们各自的帝国包容了世界上所有重要的民族;东罗马帝国也和其他许多帝国一样声称自己对整个世界有统治权。这种天下一统的主观信念,从来都是一种幻觉。"[25] 但这种幻觉,已经成为帝王们事业的一部分。从这个意义上说,每个皇帝几乎都无一例外地成为严重妄想狂患者,而宫殿以及顺从的臣民给他制造的假象,使他的病症愈发不可救药。在这种不断膨胀的心理幻觉面前,一个万劫不复的深渊已赫然在目,但所有的皇帝都对它视而不见。"大一统国家的不朽性信念之所以经久不衰的另一原因是,这种组织本身令人难以忘怀,而这种印象有别于作为其化身的前后相继的统治者的威望。'大一统'之所以能获得人心,是因为它象征着从动乱时代的长期苦难中恢复过来。正是这一原因,使罗马帝国最终赢得了原本抱有敌意的希腊文人的尊敬。"[26] 皇帝们在虚拟的世界中心虚构了自己的伟业,帝国在时间上的抗衰老能力将在巨大的空间中得以体现。于是,在这样的皇帝面前,一个拒绝下跪的人是多么的不可理喻,简直是岂有此理!同样,老马对中国皇帝的固执也感到不可理解。很多年后,著名的禁烟英雄林则徐在一个夹片中,描述英国人的膝盖不能打弯,如果这一描述提前半个世纪,刚好可以解释马戛尔尼为什么不能下跪,但马戛尔尼当时对这样的描述一无所知。[27] 这场著名的礼仪之争旷日持久，和珅曾经代表中方对马戛尔尼进行多次认真严肃的批评教育，并给马戛尔尼上过一堂生动的磕头课。没有一个中国人认为，马戛尔尼是来寻求平等的，因为在中国人的词典里，根本没有"平等"这个词。

握手

马克思有句名言：历史总会重演，第一次是悲剧，第二次就是闹剧。1816年，马戛尔尼的悲剧早已结束，而阿美士德（一译安赫斯特）的闹剧,，才刚刚开始。这一次的主角——威廉·皮特·阿美士德勋爵，是一位家世显赫的贵族子弟，在马戛尔尼来华那年完成大学学业，1802年二十九岁时，成为英王乔治三世的宫务大臣，1815年，成为枢密顾问官，1816年，又奉英国国王之命，率一支船队，心有不甘地来到中国；而这一次的配角，正是二十三年前的那个侍童——托马斯·斯当东。

二十三年中，英国发生了很多大事，其中最大的一件，是打败了拿破仑，成为世界上的超级大国，尽管后来"睁眼看世界的第一人"林则徐从翻译资料中了解到英国的地理位置、面积、人口、军队数量时，被这些简单的数字所蒙蔽，认为它无论如何也不可能比中国强大——这是典型的中国式思维，因为在那个时代，全球化进程早已开始，"一个国家的富强程度不只依靠本国的发展，而且也有赖于它的海外事业"[28]。另一件事是，小斯当东已经由少年步入成年，而且已经身居东印度公司广州特别委员会主席这一要职，这个年富力强的斯当东，已经做好准备，对未来的中英关系发言。而中国，二十三年中，什么事都没有发生，只是换了一个皇帝而已。马戛尔尼离开中国三年后，皇帝的苍老的面孔，被一张年轻的面孔所取代——德高望重的乾隆皇帝驾崩，继任者是嘉庆。这种看似巨大的变化，对中国的影响微乎其微，充其量只是一个具有血缘优势的人填补了一张空缺的椅子而已。铁打的宫殿流水的皇帝，在这种人事变更面前，国家意志坚如磐石，即使一个弱智统治国家，国家也会在既定方针下运行不悖。皇帝既是至高无上的，也是无足轻重的——他只是一个符号、一具供大家顶礼膜拜的塑像。

从这个意义上说，中国没有历史，因为中国没有变化，中国历史只是时间的简单叠加而已，对于拒绝成长的国家而言，它的高龄决非荣耀而恰是耻辱，伏尔泰在《风俗论》里写道："这个国家已有4000多年光辉灿烂的历史，其法律、风尚、语言乃至服饰都一直没有明显的变化"[29]，是赞美，但更像是嘲笑，黑格尔则认为，中国具有悠久的"历史"，但"自由精神"在中国根本没有萌发，历史停滞在起点上。

英国拥有真正的历史（包括其他西方国家），因为它（们）正处于历史性的变化中。中国的历史永远重复，像《西游记》里降妖捉怪的故事，永无止境地循环。它的历史是圆形的，而不是线性的。圆与线，代表着两种截然不同的空间结构。前者是封闭的，后者是开放、延伸的；前者空间是有限的，后者则是无限的。用圆与线两种符号代表中英各自的历史，再形象不过了。圆，意味着圆满，同时，也如同句号，意味着结束——一切尚未开始，就已经结束。

19世纪初，鸦片已经开始了它在中国所向披靡的事业，但英国人似乎认为他们更应做些体面的生意，况且在他们认为自己拥有比鸦片更重要的产品，至少，可以与茶叶、丝绸、瓷器这些"中国制造"相媲美。或许，他们认为中国执政者的更迭能给他们带来好运气，这表明年轻气盛的帝国使臣对那个古老国度缺乏起码的了解，它高估了中国的潜力。中国已经成为一个庞大的固体，而年轻的英帝国，则具有液体的属性，宜于渗透和扩散。尽管马戛尔尼的事业付诸东流，但英国绅士的道德感并没有完全泯灭。他们继续着蚍蜉撼树的事业。

甲板上的风，是斯当东熟悉的。斯当东会想些什么，我们不得而知。至少有一点可以肯定，他不会像他少年时那样激动。在他的印象中，中国已经不再是一个神奇的国度。所有的神话，除了证明欧洲人发达的想象力以外,什么都证明不了。与其说他关心中国,不如说他关心英国可能从中国获得的利益。为此,英国必须劝说中国加入到一种公平的游戏中去。他们需要煞费苦心地向中国人讲述游戏规则,但与阿美士德勋爵不同,斯当东对此行的结果不抱任何幻想。在中国皇帝眼中,天朝无所不有,不需要与外国(番国)进行任何物质交换,斯当东在1810年写道:"这个幅员辽阔的帝国满足于它有的丰富自然资源与工艺人才……"[30]中国人给马戛尔尼使团赏赐的物品,比他带来的礼品要多好多倍。

一切都不出所料,嘉庆的态度与乾隆一模一样。这是制度性翻版。可怜的英国人在历经千辛万苦之后又回到了起点。旅途的终点像一个圆形的陷阱,企图吞噬他们的线性航线。习惯即公理。中国皇帝仍然要求英国使臣跪下他高贵的身躯。

陆上的行进经常伴随着大雨,这使旅程变得更加艰辛和泥泞。与航船相比,他们乘坐的轿子在风雨中显得更加脆弱。雨水透过轿帘打在斯当东的面颊上,模糊了他的眼睛。皇宫越来越近了,但在斯当东的眼中,它越来越不清晰。他被某种不确定感所笼罩,这使他深感抑郁。

雨脚如麻,轿子却停了下来。斯当东把头伸出轿外,眉头凝成一个疙瘩。有中国官员来到他的面前,尽管有护兵为他撑着伞，但他青缎的官袍依然湿透，紧裹在他的身上。透过密集的雨声，他听到中国官员声嘶力竭的声音。他说，使团全体必须下轿，因为离皇城近了，坐轿有违祖制，有损皇上的尊严。斯当东有些愤怒，但他忍住了。他把拒绝下跪作为使团的底线，其他一律让步。

同第一次觐见皇帝时的情景十分相像，斯当东与他的勋爵一起，半夜从被窝里被叫起来。他们昏昏沉沉地穿越了一段漆黑的道路之后，被领入宫殿。但与热河行宫那座热闹的宫殿不同，这座大殿是空的，身材高大的斯当东站在宫殿中央，不知该干什么。根据中国人的习惯，此时必须下跪，由于事先与中方的沟通未达成一致，此时的斯当东手足无措。他仿佛被推到一座灯光照耀的舞台上，所有的目光都聚集在他的身上，而他却不知该如何把戏演下去。这时，他又被一个意外的发现震惊了——那把龙椅竟然是空的。善解人意的中国官员们向他们解释，这一次皇帝不在场，但他们必须向空椅子下跪。他们认为这样既可以完成礼节，又能免除英国人的尴尬。在斯当东眼里，没有了皇帝的宫殿显得空旷而古怪，而缺少任何一个大臣，都不会有这种感觉。他感到大殿中有一股阴冷的气息向他袭来，一种尸体的气味，千百年挥发不掉的气味，一种从木柱和隔扇的缝隙间发出的气味。他突然感到不寒而栗。他有了一种呕吐的欲望。

但他用手制止了这种欲望,否则会酿成严重的外交事件。他把目光扫向勋爵,那个嗜睡的年轻人似乎还没有弄明白怎么回事,在中国官员的劝说之下,已经糊里糊涂地跪下了一条腿。斯当东看见中国大臣推了推勋爵,企图使他把额头放到地上,完成神圣的觐见仪式。这一举动令斯当东义愤填膺,他突然清醒起来,抓住勋爵的胳膊。勋爵的动作就这样停在空中,那是一个不可重复的高难动作,他不知道下一个连接动作应该是什么,在庄严的大殿上,勋爵的身体像小丑一样,突然定格。此时,斯当东深刻理解了马戛尔尼离开中国时留下的一句话:"以我们欧洲人的准则来判断中国,没有比这更能使人犯错误的了。"

皇帝很快知道了他们的抗拒,盛怒之下,下达了驱逐令。离开中国时,他们的懊丧比马戛尔尼增加了十倍。从此以后,在大英帝国,再也找不出任何人对这条索然无味的漫长旅途感兴趣了[31],只有鸦片商人除外。因为,在那条航线的终点,有大把的金钱等着他们去赚取。在那些利益获得者看来,他们别无选择,因为中国人不给他们进行其他贸易的机会,中国消费者对鸦片的兴趣远远高于西方的工业产品。这显然是强盗的逻辑,但在强盗那里,它顺理成章。"除了一些小挂钟和小加工成品外,欧洲产品在中国几乎没有市场"[32]。而从中国运来的茶叶、丝绸与瓷器,却日复一日地掏空英国人的钱包。"哥伦布远航开辟了掠夺美洲的历史，欧洲人在美洲发现了贵金属矿金、银的盛产地，并把大量金银运回欧洲。然而，这些金银也只是在欧洲稍微歇一下脚，就被转移到了中国"[33]。著名的山西票号，就是在国际资本的这一循环过程中发展起来的，这是现代银行转账制度的由来。谁能想到，晋商赚到的钱，竟然包含着欧洲从美洲掠夺的财富。埃昂在1646年无奈地说："带到法国的金银似乎被装进了一个漏底的口袋，而法国只是一条水流不停的运河。"[34] "美洲1571年至1821年间生产的白银至少有半数被运到中国，一去而不复返"[35]。关于鸦片贸易是否与道德违背的争论在英国下院持续不断，菲利普·弗兰西斯曾谴责在印度扩大种植罂粟这种"世界上最有害的一种产品"，敦达斯平静地回答说，鸦片是亚洲的一种日常消费品，从印度向中国出口鸦片越多，英国为印度花的钱就越少。一向十分谨慎的广州遴选委员会写道："马戛尔尼和阿美士德两个使团的失败会强烈地促使我们懂得通过谈判在中国得不到什么东西。"[36] 巨额的贸易逆差，渐渐被鸦片贸易的收入抵销。在利益面前，道德逐渐被遗忘。"这一时期[37]，每年五千箱鸦片刚好平衡两国间的贸易差额"[38]。马戛尔尼原来想"能用大米或任何更干净的东西替代鸦片"，但他很快就听之任之了。[39]

在几经摸索之后，英国人找到了与中国人打交道的最有效方式。他们想要做的事情，只要偷偷摸摸做就可以了，一旦进入中国复杂的政治程序，再简单的事情也会变得无比麻烦。中国的大雅之堂是一个巨大的黑洞，再正当的理念也会被它吞噬掉。更何况，对于经历了血腥的圈地运动和殖民运动的英国而言，巨大的利益获得已经使它所有的罪孽得到了宽恕，成功者是不受谴责的。或许被那个推崇礼仪的东方国度所震慑，马戛尔尼把平等、尊重作为自己前往亚细亚的通行证，而实际情况刚好相反，这种尊重，恰好成为他的绊脚石。当以绅士自居的马戛尔尼在东方寸步难行的时候，鸦片商鬼鬼祟祟的事业正如日中天。毒品如腐蚀剂，再坚固的防线都会被它侵蚀。仪态端庄，这是中国文化营造的假象，对礼仪的过分迷恋刚好暴露了中国人的虚伪——马戛尔尼以前的欧洲人都被它迷惑了，实际上，在这份仪态的背后，是自私、肮脏、残忍和贪婪，否则，中国人便不会拒绝正式贸易代表而对鸦片商情有独钟。鸦片成为金钱和快感的双重代言人，势不可挡，不仅中国的海关官员无法恪尽职守，连中国后来的皇帝，都成为瘾君子。当战争结束后，中英双方讨论和约时，英方代表亨利·璞鼎查爵士比中国人还要理直气壮："如果你的国民充满美德，就能够阻止这种邪恶的习惯。如果你们的官员清正廉明、恪尽职守，鸦片也就无法进入你的国家。"[40] 双方的伪善不相上下。马戛尔尼没有看到这一点，但斯当东看破了。西方的中国神话幻灭，斯当东是这个过程的见证人。两次出使，使斯当东认识到，他们无法通过握手与中国人建立正常的联系，与中国人建立联系的方式只有两种：要么向中国人下跪，要么让中国人下跪。

在鸦片面前，所有的外交原则都已失效。鸦片不仅以直截了当的方式进入大清王朝针插不进的国土，更以直截了当的方式进入中国人的身体，甚至连纠缠于外交礼仪的中国皇帝，都乐于听从鸦片的指令。应当说，鸦片与皇权之间存在着某种神奇的呼应关系，皇权本身就带有某种迷雾感和虚幻感，它是通过一系列复杂的政治程序（比如下跪这样的礼仪）完成的自我认定，它既是实在的，又是虚拟的，皇权可以主宰一切，但它也可能随时烟消云散——这份权力从来都不牢靠。皇帝既在现实中，又在想象中，构筑了自己的权力体系。它像一场美梦，瑰丽无比，却随时可破。所有的皇帝，都是一定程度上的精神紊乱甚至失常者，他们寄生于身份上，既顽强，又无奈地活着。权力欲是一种极致性快感，就像鸦片一样，兴奋，致幻，但在现实中，它什么问题也解决不了，它不是饭，更不是药——如果是药，那它只能是毒药。

如同马戛尔尼这样的侠义之士对鸦片贸易采取默许的态度一样，中国几任皇帝对此也表示默许。谁也不会想到，在这两个无法对话的国家间,鸦片竟然成为最大公约数。这是一种无言的契约,谁先破坏这个"契约",谁就将受到惩罚。

1877年1月,郭嵩焘乘英国轮船抵达伦敦,开始了中国第一任驻西方大使的职业生涯。时值大英帝国成立庆典,上院议员阿什伯里侯爵环游世界归来,在伦敦展览他拍摄的照片。郭嵩焘在参观展览后发出如下感慨:"英国议政院阿什伯里遍游各国,所至风土人情,照相记之。而于中国,为男女僵卧吸食鸦片烟,以取笑乐,臣甚愧之。"[41]

西方视野里的中国形象,就这样凝结在中国式的华丽烟枪上。英国人是这种形象的缔造者,也是它的欣赏者。这个日不落帝国,通过黑暗的鸦片贸易,既获取了现实利益,又完成了对中国的精神矮化,制造一个妖魔化的、"鸦片中国"的他者形象,并围绕着"鸦片中国"的原型,赋予中国形象一系列反面的、否定的东方性特征,从而使西方对中国(东方)的所有殖民暴行,都获得了话语中的正义性。这是一种"一石二鸟"的政策,它使英国人兴致盎然地进行鸦片战争。这种精神矮化→贸易掠夺→殖民战争的三部曲,表明了暴力的加速过程及其不可逆转性。当好奇的伦敦人挤在阿什伯里的摄影作品前欣赏丑陋的中国人的时候,他们忘记了自己正是中国灾难的制造者。

晚清维新派名士汪康年曾对西方人把中国称为"东方睡狮"

感到困惑不解，最终，是马戏团的一位驯狮员向他透露了答案。驯狮员说：驯狮的方法，是将鸦片涂在食饵上，狮子上瘾后，便全无往日威风，无精打采，昏昏欲睡，任人摆布调戏。

恍然大悟。

巧合的是，当年马戛尔尼使团从英国朴次茅斯启程时，那艘旗舰，就以"狮子"命名。

鸦片使整个中国陷入一种集体性的幻觉中。他们通过幻觉前往生命的乐土，但事与愿违，他们看到的只有疾病、疯狂和死亡。这是一种前所未有的身体虐待，并且像梦魇一样，以前所未有的规模在中国降临。中国人的灵魂终于从昏蒙的烟雾中觉醒，他们开始"破坏"原有的"默契"。1838年，钦差大臣林则徐宣布，那些在十八个月之内不能戒除烟瘾的人将被处以极刑。

1839年3月18日，林则徐到达广州八天后，招来行商，颁布一道严格的手令，要求他们责成外国商人呈缴鸦片。在他看来，这对双方都是公平的，但响应者寥寥无几。有趣的是，当英国人向东方的"天朝"摇橄榄枝，希望与其平等相交时，"天朝"对此无动于衷；而当"天朝"希望双方建立一种公平游戏时，英国人又把"天朝"的尊严视为儿戏。"平等"，此时已经无法满足他们的欲望了。

这一年，林则徐给维多利亚女王写了一封公开信，向这位英国统治者索要"平等"。在美国语言学家兼眼科大夫彼得·帕克的帮助下，这封公开信才被译成英文。这封信从一家美国邮局寄出，却在前往英国的八千英里的航程中消失了，英国女王没有读到这封信，它的内容却刊登在《伦敦时报》上。再转译回中文后，我们读到这样义正词严的词句：

天道对所有人都是公平的。损人利己是不道德的。世界上的人心是相同的：珍爱生命，憎恨摧残生命的事情……

你们自己不吸食，但却不断制造鸦片，引诱中国人购买，这表明你们对自己的性命格外小心，却不管他人死活……

我肯定地说，我们决心永远铲除鸦片烟毒。此处禁止吸食，你的属国（印度）必须禁止生产，对已生产的，女王陛下必须立即搜剿，投入大海……

灾难不会从天而降，行事从善，上天保佑。[42]

这封信在英国没有产生任何预期的效果，相反，它变成了笑料，甚至被改编成流行的喜剧，在英国上演。

历史常常在漫不经心之中显露玄机。此时，林则徐已经拥有一名英文翻译员，名叫梁进德。或许出于对这封信的慎重，林则徐把翻译的重任交给了彼得·帕克。就在林则徐郑重其事地发出致英国女王的信函之时,译员梁进德的父亲梁发,悄悄由新加坡潜回广州。梁发在中国历史上的重要性,无论怎样强调都不算过分,原因是他曾经写了一本宣传基督教的书,名叫《劝世良言》。这部书源于《圣经》,被称为"《新旧约圣经》的缩写本、普及本",是一部经过改良、合乎中国人阅读习惯的《圣经》。其中有些言辞,堪称对鸦片战争前夕大清帝国末世光景的精致描摹:

> (富人)其心骄盈殆甚,日夜方寸之中,惟慕于财利世俗宴乐之事,耽于骄奢淫逸之心,身安意足,独愁命短,不能尽享快乐之事……(富贵人之子女)每作每为,纵欲自恃,骄盈日甚,淫乐日肆。旦昼之间,不论衣食,就谈财色。群居终日,言不及义。兼贪财色,爱纳少妾……以谄媚邪恶之徒为友,把直谅多闻的士为仇。见善人如眼中之刺,亲恶徒如席上之师。言行举止,动以洋烟财色为天,不知稼穑艰难之苦,弗达贸易买卖之忧。[43]

《劝世良言》的文字堪称粗陋,毫无欣赏价值,但它风靡一时,原因是它凛冽的刀锋将表面堂皇的盛世图景切割得体无完肤。1833 年，这部中国版的《圣经》，灼痛了一个年轻的中国人的眼睛，它轻而易举地触动了他性格中的燃烧点。几年后，他创立了一个不中不洋的宗教组织——"拜上帝会"，从而引发一场波及半个中国的大乱。这个年轻人，叫洪秀全。[44]

据罗尔纲先生考证，1833 年，清道光十三年，八月十八日至九月十九日，正是大比之年。饱读诗书的洪秀全，就是在这一年前往广州，准备开始他的仕宦之旅。令他无法想到的是，他将在这条路上碰得鼻青脸肿，以至于他发下毒誓，总有一天，他自己会开科取士。科场外，他看见一位异人，着大袖衣，梳髻，携书而至。[45]那天的日头很毒，给洪秀全一种恍惚感，但他在许多年后仍然清晰地记得那个异人的模样："他是一个仪容可敬的老人，年纪在五十岁左右。他的面容表示他有慈善之心，令人一见便生敬爱之心。"[46]只要比照英国伦敦会传教士马礼逊1833 年 10 月给伦敦会的信件，就会知道，那个异人，必是梁发无疑。那时，无论林则徐、马礼逊，还是梁发本人，都不会想到，在《劝世良言》的鼓动下，几年后，一个中国面孔的上帝，就在广西金田村，横空出世了。

有台湾学者在评说梁进德译员的父亲梁发的业绩时说："《劝世良言》是一部惊天动地的书，因为此书是太平天国的宗教的《圣经》，是洪秀全宗教知识的源泉。由此书引起了太平天国的宗教革命，扰攘当时十七省，沦陷六百余城，牺牲了数千万生命……"[47] 这个仁慈的上帝，以血腥的方式，为沉沦的中国提供了一条救赎之道。遗憾的是，帝国的前景，并未被血光照亮，相反，连她自己，一同堕入万劫不复的黑暗深渊。

林则徐的命运，后来又与洪秀全纠结在一起。历史的这种复杂的网状结构令我们叹为观止。这位钦差大臣因鸦片战争失利，被充军之后，又于1850年再度被任命为钦差大臣，他的使命，就是镇压已经成为天王的洪秀全，但他于当年11月死于潮州途中，与洪秀全的对话半途而废。

炮制非法出版物的梁发，在那次散发小册子之后，就遭到官府通缉，他只好只身逃亡新加坡。那时，正值英国政府首次派遣驻华商务总监督律劳卑到广州进行交涉的当口。不过，这些故事，都是后话。

亚马孙河蝴蝶翅膀的扇动，会引起得克萨斯的龙卷风。美国人将此称为"蝴蝶效应"。几乎每一件可怕的事件，都是由一些微不足道的因素联动而成的。1840年，后来被史学家们称作"鸦片战争"和"太平天国革命"的历史事件还都没有发生，但它们早已潜伏在时间中，蓄势待发。

再说斯当东。1840年4月7日，英国下院举行了激烈的辩论。此时，尊敬的议员托马斯·斯当东的面孔，从几百张面孔中浮现出来，站到了历史的焦点上。这个当年的侍童，那时已年届六旬，已经成了一个成熟的政客。他从容地环顾他的辩论对手，以庄严的声调说：

"我们进行鸦片贸易，是否违反了国际法呢？没有。当两广总督用他自己的船运送毒品时，没有人会对外国人也做同样的事感到惊讶。

"北京朝廷有权强化司法措施以制止鸦片贸易。但迄今为止对外国人最重的处罚是禁止经商或驱逐出境。现在它能粗暴地判处他们死刑吗？这种追溯既往的做法是对人权的不可容忍的侵犯。中国人要像对待他们的叛乱分子一样用剑刃来对待英国人，我们要小心！如果我们在中国不受人尊敬，那么在印度我们也会很快不受人尊敬，并且渐渐地在全世界都会如此！正在准备中的战争是一场世界性的战争。它的结局会产生不可估量的影响。根据胜负，这些影响又将是截然相反的。如果我们要输掉这场战争，我们就无权进行；但如果我们必须打赢它，我们就无权加以放弃。"

全场肃静，静得可以听见表针移动的声音。所有人都知道，没有一个英国人，能够比斯当东更了解中国。几分钟后，大厅里响起了长时间的掌声以表示认可他的结论："尽管令人遗憾，但我还是认为这场战争是正义的，而且也是必要的。"[48] 这是英国人对林则徐最后的回答。

中国人的容忍度为零,著名的"虎门销烟"就是这样发生的。图索德夫人蜡像馆为此给林则徐立了一尊蜡像,蜡像下的说明文字是这样写的:"他销毁了价值二点五万英镑的英国财物。"但故意回避了这种"财物"就是走私的鸦片。英国人的容忍度也为零,战争爆发了。不同的是:英国人从一开始就意识到,这是"一场世界性的战争";而中国人认为在收缴和销毁鸦片后,鸦片问题已经得到妥善解决,当中国皇帝收到来自前线的战报时,竟然不知道海岸上的英国船为什么要开炮。

1840 年,这个年份的重要性,无论怎样渲染都不过分。这一年出现的转折是标志性的。当中国人试图取消烟枪的特权时,英国人的火枪开始发言了。这场必将载入史册的战争,在自定海到厦门的漫长海岸线上全面爆发。关于这场战争的过程,曾经被无数次讲述过。其中最值得一读的一本,我认为是茅海建先生的《天朝的崩溃》。在这里,我只想强调一个细节——尽管中国从来不乏赴汤蹈火的勇士,定海知县姚怀祥在应邀参观了装备着七十四门大炮的英舰"威厘士厘号"后,曾对英国人说:"是的,你强大而我弱小,但我仍要战斗。"[49]但双方实力的悬殊,使得在七月五日下午二时半在定海海面开始的战斗中,英国军舰只用九分钟,就基本摧毁了排列在港口的清军战船和岸炮的还击能力。

中国的皇权竟然如此弱不禁风,这等于否认了中国政治伦理的合理性。后来的历史证明,强调威仪的中国皇帝很快威风扫地,战争爆发不久,道光就万分焦急地催促与英国人和谈。七月三十日,皇帝的特使琦善与英军首领义律会面。交战双方的会面,是在舟山要塞南部一个泥质浅滩上,以一种优雅的方式进行的。对礼仪有着执着嗜好的中国人为自己的敌人准备了钟鸣鼎食、玉液琼浆,日后被充军的琦善,身穿一件淡雅的蓝缎长袍、白底皂靴,正精神抖擞地迎候义律。会谈在亲切友好的气氛中进行,琦善满怀深情地回忆了马戛尔尼与阿美士德当年对中国的朝贡,对此,义律予以驳斥,认为那是一个平等的会见。六个小时的漫谈后,双方在战争相关议题上没有达成任何协议。分别的时候,义律没有鞠躬,而是与琦善握手。琦善愣了一下,他的手还是握住了义律的手。

握手这种动作,作为身份平等的人之间相互问候的一种方式,在中国人的动作谱系中,并不占主流地位。在中国传统文化中,手属于隐私部位,握手是类似于授人以柄的行为,必须是肝胆相照的知己方可担当,否则,《诗经》里所谓"执子之手,与子偕老",就不会如此隆重了。这使琦善与义律的握手显得十分古怪。尽管琦善事先并无准备,但作为朝廷官员,他的动作选择显然是经过权衡的，而不是即兴的。或许，他的这种动作，表明了他的王朝在礼仪上的轻度让步。

礼仪的变化颇具隐喻性，它暗示着一种新规则正悄悄取代原有的规则，而握手所表达的这种身份平等，仅仅是表象而已。谁掌握了规则，谁就掌握了结果。在当时的中西方之间，不存在平等的真正可能。黑格尔认为，中国与欧洲代表着世界地理（空间）的两极——东方与西方，也代表着人类历史（时间）的两极——起点与终点，世界秩序就体现在中国与西方代表的一系列的对立范畴中，如奴役与自由、停滞与进步、愚昧与文明。这种中西方二元的对立同时也意味着一种价值秩序，中国是否定面，以西方为代表的人类文明将在历史的进步过程中，最终克服东方性。德里达说过，二元对立同时也意味着一种等级与价值关系。在麦都思的文本中，中国与西方也构成一种对立，中国是拥挤的、苦难的、愚昧的、地狱般的异教世界，是一个完全被动的世界，等待被西方人毒害（贩运鸦片）或被西方人拯救。他们没有能力主宰自己的命运，完全是西方人实现其罪恶或责任的对象。[50] 在琦善面前，义律是代表着强盛、文明、进步、高贵，在向弱小、野蛮、停滞、低贱训话。中国人不会想到，在这种貌似平等的礼仪背后，一种新的等级秩序，已然形成。

四、宫殿与废墟

宫殿

小斯当东感觉到自己被那座山水宫殿吞没了，他觉得很无助。他太小了，而那座宫囿又太庞大了，他无法看到它的边际。爸爸告诉他，这座园子名叫圆明园，中国的康熙大帝兴建了它，到现在还不到一百年，但已经是世界上最大的皇家园林了。小太监告诉他，"圆明"两个字的意思是"圆融和普照"，意味着完美至善。它是一座光荣之城，象征着帝王的所有伟业，象征着这个国家的完美与强盛。

那座神奇的宫殿，就在这个初秋午后接近了他。他像陷入迷宫，跟在马戛尔尼勋爵和父亲的后面走着，绝美的风景已经让他魂不守舍。比如那个"方壶胜境"，在水边，像海市蜃楼般不可思议，楼阁上的金色琉璃瓦被阳光照亮，如锦鳞般清晰毕现，东边是锦绮楼，西边是翡翠楼，巨大的翘檐像翅膀一样向外伸展，使整个建筑具有了一种飞翔的动感，他站在庭院里的焚香炉前，懒洋洋地打量着这座水上建筑，木兰花的芳香吞没了他，弄得他鼻翼发痒。他打了一个喷嚏，然后，幸福地揉揉鼻子。他在想，该如何向家乡的小朋友们描述这座宫殿，才能不被认为是吹牛。那时他想，所谓的天堂，就应该是这个样子。那时他不会想到，隆隆的枪炮声，会在以后的日子里逼迫这个天堂，而他自己，将成为那场战争的主导者。

他看到起伏的群山，落日的光芒从波浪般连结的山峰上放射出来，呈现出一道狭长的辉煌。园林被一种奇异的红色覆盖了，变得恍惚起来。那是血的颜色，但当时的小斯当东丝毫没有想到这一点。

"圆明园是中国的宝藏——集各种视觉魅力、艺术品和财富于一身。世界上前所未有，后世恐怕也难以再现。"[51]历史学家杰克·比钦对这座苑囿作了这样的评价。圆明园的唯一性，的确被后来的历史证明。"圆明园这个伟大的帝王宫苑，是由假山、风景、池塘和水道结合宫殿、楼阁、庙堂而成的庞大建筑创作，聚集了数以百计的小庭园和景点。在这个广大的空间里，景点与景点之间是由宛转的道路和溪流以富有艺术感的方式连接起来。事实上，被特别设计出来的景观组成了一个独立但相连的复合园林。巨大的面积、壮丽的建筑、精致的内部设计、大量无价的古董和文化遗迹让这座园林无可匹敌。"[52]它是一个伟大的建筑综合体，融汇了亭、台、楼、阁、堂、榭、廊、轩、斋、房、舫、馆、桥、墙、塔等形式各异的建筑语言，使整座园林具有了抑扬顿挫的语言节奏。它一方面将皇家气派与民间情调融合在一起，显示出皇家文化对民间文化的统合与主导能力；另一方面，它第一次大规模采用了西方建筑形式，将东方的木建筑与西方的石质建筑搭配在一起，使两种截然不同的文化在相互参照中熠熠生辉。

乾隆被认为是第一个在帝王宫苑里容纳大量西式建筑的中国统治者。在乾隆的主导下，圆明园成为全球化的产物，它的设计，是由一个国际化的设计团队共同完成的。尽管乾隆从未去过欧洲，但他曾经要求米兰出生的耶稣会传教士郎世宁设计意大利和法国式宫殿与喷水池，郎世宁向他呈现了一个迷人的巴洛克式建筑。西洋楼令小斯当东深感惊奇，场景的转换，使他拥有了一种游历梦境的幻觉。即使在英国，他也未曾见过这样瑰丽的建筑。它们是那样和谐，勒诺特尔式宫殿（Le Notre Palace）对圆明园整体的一致性没有丝毫负面影响。

圆明园使中国皇帝开始以世界主人的身份自居。他无所不能，而且无所不有。它比紫禁城更加夸大了帝王的权力。皇帝常常放弃紫禁城，而在圆明园居住和办公，并非仅仅因为这里凉爽宜人、风景秀丽，更因为它以无比绚丽的修辞和不可置疑的语法，讴歌着帝王的功德。如同福柯的空间政治学所阐述的，空间在这里成为统治和管理手段最重要的一环，是一种有效的治理技术，空间被应用到政治中，而且产生了巨大的实际性政治效果。在空间的赞助下，权力得以充分运转，并大显身手。

然而，圆明园又是中国皇帝虚构出来的一个人造世界，无论民间，还是西方，都不是真实的。它并不是真正的世界，而是世界的替代品，一个想象的乌托邦。它在表面上是开放的，而且，与世界同构，实际上，它是封闭的。硬性的建筑，被软性的制度所包围和封杀，无法与世界建立真正的联系。马戛尔尼一行的到来，就是一个深刻的证明。

作为侍童的小斯当东，跟随马戛尔尼和老斯当东，于1793年8月23日到达北京后的下榻处，就在这座皇家园林的边上。那是在他们动身穿越长城前往热河之前。从老斯当东回忆录中的描述，可以断定他们当初是住在宏雅园——现在那里成了北京大学的留学生宿舍（依然是外国人的临时居留地），而马戛尔尼的个人秘书巴隆和天文学家登维德博士，以及两位技师，则住在圆明园内，距离正大光明殿几乎不到二百码（约一百八十三米），以保护和安装他们放在圆明园内的礼品。第二天，使团成员获准参观了圆明园。从特使马戛尔尼、副使斯当东，以及卫队士兵何姆斯[53]的回忆录中，都可以感受到，这座园林给他们带来的震惊。马戛尔尼写道："盖此东方雄主尊严之实况，始为吾窥见一二也。"[54]那时他没有想到，这将是一座让他失望的宫殿。无论它怎样诱人，都将一去不返。

废墟

与他的祖先不同，咸丰皇帝在偌大的圆明园内只专注于两件事：猎色和吸毒。作为一个专业猎色者，他甚至让妓女进入这座皇家宫苑。当年顺治帝之母出于防范皇帝沉湎酒色的考虑，曾经在皇宫门外竖起一块铁牌，上写："敢以小脚女子入此门者斩。"试图以此斩断年轻皇帝们蓬勃的情欲，这显然是不现实的。咸丰固然不敢破除此例，但圆明园并非皇宫，它远在郊外的地理位置，给咸丰提供了灵感，于是，他以"打更巡逻"为名，频频招纳年轻貌美的良家女子，创造性地把这座皇家园林变为色情场所，这种偷鸡摸狗的狡黠，对这个强调礼法的神圣王朝来说无疑是一种讽刺。圆明园，不仅是集天下之大成的山水总汇，同时也是皇帝们的欲望特区。在远离了庄严的堂庙之后，园林山水以柔媚的身姿引诱着帝王们欲望的沦陷。如果说宫殿是阳性的，那么苑囿就是阴性的，充满一种狐媚的质感，没有哪个皇帝能够拒绝它狡黠优雅的光辉和鬼魅迷离的气息。在它的保佑下，脆弱的人性得以高歌猛进。作为宫殿的外围组织，它使帝王的独占性得到最有力的扩充，是帝王欲望的最高体现。这正是它超越宫殿的意义所在。它不只是物质花园，更是精神花园，是建造在俗世之上的欲望纪念碑。史载："文宗（咸丰帝）渔色，于圆明园隅，暗藏春色，谓之四春，世竞传之。"所谓"四春"，就是四位绝色佳人，她们的代号分别是牡丹春、海棠春、杏花春和陀罗春。《清稗类钞》中称为"五春"，把慈禧也列入其中，把她称为"天地一家春"。"在早春的某一天，年轻的皇帝在圆明园里的一个花园里，无所事事地到处闲逛，就在这个时候，他听到清晰明亮的少女声音，正在唱着娇俏而通俗的歌曲。他停下来聆听并当下决定一定要看看是谁用如此诱人的声音在高唱。让他感到欣喜的是，他在避暑别墅里发现一个身穿绣花衣、身材高挑的美貌少女"[55]。这位名叫叶赫那拉的少女，就是后来让咸丰倾了城又倾了国的慈禧太后。这位土生土长的塞壬正以绚丽的歌喉等待这位年轻水手的沉没。

咸丰最大的享乐，是和美人横卧榻上，吞云吐雾。他的专用鸦片，有着极为诗意的名字，叫紫霞膏。太平军所向披靡，占领了半壁江山，他却"宵旰焦劳，恒以此自遣"。双重的享受，几乎使咸丰无暇他顾，只有这两件事，让他感觉到权力的价值和生命的意义。从春药到迷楼，中国皇帝可谓样样精通，该尝试新鲜货色了。此时，咸丰对于精品烟枪的执着丝毫不逊于经典美人。从这个意义上说，他成了最大的鸦片广告商和鸦片事业的最有力支持者。

而整个中国，则在皇帝的带领下，向万劫不复的深渊狂奔。

咸丰的品质，是圆明园塑造的。如果说圆明园是最强大的空间生产者，那么咸丰就是它的指令性产品。这位皇帝的一切性能，都是由这条流水线决定的。与戎马倥偬的祖先不同，宫殿与园林，成为咸丰的全部世界、他全部情感和经验的来源，他对生命、对世界的所有判断，都来自圆明园的教诲。圆明园的主题是享乐，这个天堂，是借助皇家的权威，以强硬的措施与手段，落实在人间的。它与这个弊病丛生的国度构成尖锐的对立。它如鸦片一样，构成一种极致性快感，它是放纵的、虚拟的、迷幻的，是一朵奇异的恶之花。无论它的设计如何科学、美观，它所营造的世界都是不真实的。这使这座无与伦比的皇家建筑，从一开始就被卷入矛盾的焦点中。它的内部，已经预设了毁灭的种子。

宫苑以华丽的方式遮蔽了皇帝的视野，塑造了王朝不灭的神话。对烟枪的迷恋使皇帝取消了对火枪的关注，所有的警世危言，在这里都没有立足之地。1842年冬天，在灾难性的鸦片战争结束几个月后，道光皇帝在圆明园"山高水长"内检阅他的军队。这可能是一次例行性的操演，尽管道光因为战败而对国防变得更为关注，但他并没有完全领悟到这件历史大事的意义。他没有特别致力于加强海防，没有就此提出重大的改变以应付史无前例的挑战。最后，他于1850年初，也就是国家日渐动荡的关头，在他喜爱的慎德堂内，安然辞世。[56]

1859年2月18日，郭嵩焘第一次来到圆明园的正门。如同所有第一次来到这里的人一样，他是怀着敬畏之心，步入这座园林的。他看到咸丰皇帝坐在轿上，在亲王们的簇拥下，穿过二宫门，然后就消失了。他并没有得到皇帝的接见。直到八天后，他才得到这一殊荣。

夜里两点，郭嵩焘就到大宫门的侍卫处报到。夜以巨大的厚度包围着他，他几乎能够感觉到夜的重量。他在寒夜中等待良久，终于获知，当天咸丰下御旨，宣召七人觐见，郭嵩焘排在第四位。上午九时，郭嵩焘终于在东暖阁见到了他期待中的皇帝。[57]这是一个温暖的书房，丝毫感觉不到窗外的寒意，刚进来的时候，这种暖意甚至令郭嵩焘感到某种不适。但他并没有忘记向尊贵的皇帝下跪。

接下来是一次漫长的谈话。话题涉及亲民、反腐等很多领域，其中，郭嵩焘特别指出建造西式战船的重要性。或许，这是后来的北洋水师得以创建的最初设想。在他看来，既然西人从海上来，中国就要面对海上的挑战。但这一常识并没有得到皇帝的认可，因为它超出了皇帝的生活经验和知识范围，并且，与皇帝的爱好毫无关系。他们的谈话就这样像无数次谈话一样不了了之。郭嵩焘只好一边呼喊着愿吾皇吉祥，一边慢慢退出房间。[58]

仿佛为了应验郭嵩焘的预言，这次会见不到两年，这座万园之园就被来自海上的英法军队烧毁了。或者说，这个不设防的天堂，就是为这场不分青红皂白的大火预备的。这场大火，算是中英之间对于 1840 年未尽事宜的最终了结。满目繁华，转眼化作虚无。

此前的 1860 年 4 月，来京奏请开缺回乡的郭嵩焘游览了清漪园，并在他的日记里留下对这座皇家园林的惊鸿一瞥。当他在湖南老家得知圆明园被焚毁，以及咸丰皇帝因此吐血而死的消息时，为没有对圆明园进行告别而深感痛悔。

一阵柔风带着大量浓烟，从西北方向吹来，在我们的营地上空，吹向京城，即此距离，仍自远方随风飘来大量灰烬，撒满在街道上。这是对中国皇帝的宫殿所做出破坏和惩罚的无声而讯息明确之证据。在我们的营地和圆明园之间接下来的几天，白天都因为浓烟满天而变得黯然，这看来就像太阳正经历漫长的日食，周遭的世界看来好像是被黑影所笼罩。[59]

这种黑烟与火光，与咸丰爱好的烟火有着本质的不同。小斯当东在觐见乾隆之后的宴会上，就目睹过这种绚丽的烟火。

根据 18 世纪著名历史学家赵翼的记载,"其声如雷霆,火光烛半空,但见千万红鱼奋迅跳跃于云海内,极天下之奇观矣。"[60] 英国使节也赞叹,他们在中国园林里目睹的烟火超出他们曾经看过的所有烟火的总数,无论在"气势、壮观还是种类"上,在巴达维亚曾经看过的烟火要比中国烟火低劣[61]。但此刻,黑烟却以毋庸置疑的态度宣告着废墟的诞生。没有什么比烟火更能形象地描述这个王朝的本质了。在小斯当东看来,它们像梦想一样,明亮、绚丽、短暂。烟火以其间歇性的发作,证明着黑暗的深重与持久。如今,所有的光芒都寂灭了,"圆融和普照"之地,彻底失去了它原有的光泽。

即将成为湖南巡抚的改革者陈宝箴在北京一家茶楼里看到浓烟从西北方冒出来,失声痛哭。

吸引了欧洲几个世纪的东方神话,一夜之间彻底破灭。

早在战事尚未发生的 1817 年,斯当东陪同懊丧的阿美士德返国,途经圣赫勒拿岛,斯当东当年以侍童跟随马戛尔尼回国时,也经过这里,只是这时,岛上多了一名著名的囚犯——拿破仑。这位已成阶下囚的小个子,仍然习惯于用皇帝的口气说话。他以咄咄逼人的口吻教训斯当东和阿美士德:"如果你们想刺激一个具有两亿人的民族[62] 拿起武器,你们真是考虑不周。"他望了望客人们呆滞的表情,进一步解释道:

要同这个幅员广大、物产丰富的帝国作战将是世上最大的蠢事。可能你们开始会成功，你们会夺取他们的船只，破坏他们的商业。但你们也会让他们明白自己的力量。他们会思考，然后说：建造船只，用火炮把它们装备起来，使我们同他们一样强大。他们会把炮手从法国、美国，甚至从伦敦请来，建造一支舰队，然后把你们战败。

然后，他斩钉截铁地说出他的名言："当中国觉醒时，世界也将为之震撼。"

第四章

吟唎：纸天堂

在吟唎笔下,革命者几乎无一例外地具有近乎完美的身体造型,与天国的圣洁图景遥相呼应。

> 这些革命人物服从于某种不可避免的逻辑进程，这一进程甚至连他们自己也不能理解。
>
> ——［法］古斯塔夫·勒庞：《革命心理学》

一、《劝世良言》

曾经在《马戛尔尼：烟枪与火枪》中现身的洪秀全，在本文中将大显身手。清道光十三年（1833）以前，他只是一介书生，固然天资聪颖，勤奋好学，七岁入塾读书，几年后便能熟诵四书五经，被塾师和族人寄予厚望，并于1832年顺利通过县试，但像他这样的知识青年在中国的广大农村不计其数。但是，对于整个王朝来说，无论他是否成功，都是不重要的。

说起来有些残酷，这些满怀理想的读书人，对于这个世界来说，就如野草一般，多一棵不多，少一棵也不少。即使他有经天纬地的才能，对于这个衰落固执的王朝，也无足轻重；纵然他有朝一日像曾国藩一样官高爵显，他也只是朝堂上众多的奴才之一——"奴才"这个称谓，言简意赅地道明了他们与帝王之间的隶属关系，这，正是这个王朝最为赏识的，而他们的全部工作，将是听从那个端坐在太后宝座上、有着乔伊斯式的意识流做派的更年期妇女的摆布。更何况，科举的路，几乎注定是一条失败的路，"进入考场的人当中，百分之九十八以上与成功无缘。在这样的比率下，一个读书人在他的一生中达到自己目标的机会，像中彩票一样偶然。从概率的角度说，一个人，从他选择了书本的那一刻起，他已经选择了失败"[1]。也就是说，诱人的前景，与家族的厚望，共同营造了一场巨大的骗局，把洪秀全送进绝境，使他想当奴才而不得。他企图通过读书进入上层社会的道路，从一开始就是一条断路，但这是他的唯一机会，即使概率再低他也义无反顾，因为，他没有别的机会。

1833 年 8 月，酷暑，十七岁的洪秀全就是怀着这样的心情，从广东省花县官禄㘵故乡出发，徒步走向遥远的广州城，参加癸巳科试。然而，在那里等待他的，将不是金榜题名，而是一本名为《劝世良言》的小册子，以及小册子的作者、基督教信徒梁发。

无论对于他个人，还是对于中国历史，那本文笔粗糙的基督教启蒙读物，都不是一本可有可无的书。那天几乎所有考生都领到了这本书，作为聪明的布道者，梁发把科举考试视为他宣传基督教精神的大好机会。实践证明，历史对梁发这种广种薄收的做法给予了极高的回报。在所有得到此书的人中，很有可能只有洪秀全一人认真读过，其他那些精心印刷的册页都变作一沓废纸，但这就够了，因为那名特定的读者因这本书而酝酿了一次耸人听闻的叛乱，这使一个人与一本书的相遇，成为中国历史上绝无仅有的一次事件。它像一次意外的撞击，使洪秀全的命运完全偏离到另外一个方向——一个连他自己都无法预知的方向。他终于没有，也不可能成为另一个曾国藩，他将成为洪秀全，一个出现在帝国的通缉令上，并令皇帝心惊胆战的名字，一个历史的异数；它打乱了整个历史的局面，就像一颗棋子的变动，会使所有的变动尾随其后，进而使整个棋盘的局面彻底改变。这是历史的"蝴蝶效应"。对于这些环环相扣的变化，我们常常不以为然，因为这些变化是渐进的，我们几乎觉察不到它的细节，但是，19世纪的中国，所有的变化都猝不及防，甚至洪秀全本人，在他走向广州城的途中，如果他能想到，不久之后，他将导演一场宗教革命，扰攘十七省，沦陷六百余城，牺牲了数千万生命，他一定会被吓得目瞪口呆。

二、鸦片，未完的故事

吟唎投奔太平天国的脚步没有丝毫的犹豫。

此时，他的国家——大英帝国，是太平天国的天敌，最重要的原因，应该是太平天国对鸦片实行彻底的禁绝政策，在那个为英国人苦心孤诣地制造的鸦片帝国内部，只有太平天国的辖区是一片净土。而且，这片净土正逐步扩大，在英国人看来，就像一块正在扩大的皮肤病，令他们如坐针毡。

这无疑使吟唎投奔太平天国的行为成为一种冒险，他们在途中每次遭遇清兵时，都会受到他们的袭扰和攻击，无法预测，太平军将会如何处置他这位英国人，他在上海目睹的那些扭曲的太平军尸体，在向他发出警告，让他不要接近他们的天国，但是，来自天国的消息诱惑着他。他在忐忑不安中，穿越了清军控制区，一步步靠近了太平天国控制区、上海六十英里之外的村庄——芦墟。

鸦片的故事，黏着在中国的历史中，挥之不去。1851年洪秀全在金田起事，距离鸦片战争，只有十一年时间。那正是英国人的东方事业方兴未艾的年代，无数商人，在鸦片的怂恿下，一步步完成了自己的东方梦，而那个东方帝国，一天比一天更加呈现出非理性、消极、纵欲和阴鸷的性格，与英国人的东方想象严丝合缝。在他们看来，没有什么比鸦片更与这个国度的气质相契合，"中国就是一个抽鸦片的国家"[2]。在他们的知识秩序中，中国已经被构建成世界的黑暗中心，"宁愿住在疯人院，或者跟野兽待在一起，也比生活在中国人中强"[3]。他们颠倒了因和果的关系，这样，他们就不必为他们的鸦片贸易负道德责任了。在他们看来，中国人贪婪、沉沦、堕落、不可救药，整个国土，都因鸦片烟瘾而战栗和疯狂，是中国人自己导致了鸦片的泛滥，而不是英国人的鸦片政策。英国人的贪婪、沉沦、堕落、不可救药，则被戏剧性地掩藏在他们的正义、开拓与民族精神背后，没有人忏悔，鸦片贸易这一不可告人的秘密被小心翼翼地掩盖起来，在凯旋的阳光、花环与旗帜下，它变成一个被集体回避的黑洞。

连传教士都卷入了鸦片的事业。马礼逊——来中国传教的第一位新教传教士——看不出在福音与鸦片之间存在着任何矛盾，因为他传教的经费，正是依靠鸦片贸易的利润来维系的。子如其父，马礼逊的儿子，也是一位天才，他在给东印度公司充当汉语翻译的同时，还利用宝贵的业余时间，撰写了一部通俗读物——《中国商贸指南》，为鸦片商人提供生意经。执着于鸦片事业的传教士马礼逊不会想到，有一个名叫洪秀全的书生，在大清帝国的末日余晖中，与他的弟子梁发擦肩而过。从那一瞬间开始，中国的历史、英国的历史，都变得截然不同。

太平天国的领导人表现出异乎寻常的洁癖。这种洁癖，是所有理想主义者的职业病。对于鸦片的态度，他们与任何人不能苟同。革命是纯洁的，污浊的鸦片显然不能混迹其中。作为堕落、腐朽的象征，鸦片与革命的语境格格不入，因而革命者从一开始就表明了与鸦片的势不两立。"洪秀全又禁吸鸦片，甚至平常烟草和饮酒亦在被禁之列。"[4] 这无疑触及了英国人的底线。呤唎说："在太平革命运动的早期，几乎全体熟悉他们的人，甚或许多并不熟悉他们的人，全都对他们有着友好的感情，可是曾几何时，一旦完全明白他们对输入鸦片采取不妥协的态度之后，就有有力的团体起来反对他们，而不管他们是不是基督徒等等了。"[5] 上帝的仁慈、女王的雄心，都在此刻露出了马脚——那些伟大的事业，归根结底都是为钱包服务的。在鸦片面前，所有动听的言辞都沦为不堪一击的谎言。

英国记者安德鲁·威尔逊在当时就认识到："太平天国叛乱之所以爆发，部分地要归因于鸦片战争……如果不是第一次英中战争对清帝国政府的威望给予猛烈的冲击，叛乱就不可能酝酿成为燎原的大火。"[6] 历史的不同构件之间的勾连关系耐人寻味——中英两个帝国的战争成就了太平天国，而太平天国的崛起，反过来又使已经撕破脸皮的大清与大英两个帝国重新坐到一起。1860年，英法联军占领了大清帝国的首都，烧毁了万园之园，但这并不妨碍大清与英国在对抗太平天国的战斗中并肩作战。

在上海，呤唎亲眼目睹了法国人和英国人对"三合会"[7]的清剿。1855年，中国的除夕之夜，三百名冲出清军包围的会党，向海军总督拉戈投降，他们没有想到，等待他们的，是酷刑处死——他们被拉戈全部交给了清军。然后，这座城市便多了一些残缺不全的尸体。他们死后，清军血洗了上海城，屠城三天，一些会党被钉在木桩上，火红的烙铁在他们的血肉之躯上烫出一阵阵呛人的白烟；一些闪亮的刀，在一些扭动的身躯上不辞辛苦地锯着，在它们的努力之下，一块块粘筋带皮的肉被割下，在刀尖上，它们像火苗一样跳动，经久不息；还有一些刀锋，细致入微地划过受难者的肚皮，那些花花绿绿的肠子颤动片刻之后倾泻而出。三合会占领上海的时候，只杀了两个人，无一人受到酷刑虐杀，而此时，仅在宝塔桥，呤唎就看到十九颗人头悬在桥头，在风中摆来摆去，仿佛对清军的行为表示不满，而其他地方，人头已堆积成一座小山。呤唎看到法国士兵用枪打断了一位老妇人的大腿，那位老妇人立即扑倒在地上，子弹在她的前后左右不断爆炸，飞起的尘屑落在老妇人的脸上，使她显得更加面无人色，她看到了呤唎，张着空洞的嘴，向他呼救，正当呤唎犹豫的时候，她的背上中了一枪。呤唎说，他为这样的暴行感到难过，"如果我跟他们易地而处，我一定要把我所见到的一切外国人都开枪打死"[8]。呤唎后来听说，那位老妇人没有死，她躺在原地，一直呻吟到半夜，才被人救走。

我从《太平天国史料译丛》中读到过1862年5月13日印度《泰晤时报》发表的一封英国军人的信，信中记载的事实，完全可以佐证呤唎的记录："我跟一大群人去看清军屠杀俘虏的太平军，这批俘虏是英、法两国军事当局交给满清方面处死的。……这批俘虏，有男有女，有老有少，从刚出世的婴孩，到八十岁蹒跚而行的老翁，从怀孕的妇人，到十至十八岁的姑娘，无所不有。清军把这些妇女和姑娘，交给一批流氓强奸，再拖回来把她们处死。有些少女，刽子手将她们翻转来面朝天，撕去衣服，然后用刀直剖到胸口。这批刽子手做剖腹工作，能不伤五脏，并且伸手进胸膛，把一颗冒热气的心掏出来。被害的人，直瞪着眼，看他们干这样惨无人道的事。还有很多吃奶的婴儿，也从母亲怀里夺去剖腹。很多少壮的男俘虏，不但被剖腹，而且还受凌迟非刑，刽子手们割下他们一块一块的肉，有时塞到他们的嘴里，有时则抛向喧哗的观众之中……"[9]

后来呤唎说,"英国官员并不是仅仅在 1855 年的上海屠杀事件中,才充当清政府的盟友的,1854 年至 1856 年这三年之中,英国人不断地干涉被压迫的中国人民的起义。1854 年,包令爵士使英海军与罪恶昭彰的两广总督叶名琛联合,共同蹂躏广东。广州几乎是清政府在广东全省唯一据有之地,清政府是依靠英国人的力量才保有这座城市的,换言之,英国人使清政府保有广州城,就不啻于判决了城内一百多万无辜人民的死刑。……英国变成了世上最血腥最腐朽的专制主义国家的同盟者和救命恩人。"[10]

在芦墟,呤唎发现,天国的疆域,并不如人们想象的那样阴森和恐怖。他后来回忆说:"人们穿着很好的衣服,商店充塞着货品,处处都显出兴旺景象。最令人惊奇的是乞丐完全绝迹,其他同样大小、同样繁荣的市镇都麇集着乞丐,可是这里却一个也没有。村外,很多劳动者正在收割丰富的谷物,田野生气盎然。这是秋收季节,极目远望,辽阔的平原盖满了成熟的五谷,在早晨的太阳光下,闪烁着金色的光辉。我完全看不见有任何杀人放火的痕迹。村里,只见到一群一群富裕的、忙碌的、面容和蔼的中国人,和一大堆一大堆刚由船上卸在岸上的货物;郊外,只见到大自然的富足和美丽;但是这里明明是太平天国区域的一部分,我所见到的人民也明明都是太平天国的百姓。"

呤唎就这样成了他们的兄弟,而不是俘虏。呤唎说:"我在太平天国受到了普遍的友好待遇,甚至当他们的可爱的亲人被我的同胞屠杀,或被交给清军酷刑处死,他们的妻女被清军暴徒轮流加以侮辱的时候,他们这种友好态度也始终不变。我每一回顾及此,就恍如置身梦中,我对于他们这种宽大忍耐的精神,实在感到难以理解,因为根据文明国家所盛行的复仇法,他们是应该采取英国军官(在1862年至1864年这三年中)把不幸的太平军俘虏交给清政府的同样野蛮的行为,而去杀死他们所遇见的每个英国人的。"[11]

在太平天国的刑罚系统中,吸食鸦片将受到最高惩罚——斩首。太平天国将吸食鸦片者斥为"生妖",规定"凡吹洋烟者,斩首不留"。这一点,比林则徐当年的禁烟令更加彻底。乱世用重典,在鸦片的势力所向披靡的年代里,或许只有死亡,能够抵挡鸦片的疯狂进犯。吸烟不再是个人道德问题,而且是法律问题,更是政治问题。一个人对于鸦片的态度,决定着他对于革命的态度。

鸦片分开了人们的队列,也分开了人们的命运。

不可一世的鸦片,在天国濒临灭绝。

而大清王朝,除了鸦片,已经一无所有。

三、天堂的视觉效果

太平天国，几乎呈现出理想社会的一切特征。而这些特征，首先是以空间的形式得以确认的。英国人呤唎在 1860 年，第一次进入太平天国的首都。一百多年后，历史学家们将这样描述呤唎："外国的广大人民对于太平天国革命是同情的、支持的，不少人还亲身参加中国人民的这场伟大的反抗斗争，英国友人呤唎就是他们的代表。1860 年秋天，呤唎进入太平天国境内，实地观察，使他对太平天国有了较多的了解，他决定尽自己的努力帮助这个新兴的农民革命。此后，他给太平天国做了许多工作。他曾经是一个军人，他亲自给太平军上课、讲授炮术和阵法。就在援救李秀成渡江的战斗中，呤唎的爱人玛丽和战友埃尔都中弹牺牲，他自己也受伤昏迷过去。1863 年 11 月，他夺取了戈登的军用轮船萤火虫号（Firefly）。船上有三十二磅炮一门，十二磅炮一门，军械充足，装配精良。这艘军用轮船后来在保卫无锡的战斗中发挥过作用。1864 年呤唎回到英国。1866 年 2 月，他写了《太平天国革命亲历记》一书，热情歌颂太平天国革命，揭露并抨击英国侵略者干涉中国革命的罪行。"[12]

那时，呤唎好奇地打量着天国的景象："沿途的稻田中，点缀着一些花园、村落和稀疏的房屋。许多太平军兵士见我们走过,全部停下来,向'外国弟兄'致敬。天京的南城,人烟稠密,这是我所见到的中国的最好最美的城市。许多巍峨的宫殿和官邸占有显著的地位。街衢宽阔清洁,为中国所罕见。人民显出了自由欢畅的神情,完全没有清政府统治下的中国人所露出的那种畏缩卑贱的样子。"[13]

历史的效率有时高得惊人。自金田起义开始,一个纸页上的天国,变成覆盖半壁江山的现实,仅需短短的两年多的时间。1853年的阳春三月,太平军仅用了十一天就攻下南京,宣布建都,将南京改名为天京,大清的国土上,一个号称天国的国度诞生了。太平军像一条敏捷的蛇,在帝国的版图上轻灵、俊逸地滑动,再坚固的城墙也阻挡不了它的去路,因为它对蛇的性能一无所知,它的高压对蛇而言无济于事,相反,它刚好使蛇的滑动更具快感——它欣赏着自己的速度与灵活,没有一丝声息地,它把墙的权威彻底瓦解。形势的进展,连天国的领袖,都深感惊愕。天国领袖杨秀清,在冯云山鼓动他加入拜上帝会时说:"我们这些煤炭工人有什么本事图大事?但求得温饱就谢天谢地了。"[14]当时的他无论如何不可能相信眼下的事实,如同此时的他无法相信自己最初的胆怯。

他们或许不会想到,他们宣扬的大同梦想,对于这个正向深渊跌落的国度而言,居然有着超乎想象的效力。在《劝世良言》的启发下，洪秀全完成了他的宗教三部曲：《原道救世歌》《原道醒世训》和《原道觉世训》。这三部著作，奠定了洪秀全在无产阶级革命修道院中至高无上的地位。在《原道救世歌》中，洪秀全指出："天下多男人，尽是兄弟之辈；天下多女子，尽是姊妹之群，何得存此疆彼界之私，何可起尔吞我并之念。"他还指明了"天下一家，共享太平"的光辉前景。这并非洪秀全的发明，他所心仪的理想社会蓝本，实际上只不过是古代大同社会的翻版而已。在《原道醒世训》中，他说：

> 退想唐虞三代之世，天下有无相恤，患难相救，门不闭户，道不拾遗，男女别涂，举选尚德……是故孔丘曰："大道之行也，天下为公，选贤与能，讲信修睦。故人不独亲其亲，不独子其子，使老有所终，壮有所用，幼有所长，鳏寡孤独废疾者皆有所养。男有分，女有归。货恶其弃于地也，不必藏于己；力恶其不出于身也，不必为己。是故奸邪谋闭而不兴，盗窃乱贼而不作，故外户而不闭，是谓大同。"[15]

尽管洪秀全一生致力于拆毁儒家精英精心构建的伦理大厦，但他所撰写的基督教普及读本，依然具有相当浓厚的儒家文化色彩，他在想象大同社会时，依然不得不从孔子《礼记·礼运》中断章取义。也就是说，他的宗教教义，从一开始就混乱不清，上帝之灵从欧洲上空迫降到中国的稻田时，依然不可避免地沾染着中国古代的柴火气味。然而，就是这套混乱不清的教义，在当时中国的末世光景中，发挥了神奇的效力。或许，乌托邦之梦，是灾变国度的特殊产物，灾难越是深重，人们越容易陷入对它的单相思中不能自拔。

六朝古都，恰到好处地呈现出一个新王朝所需要的空间景象——圣洁整齐、气势恢宏。那些建立在笔直、清洁的通衢之上的价值，是当时全体中国人民梦寐以求的平等、友善、秩序与富足。作为新质空间生产者，太平天国的领袖们对空间意识形态的运用可谓得心应手。纸页上的天国，终于以直观的视觉形式展现出来，向所有的怀疑者公开展示。它不再是口号、梦想，而是现实。以至于它的缔造者洪秀全本人，都对它陷入深深的迷恋中，把残酷的战争暂时抛到脑后，以至于 1864 年，湘军兵临城下，李秀成主张"让城别走"，天王仍然舍不得离开他的安乐窝。呤唎说："天王在天京停留下来，开始防守自己的阵地，实在是犯了一个致命的错误，而且是一个使他失去帝国的致命的错误。如果他不让敌人有时间喘息，从惊慌失措之中恢复过来挽回颓势，而集中兵力直捣北京，那么毫无疑问，他的光辉灿烂的胜利进军就会使他几乎不遇抵抗地占领清朝京城,而清王朝的崩溃就会使他一举得到整个的帝国了。"[16]

洪秀全就在这巨大的发光体的迷惑下,断送了自己的事业。天国的光芒,使得全世界都看得见他的悲剧。但那是后来的事。此时的天国就像曾经随同美国军舰"色奎哈纳号"抵达天京的美国公使随员 X.Y.Z 在《北华捷报》(North China Herald)上所说的,看不出任何失败的迹象。在这个世界上,不会再有比它更为合理的社会,它的存在,本身就激动人心。

而天国里的每一个居民,那些小洪秀全们,也因此而深感激动。自豪,与某种不可言说的优越感,洋溢在他们的脸上。勒庞说:"那些非常保守的民族往往热衷于最激烈的革命。"[17]我想,这是因为在一个保守民族的内部,缺乏改良和进步的机制,使社会长期处于一种停滞状态,当社会状况与时代发展不一致时,只能依赖某种突变——一种急功近利的变化手段。

他们是革命空间的生产者,同时,他们也受到革命空间的支配。天国的建筑、街道所罗列出的盛世景象,使他们对于自己的天国理论确信无疑。他们的表情、身体,都成为天国的一部分,呤唎当然不会忽略天国的任何一个细节,他对他们的每一个溢美之词,都是对天国的赞美:

中国最俊美的男人和女人只能在太平军行列中看到,这是奇怪的事实。这也许一部分是由于他们的不同的服装和发式,但主要原因,无疑是他们的宗教和自由所产生的崇高效果。他们的服装包括:宽大的长裤,大多是黑丝绸缝制的,腰间束着一条长腰带,上面挂着腰刀和手枪;上衣红色的短褂,长及腰际,大小与身体相称。发式是他们的主要装饰,他们蓄发不剪,编成辫子,用红丝线扎住,盘在头上,状如头巾,尾端成一长穗,自左肩下垂。他们的鞋子有各种颜色,全都绣着花纹(清军的靴子则完全不同,不仅样式略有区别,而且素而不绣)。[18]

太平军来自湖南的很多,中国人说湖南人是中国最好看的。我完全相信这话,因为我曾打听我所碰见的超出一般相貌的太平军是哪里的人,每次我都发现相貌最好的全是湖南人或者由江西山地来的人。湖南位居中国中心,向来以产生最好的兵士驰名;尤其是湘勇,久已为人所称赞。清军用于内河的炮艇大多都配备了这些"勇"的。湖南人很易辨认,他们的肤色白,鼻子像欧洲人一样又高又直;眼大稍斜,身躯魁梧。我所碰见的好看的湖南人,并不逊于世上任何其他种族,他们的黑而密的头发结着红色丝带盘在头上,衬托出他们的富于表情的眼睛和生气勃勃的面容。比这还要生动的神采,那是无法想象的。这些太平军中的湖南青年,像安达露西人一样美。他们的黑眼睛、长睫毛、淡棕黄色的面庞没有胡须的容貌,使他们非常酷似安达露西人。[19]

在呤唎笔下,革命者几乎无一例外地具有近乎完美的身体,与天国的圣洁图景遥相呼应。或者说,它们是天国的神圣图景的一部分。革命的宏大叙事在进入他们身体之后,改变了它的构造和性能,使它的每一个器官,都与革命的要求相吻合。此时,"身体不再只是一个会受到生老病死等现象纠缠的生物体,它可以在这些集体意志与价值的指引下,生产出许多有利于这些价值与意志的历史条件,从而使这些价值和意志变成一种真实。"[20] 由此我们知道,那些在革命的艺术作品中频繁出场的"红光亮"的身体,并不只是艺术家的虚构,而是与历史的逻辑相吻合的。太平军的身体价值,是被天国创造的,它们不再是一个自然的身体,因而,他们的身体是一件合成品,而不再只属于他们自己。革命赋予了他们向上的精神和俊美的仪容,在创造他们的身体美学的同时,完成了对他们身体的收编。

革命,首先是一种视觉效果。所以,革命的天国,在大清王朝的末日图景中,显得无比醒目。呤唎说:"中国人向来被认为是面目愚蠢、装饰恶劣的民族；而使面容变丑的剃发不能不说是造成这种情况的主要原因之一。清政府奴役下的任何一个中国人的面部都表现了蠢笨，冷淡，没有表情，没有智慧，只有类似半狡猾半恐惧的奴隶态度；他们的活力被束缚，他们的希望和精神被压抑被摧毁。太平军则相反，使人立刻觉得他们是有智慧的，好钻研的，追求知识的。的确，根据双方不同的智力才能来看——再不能有比这更显著的区别——要说他们是同一国家的人，那简直令人无法想象。"[21]

四、精神病患者洪秀全

癸巳科试四年之后，洪秀全再赴广州，以拼死一决的精神，参加丁酉科试。这是1837年，大清王朝的末日景象已显露无遗，由于王朝的血小板已经失效，所以王朝的白银，如同血液一样，不可阻遏地外流，失血过多的大清王朝奄奄一息。6月，面色苍白的道光皇帝采纳了御史朱成烈的建议，命直隶、山东、江苏、浙江、福建、广东各省督抚认真查禁白银出口。9月，广东将驱逐英国趸船及查禁鸦片窑口情形上奏朝廷。这一年，英国进入维多利亚女王时代[22]，自此，大英帝国进入了它吸血鬼生涯的黄金时代，而腐朽的大清王朝，是它最合适的吸血对象，它丰盈的躯体与英帝国尖利的牙齿刚好匹配。太阳正从黄土地上落下，从不列颠升起，这种奇特的时差效果，是由地球运动和历史运动联袂完成的。对于这一切，这个二十五岁的广东青年几乎一无所知，他把全部的注意力，集中到科场之上，集中到尺方的试卷上。那是他的龙门，里面暗藏着对于未来的全部许诺，通不过那道门，他就没有未来，他的道路就会戛然而止。

希望越大，失望就越大。这个简单的真理，用来形容1837年的洪秀全，实在是再恰当不过了。他没有接到录取通知书，金榜上面，写满了各式各样的名字，唯独没有他的名字。他不相信这一切，他认为，金榜上某一个特定的位置，应该是专门为他留的，但现在，那里写着别人的名字，一个陌生的名字，一个令人嫉妒甚至愤怒的幸运儿的名字，像一个闯入者，窃取了本属于他的一切。他的目光开始扩大搜寻范围，没有；再扩大，还是没有；他目光的网越织越密，罩住了整个金榜，没有一个名字可以成为漏网之鱼，但依然没有发现自己的名字。他开始怀疑自己的眼睛，看了一遍又一遍，但眼睛是忠实的，没有撒谎，没有背叛他，这令他大失所望。他的心变成一个空洞，那个金光闪闪的榜文像一个怪兽，把他的心吞噬了。

他的愤怒被迅速点燃，一种强烈的报复欲，跟随着被戏弄的感觉，油然而生。

他认为当局犯下了一个不可饶恕的错误。他没有言过其实，对于清廷来说，这的确是一个重大的失误，在这个时候收买洪秀全，成本是小的，但错过这个机会，则要以一场长达二十多年的血腥战争，来弥补这一错误。

他把手里的书卷狠狠地掷在地上，身边的人听到他在黑暗中发出令人毛骨悚然的笑声："等我自己来开科取天下士吧！"[23]

他不知道自己是怎样回到官禄㘵家中的。隐约中，两名轿夫，用肩舆抬着他，在花县的田野中颤动着前行。很多年后，他依稀记得自己被扶到床上，躺下，被盖上被子，粗布的被子，一直升到他的鼻孔，与他的呼吸相接触，气若游丝的呼吸，是他与世界的最后联系，终于，这种联系松动、消失，被子连同世界一同消失，他沉入一片黑暗。

此后的事情发生了本质的变化。他已不属于人间，但没有人知道他抵达了哪里。他的家人看到，长眠不醒的他，会突然坐起来，在屋子里又蹦又跳，嘴里振振有词，又无法听懂他的语言，只有口水，从他的嘴角汹涌而出。他的母亲和妻子，不停地以流泪，来回应他的口水。她们不知道发生了什么，更不知道将要发生什么。

洪秀全后来向家人讲述了他的神奇经历——颤动中，他发现自己没有了重量。仿佛飘浮在空气之中，而且越升越高。原来他坐在一乘大轿内，有音乐声陪伴他的左右。他已记不清那乘大轿是什么时候放在他的家里的,只依稀记得,有一龙、一虎,还有一只雄鸡,走到他的室内,请他坐进轿子。他离自己的家、离尘世越来越远,离天堂越来越近。他看清了,天堂是一块光明而华丽之地,有许多高贵的男女,在迎接他。在天堂的手术室,他的腹部被剖开,更换了所有的内脏器官,他用手摸了摸肚子,发现伤口已经愈合,没有一丝疤痕。他就这样脱胎换骨,不再是世俗的肉身,可以有资格去见上帝了。他果真见到一位老人,金发皂袍,端坐在宝座上,他,就是上帝。但他没有说明,上帝长着一张中国脸还是外国脸。上帝告诉这个年轻人,他是世间万物的缔造者。说完,他把一把闪光的宝剑递到洪秀全的手里,嘱咐他,可以凭借这把宝剑,将所有的妖魔斩草除根,但不能妄杀无辜兄弟姐妹。然后,他向众人中一个"中年有德之辈"说:"洪秀全真堪任此职。"

从上帝口中,洪秀全听到了他对于孔子的谩骂,上帝显然熟读过"六经",所以他认为儒家学是真理的绝缘体,但洪秀全在讲述中也没有说明,上帝说的是中文,还是外语,如果他说的是外语,那么天堂里是否还配有翻译?或许,在洪秀全心里,这些都是细枝末节,是无关紧要的技术性问题,重要的是,他从上帝那里还得到一块象征帝王权力的金印,这是头等重要的大事,是他讲述的核心。

此时，洪秀全的母亲正坐在一边偷偷抹泪，对儿子的高空历险一无所知。他们甚至不知道儿子在手舞足蹈时，手里正握着一把宝剑。他们只能看到他挥舞的手臂，而看不到那把宝剑。因为看不到宝剑，洪秀全的动作就显得古怪而滑稽，没有人知道他在做什么，也没有人知道他在说什么，那是另一世界的语言，一种神秘而法力无边的咒语。他说："这些妖魔，怎能反对我呢？我必要杀他们！好多，好多，都不能反对我。"

邻居们来了，那些后来因洪秀全而被清军斩尽杀绝的乡亲们，那些横七竖八地躺倒在房前屋后的尸体，此时还活着，孩子们躲在门口，不敢进来，进来的人，面目和善，好心地劝他，希望他安静养病。洪秀全扯住来人的袖口，反过来对他们说，他们正在一条危险的道路上，劝他们不要和妖魔来往，苦口婆心，循循善诱，以至于泪流满面、肝肠寸断，真挚之情溢于言表。

父亲认为自家的祖坟出了问题，于是，请堪舆师对祖坟的位置、形状重新进行严肃认真的考察，对于所发现的问题及时进行了修正。父亲洪镜扬，这位淳朴善良的农民，做梦也不会想到，这座精心整修过的祖坟，在不久的将来，被突如其来的清军彻底捣毁，整个村庄也被血洗，本乡中洪秀全的近亲五六百人，无论男女老少，全部死于清军刀下，那些疯狂的刀刃，使这个鸡鸣狗吠的村庄变得一片死寂。此时的洪镜扬，全部的困扰来自儿子的病症。他忙碌着，请巫师来驱魔。洪家老屋里，贴满了符箓，巫师口念咒语，聚精会神地驱魔，他并不知晓，此时的洪秀全与他是同行，正在行使驱魔的职责，而且，同样一丝不苟。

巫师的工作还是取得了成效。两天后，人们看见洪秀全爬上大逕河村河岸右边的小山，在水口庙[24]，写下一首题壁诗，写罢，神志清醒如初。诗云：

手握乾坤杀伐权，
斩邪留正解民悬。
眼通西北江山外，
声震东南日月边。
展爪似嫌云路小，
腾身何怕汉程偏。
风雨鼓舞三千浪，
易象飞龙定在天。[25]

洪秀全的天路历程，听上去更像一部精心炮制的小说，但是据说当时全村人都见证了这一事实，与洪秀全自幼比邻而居的弟弟洪仁玕，更把这一事件写进《洪秀全来历》。《洪秀全来历》

写成于 1852 年，那时他还在故乡与香港之间徘徊，七年后才投奔太平天国，如果作伪，乡里应有反驳。简又文先生认为："仁玕所叙述之辞，当非向壁虚造。"[26]

瑞典传教士韩山文（Theodore Hamburg）也于 1854 年写成《太平天国起义记》，对此事进行记载。吟唎说，是他听了洪仁玕的叙述之后，转告给韩山文的。[27]

一种可能是，洪秀全疯了，这样，他所目睹的一切，以及他所有的古怪举动，就都可以得到解释。这位声名显赫的历史英雄，如果是一个疯子，那么，它将成为这场严肃、板正的革命中最具戏剧性效果的花絮，甚至，可以对这场革命进行重新解释，但这一史实，在许多历史文本中，都被忽略了。他嘲弄了所有历史学家，历史事实总比他们的叙述更加出其不意。

将洪秀全称为精神病患者，并非危言耸听。1953 年，著名太平天国史专家简又文先生和香港精神病院院长叶宝明先生，对一百多年前那个著名的病例进行了一次联合会诊。诊断结果是：

> （洪秀全）这种"谵语寓言"（delirium fable）或"梦醒状态"（twilight-state）是属于典型的出神（游魂天外）的一种。其内容是由中国的与基督教的观念综合构成，而其

意义则是完全满足其所不能实现的欲望而征服了一切个人的挫败、失意。他创造了自己的整个世界，即如在白昼做梦一般，但他自己亦躬亲实行参与此梦中经验于一个真实的世界中。他不能分辨观念（idea）与知觉（perception），因为他的空幻世界是引申直入他的真实环境中的。[28]

洪氏的病是神经昏乱（歇斯脱里亚）而非精神分裂的质地。……由其复杂的"可见的幻觉"（visual hallucinations）之层出不穷为其主要的病征，即可指出其为精神昏乱病了。[29]

这是一种错乱——精神在现实的重击之下陷入的错乱。他所见到的一切都是真实的，只不过是编辑有误而已——他的发病，有如梦境，不可能无中生有，它的材料全部来自现实，只是对它们进行重新的排列组合，让现实中的素材，服从于梦的语法。他升天的幻觉，实际上就是他一生高中科名、直上云霄、玉堂金马的欲望的反映，那位金发皂袍的老人，或许就是马礼逊的化身，因为中国人没有这样的装扮，只有马礼逊，给他提供过这样的视觉经验，而在他身边的众人中，我们也发现了梁发的身影，就是那个"中年有德之辈"。1833年8月，钦差大臣林则徐的英文翻译梁进德的父亲梁发，当时正值中年，用传教士卫三畏的话说："他现在尽力从事于著书，而且已经派送过很多本书了。"[30]马礼逊在给伦敦会的信中也写道:"前数日,梁发得一非常良好之机会,将《圣经》日课及其自作之小书分与来省考试之生员。此等青年皆自百里外之乡村来省考试者也。亚发以最公开之方法与彼之助手将宗教书籍分送与彼等。彼等甚欲得之,且有看过内容之后,再来讨取者。"[31]梁发就是在这时,将他手里的书,递到十七岁的洪秀全的手上。洪秀全曾经在两天内听到他的侃侃而谈,讲述拜一神教攻妖魔之道,并且上前,与他搭话,印象深刻,所以,他才在洪秀全的幻觉中,卷土重来。当然,他并不知道洪秀全的名字,对他而言,洪秀全只是向他伸出的无数只手中的一只,一闪即逝。当那只手掌握了半个中国的控制权后,他也丝毫不会想到,一切都与他息息相关。

然而,洪秀全却以精神病人特有的思维,在梁发的《劝世良言》与他的神奇经历之间,建立起一种丝丝入扣的联系。此时的他,从书中找到了解释他病中梦兆的钥匙,惊异地发现该书的内容,与自己梦中所见是如此吻合。他恍然大悟,原来他自己,就是"由上帝指派让天下(即中国)重新信奉真神上帝的人"[32]。

他在这次发病之后,彻底抛弃了他自幼接受的儒家思想的训练,成为基督思想的信奉者,尽管他对基督教的全部了解,只限于梁发的《劝世良言》。

罗伯特·马礼逊（Robert Morrison）翻译《圣经》。这张木刻是在乔治·金内里（George Chinnery）作于 1828 年的一幅画的基础上完成的，收录于 1839 年于伦敦出版的《罗伯特·马礼逊回忆录》（*Memoirs of the Life and Labours Robert Morrison*）一书。

远路去中国

太平天国天王玉玺之印

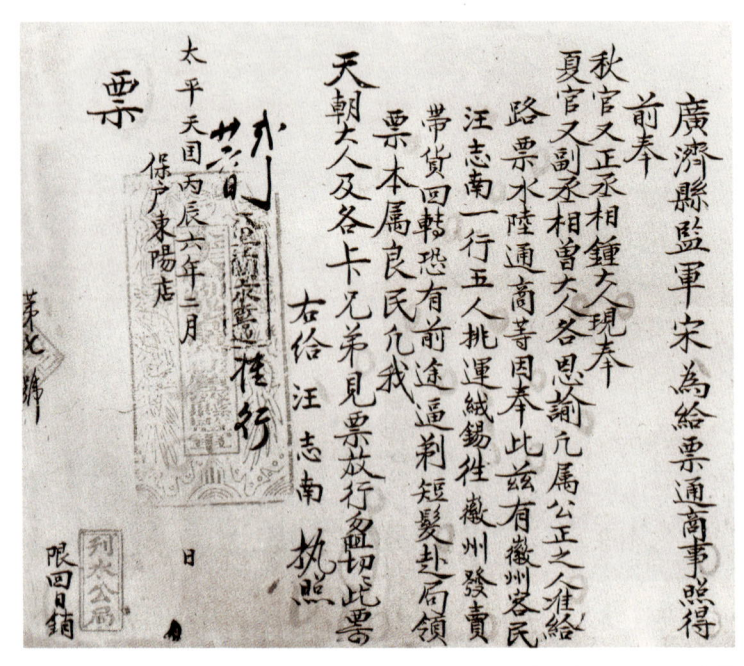

太平天国广济县监军宋发汪志南路票,年月日上盖有"太平天国湖北省黄州群广济县监军"长方形朱印。

第四章　　吟唎：纸天堂

广西金田村。资料来源：《清史图典·咸丰 同治朝》，故宫博物院编，紫禁城出版社，2002年

天王纶音碑额、座。资料来源：《清史图典·咸丰 同治朝》

第四章　吟唎：纸天堂

洪仁玕手书《龙凤福禄寿》遗迹，"龙凤"两字高约 6 英尺，"福禄寿"三字高约 4 英尺。资料来源：《清史图典·咸丰 同治朝》

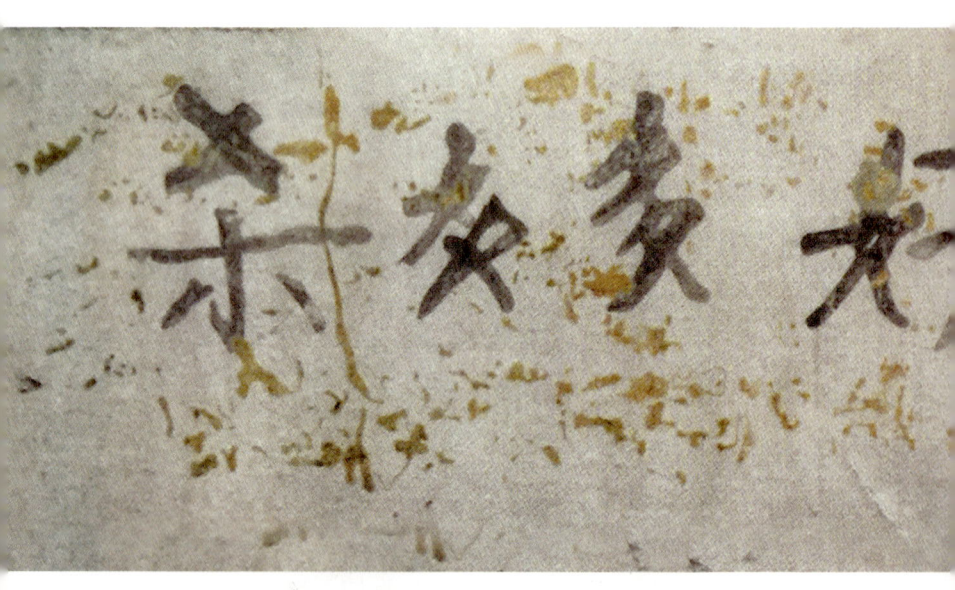

远路去中国

"长毛杀妖多多杀"标语,长185厘米,高41厘米,浙江太平天国侍王府纪念馆藏。资料来源:《清史图典·咸丰 同治朝》

第四章　　呤唎：纸天堂

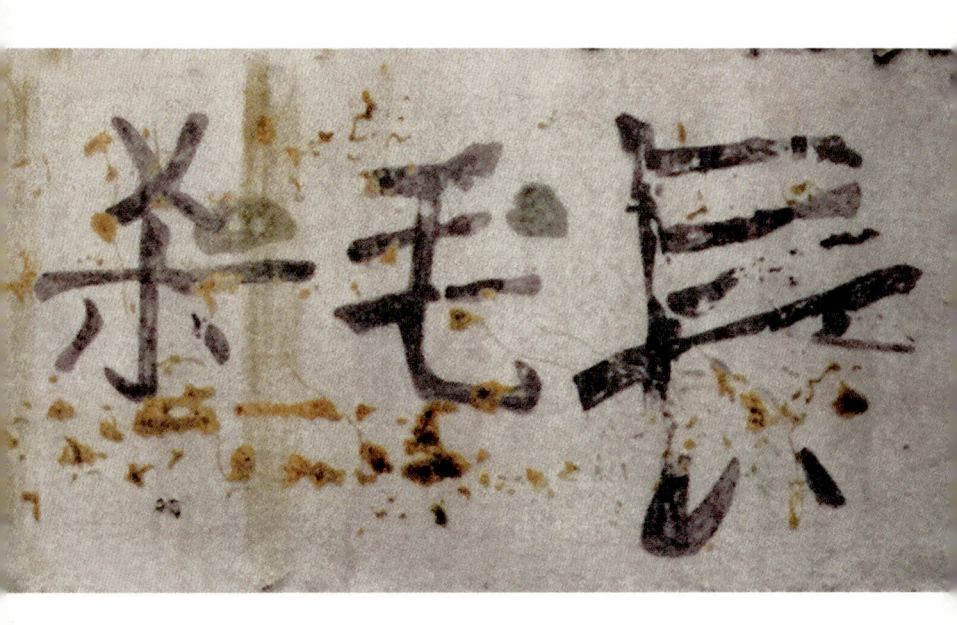

20世纪20年代,江苏苏州城郊的砖房,这是太平天国遗迹。资料来源:文化传播 / FOTOE

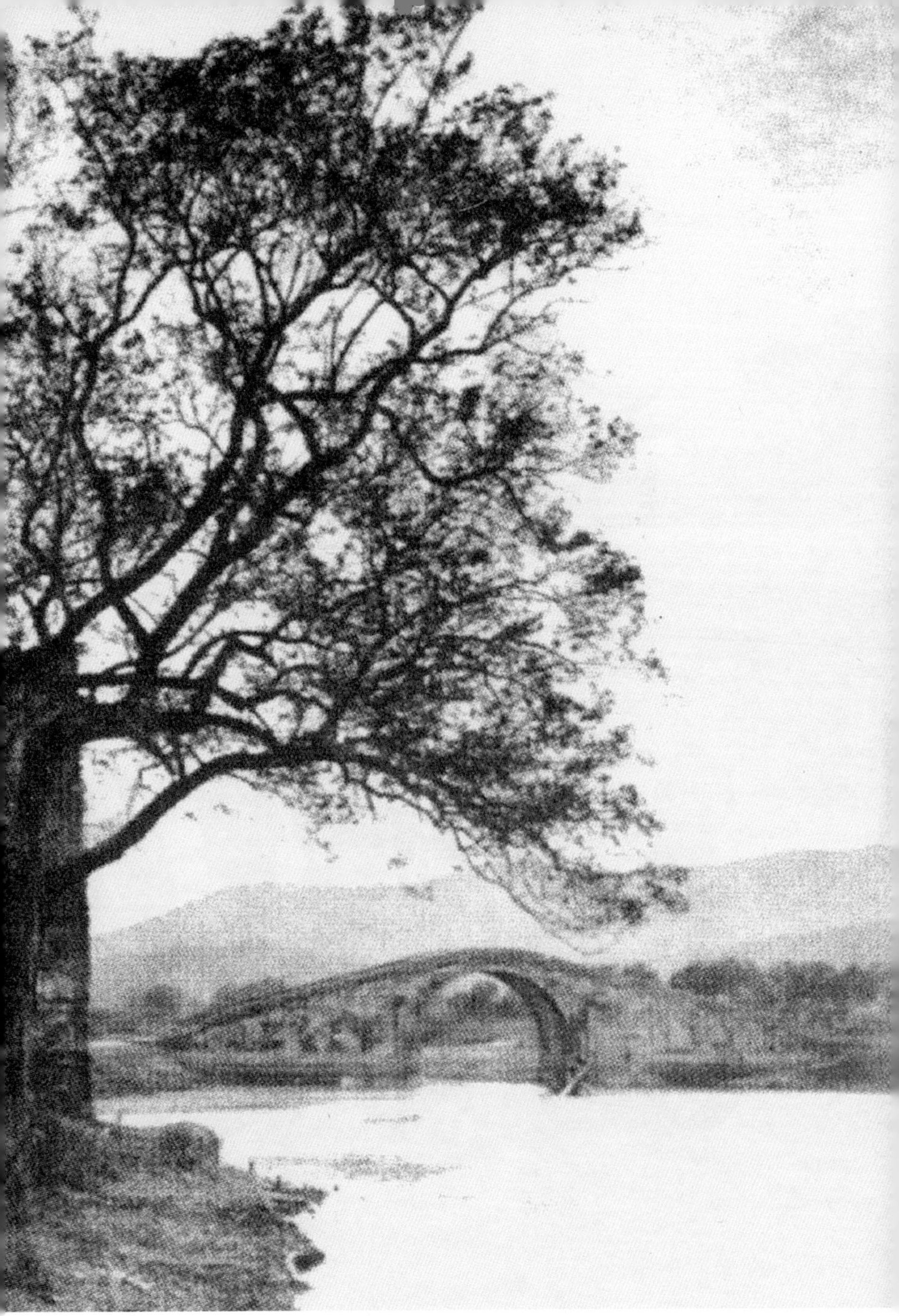

1862年，浙江宁波，英国人领导的洋枪队在训练炮击，这支洋枪队在清廷消灭太平天国运动中立下大功。资料来源：文化传播 / FOTOE

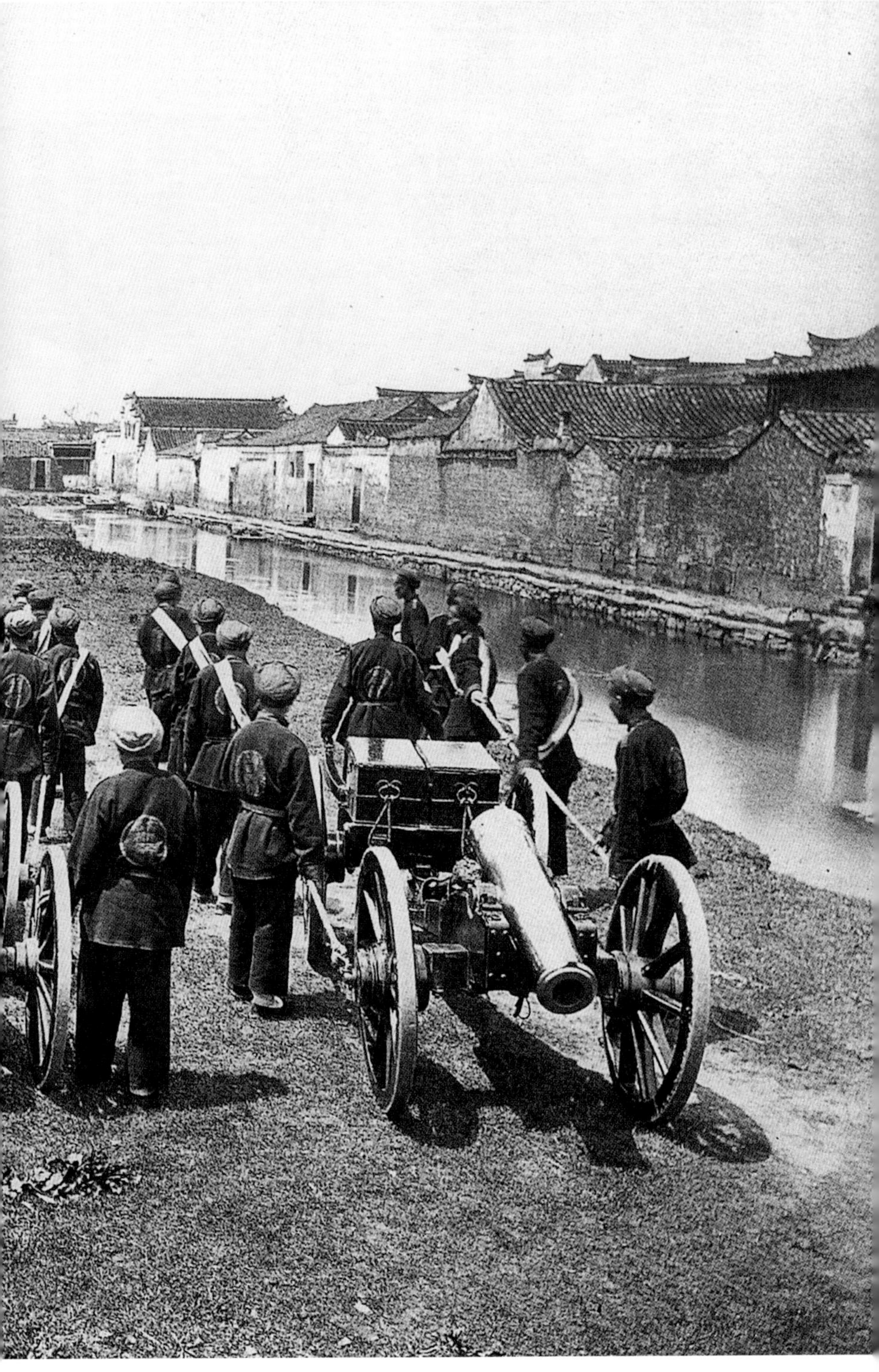

1864年,法国《世界画报》(Le Monde Illustré)刊载铜版画,描绘英国人戈登带佣兵,协助大清军攻入苏州城,迫使太平天国守将李秀成退守南京。资料来源:秦风老照片馆 / FOTOE

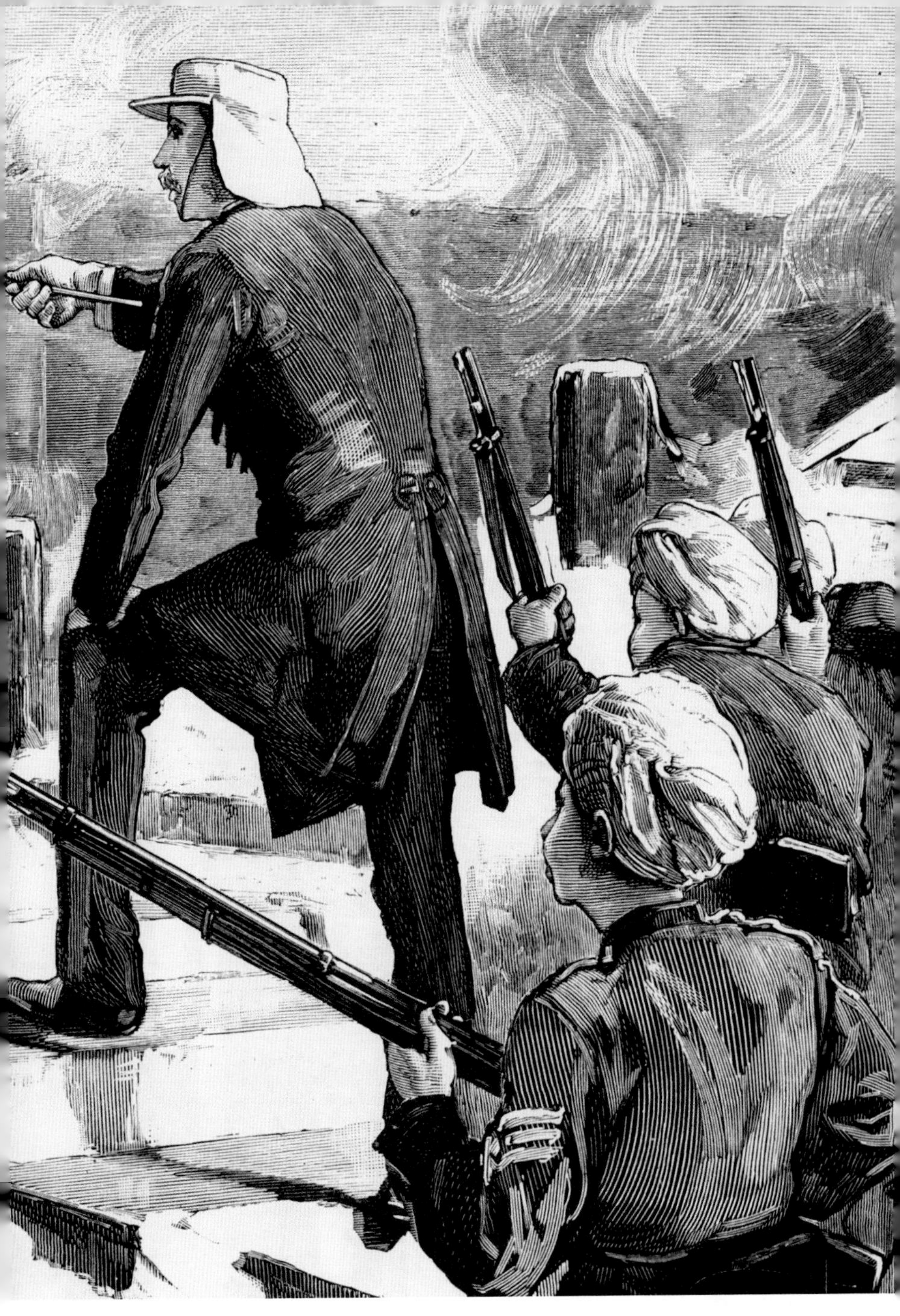

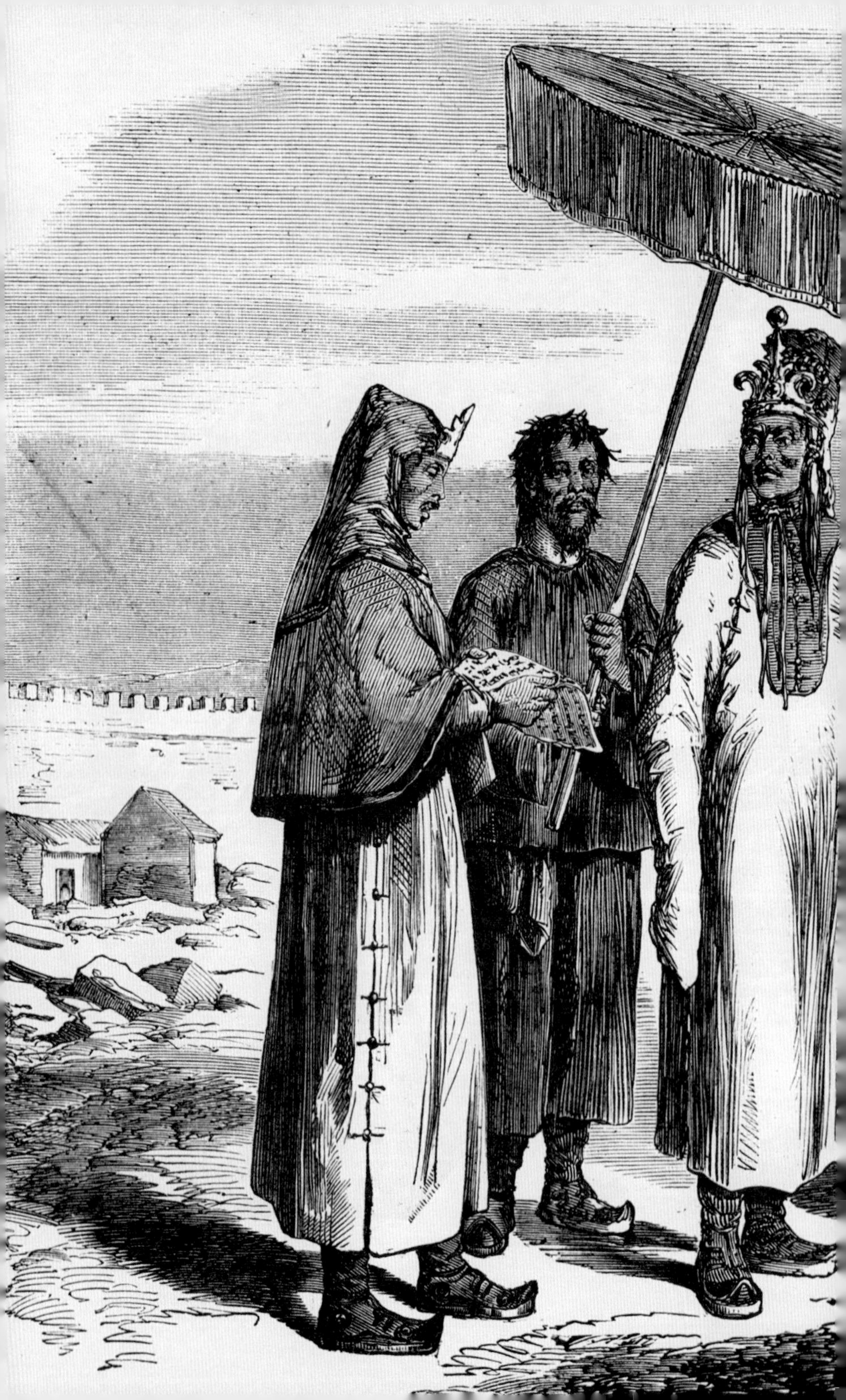

1864年，法国《世界画报》(Le Monde Illustre)刊载天王洪秀全身处南京城之铜版画，天王威风凛凛，这是西方人描绘太平天国领袖及其扈从最为清晰完整者。资料来源：秦风老照片馆/FOTOE

1864年,《伦敦新闻画报》(The Illustrated London News)刊载苏州忠王府的铜版画,苏州一旦被清军攻下,太平天国的历史即进入最后一刻。资料来源:秦风老照片馆 / FOTOE

在基督精神的指引下，他义无反顾地走上称王称霸之路。

1847年7月21日（道光二十七年六月初十日），洪秀全离开广州，身佩斩妖剑，直奔紫荆山。此时，在遥远的法兰西，"革新宴会"运动刚刚兴起，盛行于巴黎、斯特拉斯堡、沙特尔等地，席卷全欧洲的经济危机，使这一运动随时具有转为革命的可能；在比利时，马克思写下《哲学的贫困》一书，驳斥蒲鲁东的《贫困的哲学》，由德国流亡者组成的"正义者同盟"，刚刚改组为"共产主义者同盟"，召开"共产主义者同盟"第一次代表大会，马克思和恩格斯都加入其中，成为它的核心人物。在中国，云贵总督林则徐正陷于"棍匪"案中不能自拔，而洪秀全的斩妖剑，正在南方的山地中闪烁着刺眼的光芒。8月27日，洪秀全路过武宣县之东乡，一座九仙庙进入他的眼帘，这令他陷入习惯性的兴奋中，他迅速跑过去，在它破旧的墙壁上，又写下了一首诗：

朕在高天作天王，
尔等在地为妖怪。
迷惑上帝子女心，
腼然敢受人崇拜。
上帝差朕降凡间，
妖魔诡计今何在。

朕统天军不容情，

尔等妖魔须走快。[33]

此时的洪秀全真正地脱胎换骨了——他已经毫不忌讳地以"朕"和"天王"自居。只有精神病患者，才能写出这样具有妄想色彩的诗句；也只有精神病患者，才能打破儒家思想提供的静态化的社会图景和强大而沉闷的现实格局。革命本身就源于妄想，所有循规蹈矩的人，都将被排除在革命的队伍之外，如同托克维尔所说："革命家们仿佛属于一个陌生的人种，他们的勇敢简直发展到了疯狂；任何新鲜事物他们都习以为常，任何谨小慎微他们都不屑一顾。"[34]

五、个人崇拜

第一天条，崇拜皇上帝。

第二天条，不好拜邪神。

第三天条，不好妄题皇上帝之名。

第四天条，七日礼拜颂赞皇上帝恩德。[35]

……

星期五的夜半钟声响过，吟唎会看到，太平天国境内所有的臣民全都聚集在一起，礼拜上帝。这无疑是一场盛大的集会，人们众口一词地歌颂着上帝的伟大。革命是一个节日，光明的事业需要集体参与，如同我在《旧宫殿》中写到的："（广场）指定了臣民们站立的位置，也就是说，它们表明了权力要求众人参与的性质。无上的威仪显然不能由皇帝一个人来完成，权力不是皇帝一个人的独角戏，它需要群众，需要自己身边有无数膜拜的人群，正如伟大的事业需要多多益善的追随者充当炮灰。广场为乌合之众的出现提供了场合，这些不明权力真相，或者明白真相却一意孤行的妄想狂，是权力运作的重要基础。是他们保证了阴谋得逞、悲剧上演，而不是皇帝，以及深宫里的阴谋家。他们山呼海啸般的呐喊必将淹没皇帝的笑声。"[36]

大多数人无法目睹上帝的存在，领袖于是代表上帝，站在最醒目的位置上，为众人的目光提供了去处。这是革命意识形态中广泛使用的空间政治学，并且取得了立竿见影的效果。领袖就是通过它建构了自己的权威。人们高呼："我王万岁万万岁！"吟唎看见慕王走到高坛中间，大声喊道："我们来颂赞天父。"

接着，他跪下来，全体群众随即全部跪下，他们的动作那么整齐划一、训练有素，长时间的祈祷之后，人们听到慕王的声音劈空而来："天父皇上帝派遣天王（指洪秀全）来治理我等众人，并授权天王统辖中国之河山，此皆天父之恩赐，故尔等当敬听天王命令……"[37]

据说病愈后的洪秀全已经初具了领袖的仪容。《太平天日》云:"自是志度恢宏,与前回不相同。"[38]洪仁玕说:"秀全之健康既日已恢复,其人格与外貌均日渐改变。彼之品行谨慎,行为和蔼而坦白,身体增高增大,步履端庄严肃。其见解则宽大而自由。彼之友人后来述其状貌,谓秀全身材高大,面部椭圆,容颜甚美,鼻高,耳圆而小,声音清晰而洪亮,每发笑则响震全屋,发黑,须长而作砂红色,体力特伟健,知识亦绝伦。恶人避之若浼,而忠诚者则趋与交游也。"[39]

此时的洪秀全,真正地"秀"而"全"了。这"高大全""红光亮"的形象,对于即将开始的革命叙事而言,无疑是不可或缺的。它不在历史之外,而在历史之内,是历史的一部分——只有领袖的容貌,能够成为历史的一部分;也因其成为历史的一部分,他才成为领袖。如同今天的明星崇拜一样,在革命意识形态的叙事场域里,领袖的容貌是一个极富号召力的符号,拥有一种非同凡响的煽情效果,可以唤起强大的原始情欲。如同劳伦斯·格罗斯伯格所描述的,明星的才能并不重要,重要的是他占据了明星的位置,才能不过是这个位置的必然附属品,因此,明星仅仅是一个"活动的符号"。[40]

冯云山无比相信自己的相术,在他看来,洪秀全脸上的硬件设施，包括五官、脸型、肤色、印堂等，已经达到了皇帝的标准，这是在紫荆山更早开展传教活动的冯云山自己不造反，而是始终跟在洪秀全的身后亦步亦趋的根本原因。他与杨秀清、萧朝贵、韦昌辉、石达开等人一道，成为洪秀全神话制造者的坚定推广者。

紫荆山，是洪秀全建立的第一块无产阶级革命根据地，这里也无疑成为他领袖权威的合法化的重要起始点。据记载，紫荆山在广西桂平县的西北端，和大藤峡相毗连。山区里包括有西北面的白马山、双髻山，西南面的鹏隘诸山，群山罗列，巍峨壮观。这里天然是龙虎出没之地。

冯云山和洪仁玕是洪秀全在故乡发展的最早一批下线。此后，自幼熟读经传、兵法、天文、地理、历算等书的冯云山，为洪氏神话的传播制定了有效的政治策略。除了紫荆山浓厚的工农阶级基础和易守难攻的地形因素外，它的迷人之处，还在于这一陌生的异乡，使教主避开了自己熟悉的生活环境，塑造了一个神秘脱俗的教主形象。作为一名落榜童生和洪氏宗族晚辈，洪秀全在生于斯、长于斯的官禄㘵很难树立起教主的形象。直到远赴广西后，他才得以消除在家乡的各种拘谨和顾忌，放开手脚大展宏图。在紫荆山的保佑下，他有时密藏深山，有时现身乡里，行踪诡秘飘忽，从而冲淡了他的世俗形象乃至自身的某些缺陷，相反，有关洪秀全的各种神秘传闻，诸如"能驱鬼逐怪""能令哑者开口，疯瘫怪疾信而即愈"等等，在这穷乡僻壤不胫而走，使得人们"无不叹为天下奇人，故闻风信从"[41]。

无论怎样，洪秀全与上帝的亲切会见，在经过无数次的转述之后，成为毋庸置疑的事实。"在太平天国革命运动中，则全军将士皆深信此为天为升天受命为王开朝立国之第一根据。"[42]如法国著名社会心理学家古斯塔夫·勒庞在《革命心理学》中所说："传闻比历史本身更富有生命力""人民总是宁愿选择幻想"[43]。解决政权的合理性问题，是任何掌权者首先要解决的问题，君权神授，无疑为他的权力，提供了不可撼动的存在理由。由"尧眉分八彩，舜目有重瞳"，到篝火狐鸣，赤帝黄天，符箓谶语，或紫微托生，都成为中国古代权力史的关键词，甚至于国民革命颠覆清朝政权，它的迅速成功，亦与《烧饼歌》中"手执钢刀九十九，杀尽胡人方罢手"等预言的助力不无干系。在这样的文化系统中，政治家兼任了巫师的角色，他们是通灵者，是上天与臣民之间的通信员，而革命，也因此并非仅仅"以科学理论为指导"，而成为一种带有神秘而诡异色彩的经验。

在洪秀全提供的强大催化剂作用下，数以千万计的中国人，陷入集体性幻觉中。洪秀全在精神错乱和基督理论的双重作用下，精神抖擞地走向权力的顶峰。"肃体统，大一尊，一人垂拱于上，万民咸归于下"[44]。当天王的权威深入人心的时候，天王自己却很少出场，更多的时候，他是作为一个概念存在的，通过仪式、崇拜物、文字和口号，融化在人们的血液里，落实在他们的行动上，而他自己，却躲在他的深宫里，足不出户，以至于1854年英国使节麦华陀访问天国时，甚至怀疑所谓天王只是一个木头做的偶人——他能感受到他的存在，却从未见他出现。

天王有一个巨大的宫殿——天王府。呤唎的书中，没有对天王府的描绘，只说："天王府面积极为广大，四周围有高大的黄墙，望楼高矗，房顶覆盖着颜色鲜艳的或绿或金或红的琉璃瓦。"这表明他从没走进过这座辉煌的宫殿，只是从外面看的，宏伟的天王府，是戒备森严之地，高大的宫墙，隔绝了领袖与人民的联系，这使他们有关自由与平等的宣传变得十分可疑。相比之下，他对李秀成的忠王府有细致的描绘，他在抵达天京的第一天就被带到忠王府，受到李秀成之子李茂林的款待。他还记得他那天吃饭时忘情的动作，这令他觉得有些羞愧。他是根据忠王府的华丽景象想象天王府的——在等级森严的天国，后者显然会更加富丽和宏伟。据张德坚《贼情汇纂》记载，洪秀全的天王府"周围十余里"，而大清皇帝的紫禁城，周围也只有三公里。天王府共分两层，内为金龙城，外为太阳城。自金龙殿到最后面的三层楼，共九进，作为九重天的象征。墙壁用泥金彩绘，地面铺大理石，门窗用绸缎裱糊，栋梁一律涂以赤金，可谓金碧辉煌。在洪秀全看来，比紫禁城大近一倍的天王府，是他成功的一部分。伟大的事业，需要伟大的建筑来烘托，每一个走进宫殿、走进都城的人，敬畏之心都会油然而生，都会感到天国的伟大与个人的渺小，他的宫殿，充满了狂妄的权力色彩，这自然是他早年备受压迫的精神的一种强力反弹，与他自称上帝之子、以天王自居的狂傲心态相符。

这是深为呤唎信赖的理想国——作为黑暗国土上的唯一光源，它有着强烈的完美主义倾向，不能容忍丝毫瑕疵。作为一个为了中国人民的解放事业不远万里来到中国的外国人，呤唎只看到它清洁的外表，而没有注意到，有一张网眼细密的网，对天国的一切渣滓，进行着过滤。这张网，就是天国的刑律。天国是一个井井有条的体系，任何行为，都要按照规矩一丝不苟地执行。只有天王可以胆大妄为。除天王外，服从是所有人的天职。"正是由于信仰被视为绝对真理这一事实，使它必然变得不宽容。这就解释了为什么暴力、仇恨和迫害常常是重大政治革命或宗教革命的伴生物"[45]。天国为它的反对者准备了超过地狱的酷刑。天国，实际上履行着天堂与地狱的双重功能。

深冷的夜光中，呤唎听到民众同声背诵天条：

第五天条，孝顺父母。

第六天条，不好杀人害人。

第七天条，不好奸邪淫乱。

第八天条，不好偷窃劫抢。

第九天条，不好讲谎话。

第十天条，不好起贪心。[46]

这是《十诫》的中国版，它比《劝世良言》更加严厉。《劝世良言》宣扬"休作恶，学行善，寻正道"，但没有一处提到"该杀"，而洪秀全则认为："邪魔敢冒天恩"，"该诛该灭"[47]；"世间所立一切邪魔该杀"[48]。

所谓"奸邪淫乱"，不仅包括不正当的两性关系，也包括正当的两性关系。也就是说，在天国的疆域内，男女之情已被根本断绝——天国分为"男馆"和"女馆"，性别隔离区应运而生，连夫妻也不能住在一起，《禁律》规定，"凡夫妻私犯天条者，男女皆斩"。吟唎写道："许多大城市中都设有姊妹馆，由专人管理"，"不准单身妇女有其他生活方式"[49]，只有少数人例外——天王和各王。太平天国的性生活配给制，等级森严。他一厢情愿地认为，"这条法律是为了禁娼，违者处以死刑。自然这是非常有效的办法，因为在太平天国所有城市中，娼妓是完全绝迹的。"[50] 在这一洁净的街景背后，女馆的主管、洪秀全的亲信蒙得恩，经常性地为天王选美，而女馆，早已成为天王的选美大本营，而蒙得恩自己，也充分利用他手中掌握的行政资源，对蹂躏女性有恃无恐。在宫殿的保佑下，天国成为少数人的天堂。天条规定，一切官兵百姓，均不得嫁娶婚配，但天王和各王，却可"广置姬妾"。《贼情汇纂》透露："首逆妃嫔在武昌选四十人，至江宁选百八人，陆续增添，大约不满二百人。"[51]洪秀全甚至来不及为他的妃子取名，而直接以编号称呼，如第三十妻、第八十一妻等，她们的名字的确没有意义，对洪秀全来说，唯有她们芳香的身体，才令他流连忘返。

就在吟唎讴歌"太平天国革除了两千年来妇女所受到的被愚昧和被玩弄的待遇，充分地证明了他们的道德品质的进步性"[52]的时候，自己的妻子玛丽差点成为太平天国赞王的儿子的猎物。一个年轻美貌的异国女性，在太平天国的特权阶层中，无疑是引人注目的。这不仅将玛丽置于一个危险的境地，而且把吟唎置于险境——他随时可以被当作帝国主义的间谍，被冠冕堂皇地处决，而为了表明天国的宽大政策，他的遗孀，很可能被送入天王（或者某位王公贵族）的后宫，去填补他们无聊的夜晚。如果这样的事情发生，那么吟唎在太平天国的命运就会截然改变，他要么成为一个无辜的牺牲品，要么成为一个孤独的复仇者。在天国，似乎每个人都将成为悲剧的主角（连天王自己也不例外)。痴迷于太平天国盛世图景的呤唎似乎从来没有意识到这一点,甚至于很多年后,当他回到英国,撰写《太平天国革命亲历记》时,笔触中充满温情,而对自己当时的危险处境一无所知。所以,在这部书中,对这一事件的记录寥寥无几。我们只知道,当他离开天京的时候,玛丽受到了赞王儿子的性骚扰。在呤唎返回之前的一个晚上,玛丽独自在庭院中散步,两名仆役突然出现在她面前,她还没有来得及呼喊,娇小的身影,就消失在夜色中。接下来的事情,呤唎没有交代,我们也无从猜测。那天晚上是否发生过什么,或许连呤唎自己也永远无法知晓。

冬官又正丞相陈宗扬,站在被斩者的行列中,表情绝望地猜测着自己的死法。他的罪行,是与妻子同宿。作为同案犯,他的妻子站在不远处的断头台上,绳索紧紧缚住她娇小的身躯,使她的皮肉几乎绽裂开来。她的体温,还没有从他的身上完全消失,他对那体温充满眷恋。但用不了多久,他们将成为两具冰凉的、不堪入目的尸体。天国为他们提供了通往死亡的捷径,而性爱,却是遥不可及。

天国的法律有着精致的刻度,即使死刑,也分为斩首、焚灰、点天灯、五马分尸、凌迟等不同档次,花样繁多。当刽子手将麻皮裹来的时候,陈宗扬知道,点天灯的时刻到了。在油缸里浸过的麻皮，从脚部往上，一层一层裹在他的身体上，即使在炎夏，依然冰凉彻骨。那股油腥味，使他觉得要吐，但他动弹不得，麻皮已将他的腹部严严实实地裹住，连胃肠的蠕动，都异常困难。他想最后看一眼妻子，但他忍住了，他不忍心目睹她临死的场面。渐渐，他什么都看不到了，他的面部也被浸油的麻皮封存。刽子手在执行着最后的工序——在麻皮的外面，抹上松脂白蜡，他无数次目睹过这样的程序，因而对它并不陌生。最后，一阵强烈的烧灼感，自他的脚底蔓延上来。漆黑的夜里，他变成一支耀眼的火炬，他身后的石墙上"四海之内皆兄弟"的标语，在火光中格外醒目。

目击者看到，火焰燃烧到小腹时，陈宗扬还没有死，在火把的核心位置上，他仍然剧烈地扭动着身躯。但很快，火焰淹没了他的身体，变成一个巨大的火球，像一朵艳丽的花朵，在夜幕中开放。它燃烧了很久才熄灭。那时，祈祷的锣声响了，人们纷纷聚集在一起，跪在地上，祈祷声连成一片：

"我王万岁万万岁！"

……

六、历史的吊诡

洪秀全没有想到，当他们的传教事业渐入轨道的时候，他的政治伙伴冯云山却被抓走了。

这对急于成事的洪秀全来说，无异于釜底抽薪。

如同在故乡砸毁孔子牌位一样，洪秀全在广西象州捣毁甘王庙，原因是他们创立的崇拜上帝教为一神教，与任何其他信仰概不兼容，所以必然要消灭他们的信仰，这在《天条》开篇即有明文规定。与故乡那次石破天惊的举动一样，洪秀全并没有对结果有太多的考虑，这似乎超出了一个精神病患者的考虑范围。冯云山一直坚持秘密活动，但洪秀全在亢奋中把他们的一切秘密都公之于世。对于一个患有精神病（至少有精神病史）的人来说，他们的恐惧感和安全感，经常会违反正常的逻辑。现在，他被一种虚妄的安全感包裹着，对即将来到的危险没有任何考虑，更没有准备任何预案。那时的他，甚至对他的教会未来的道路，都一无所知。甘王爷，在桂东南广大人民群众心中，具有无边的法力，据说曾经附灵于一个少年的身上，将路过的州官拖下了轿，逼迫他奉送龙袍后方才放行。所以，当洪秀全用手里的工具，将甘王的双眼从那尊古旧的泥胎上挖出、捣烂的时候，心底升起一种莫名的快感。当一个人超出某个权威的约束的时候，内心的快感会令他无比陶醉。那个站在神像面前的壮年男子，山中的艰苦生活使他显得有些消瘦，颧骨突出，目光忧郁而略显疲惫，但此刻，他的眼睛明亮起来，神像如同食物，激起他蓬勃的欲望，他享受着满足欲望的过程，挥动着手中的木棒，斗志昂扬地把眼前的泥胎击成碎片。它的脑袋被削平了，胳膊被打脱了臼，半死不活地吊在肩膀上，龙袍被扯得粉碎。一个小小的甘王庙不能满足他的成功欲。在快感的鼓舞下，他乘胜追击，几天之内，紫荆山区的所有神灵，在他的攻击面前，身首异处，一败涂地。这场战斗，以洪秀全的全面胜利而告终。

紫荆山区的宗教冲突，就这样不可避免地爆发了。雷公、关公、土地爷、送子娘娘，以及所有民间神祇的信奉者，联袂向拜上帝会的信众发起攻击。这使紫荆山区业已紧张的族群关系雪上加霜。锄头、铁锹、扁担、木棍……几乎所有的劳动工具都变成了武器，飞舞着，从一个脑袋飞向另一个脑袋。于是，一个念过经的脑袋被拍碎了，一只种过地的手被削掉了，而身体的残余部分，还停留在原处，半天才倒下。

械斗的人群中，找不到洪秀全的身影。他已经躲起来，此时，他比任何人都清醒。他是隐在山林的深处，看着冯云山被赶来的团练首领王作新抓走的。洪秀全怔在那里，不知该做什么。过去，许多事情都是由冯云山筹划的，现在，冯云山被抓走了，他不知所措。

洪秀全终于想出一个主意。他决定去广州，找两广总督耆英。

需要说明的是，传教士在中国的命运从来都不是顺利的。康熙皇帝自康熙五十六年（1717）宣布禁止天主教在中国的传播，三年后，命罗马教廷使臣嘉乐带回除愿意留下服务的技艺人之外的所有传教士[53]；他的继任者胤禛，采取了更加彻底的禁教措施，直到鸦片战争以后，在法国人的胁迫下，两广总督耆英奏请，"将中外人民凡有学习天主教并不滋事为非者，概予免罪"，传教才得以解禁。于是，洪秀全的脑海里，自然想出耆英这个名字。后来，有史学家认为，"这很可能只是脱逃的遮羞布而已，自然不可能见到总督耆英，只是躲在广东家里避风一年半。"[54]在家里，洪秀全得到冯云山案件了结的消息，桂平知县判定冯云山"并无为匪不法情事"，下令以无籍游荡之名，将其押解回原籍管束。途中，冯云山说服两名解差，返回了紫荆山。

洪秀全坐不住了，决定重返紫荆山，寻找冯云山。他没有想到，此时，冯云山已离开紫荆山，前往广东寻找洪秀全。巨大的紫荆山吞没了他们的身影，他们未能相遇。

书载，风门坳是紫荆山南端长十余里的峡谷，是个最险要的谷口，也是发源于紫荆山而流至新圩的紫水水口。风门坳和金田村的犀牛岭前后相对峙，是俯瞰新圩平原的一个制高地。紫荆山西端的双髻山是万峰重叠，岭表插云的一个天堑[55]。这样的天堑，在紫荆山不可胜数。

紫荆山深不可测，充满吊诡。任何诡异的事情，都有可能在这里发生。这些天堑犹如迷宫，为山中行者提供了迥然不同的道路，一个小的疏忽，就可能改变道路的方向。再聪明的人也无法对未来了如指掌，只有大山，不动声色地掌控着每个人的命运。

洪秀全神话的坚定推广者杨秀清、萧朝贵，几乎同时听到了有人自称神灵附体的事情。拜上帝教的事业面临失控的危险，需要有人及时填补洪秀全、冯云山的空缺。

道光二十八年（1848），马克思和恩格斯在布鲁塞尔草拟的《共产党宣言》在伦敦出版，巴黎爆发革命，群众占领市政府，宣布法兰西为共和国。而上帝，却在这一年3月，借用了杨秀清的身体，在紫荆山下凡。半年后，天兄耶稣，也借用萧朝贵的身体，光临紫荆山。

理由简单而且充分——人民不能没有他们的领袖，而上帝之子、耶稣之弟的名分，已被洪秀全占用，所以，杨秀清和萧朝贵此时能够借用的，只有上帝本人及其长子耶稣的名义。

紫荆山，本身就是一片充满神秘色彩的深山老林，有利于各种离经叛道的思想与行为在其中神出鬼没，这片山林，看上去空虚寂静，实际上光怪陆离，堪称宗教神秘主义的天然沃土。中国农民，只有离开温情脉脉的传统田园之后，才可能真正具有反叛精神，如《新约》写道的：:"耶稣说：'手扶着犁头向后看的人，不配进神的天国。'"[56] 一种思想本身是没有什么力量的——何况他们的拜上帝教里，到处都是人为的破绽——只有在具备了支持它的情感以及神秘主义基础之后，它才会发挥作用，人们被情感的力量所支配，那一点微弱的理性，在这份狂热的力量面前，已不堪一击。所以，信仰不是理性的结果，如勒庞所说："信仰通常是非理性的，并且总是无意识的"[57]，"曾经震撼世界的那些信仰，无论是政治的还是宗教的，它们都有一个共同的起源，并遵循同样的规律。它们的形成与理性无关，甚至可以说是与理性完全相反的因素塑造了它们。……理性既不能创造信仰，也不可能改造信仰。"[58] 而信仰只有借助神秘主义，才具有神奇的催眠力量，完全控制人们的思想和行动。拜上帝教，正是在其神秘力量的援助下，向建立在田园上的儒家理性发起挑战。

无论是洪秀全还是杨秀清，他们的高明之处，皆在于此——他们因一种无法被证明的信仰而成为一个时代的精神领袖，他们成于此，同样也败于此。在紫荆山，太平天国史上最吊诡的事情发生了——在天国的世界里，洪秀全是君，杨秀清是臣；但在宗教的世界里，杨秀清是父（天父，即上帝），洪秀全是子（上帝之子、耶稣之弟），位居萧朝贵（天兄耶稣）之后，只是天堂的第三把手[59]。

作为尘世间的最高统治者,天王(洪秀全)的权力是天父(上帝)所封,他的权力和地位来自上帝,对此,一份名为《天情道理书》的文件中已经将此合法化:天父"差天王下凡为天下万郭太平真主,救援天下人民",而东王(杨秀清)等各王的权力,又来自天王的任命;然而,洪秀全没有想到的是,他刚刚离开紫荆山,天父就在他身后庄严下凡了。一个有趣的怪圈形成了——东王的权力来自天王,而天王的权力,又来自东王。在他们的一王独大的宗法体制内,不可能因此而产生相互制约关系,而只能为他们的自相残杀埋下伏笔。

至少在此刻,这并不重要,因为革命尚未成功,同志仍须努力;但它总有一天,会重要起来,使他们精心搭建的天堂承受灭顶之灾。

七、圣战

天国里虔诚的祈祷场面感动了一个人,这个人就是呤唎。当众人的和声自夜色里飘浮起来,他的脸上,流露出肃穆的表情。"这时我不禁想到,为什么没有一个英国传教士来代替我的位置?为什么一般欧洲人宁愿屠杀太平军而不愿承认他们是基督徒兄弟?这些中国基督徒是根据我们欧洲人所信仰的、所宣称为指针的《圣经》来进行祈祷的。目睹这种情况,我不能不对于他们那永远不会被削弱,永远不会被征服的宗旨怀着深厚的同情。"[60]

吟唎的同胞戈登率领的英清联军与太平军在苏州进行的战斗至为惨烈。这使吟唎陷入彻底的绝望。在他看来,自从利玛窦来华以后,基督教在东方的事业就从来都没有顺利过,只能看着中国皇帝的脸色,苟且偷安。只有太平天国,不看皇帝的脸色行事。太平天国的事业,与基督教的事业不谋而合。太平天国的胜利,从某种意义上,就是基督教的胜利。他们的战争,无疑具有圣战的性质:

他们是为拥护基督教而战,而不是为消灭基督教而战。……基督教通过刀剑于10世纪传入丹麦,于13世纪传入普鲁士;整个欧洲的基督教的建立全都经过了宗教战争。基督教往往不得不以武力来维护自己。7世纪曾经发生过的(基督教徒)与萨拉森人的战争,如果像某些人所说的,太平军为建立他们的宗教而战是错误的话,那么我们就不得不承认所有基督教全都犯了错误,这样一来,当时我们的基督教祖先只有或则逆来顺受成为殉教者,或则屈服改宗成为穆罕默德的信徒了[61]。

但戈登对于呤唎的态度无动于衷。在苏州城外的黄埭，他率领他的军队，冲破太平军构筑的高大的烂泥堤岸，与太平军展开了激烈的肉搏。漫长的战事，对于战斗双方来说，都不啻于一种煎熬，他们的精神，陷入一种绝望和呆滞的状态，战斗，使他们压抑已久的原始欲望在吼叫中喷薄而出。战争改变人性，使人们由理性变得癫狂，战场上的士兵，处于一种轻度的精神病的状态中，尽管厮杀双方互不相识，也无深仇大恨，但他们忘我地投入到彼此的杀戮中，到处回响着刀刃切割脂肪的声音，热情洋溢的血喷泉一样在战场上交错纵横，喷洒在人们的脸上、身上，使他们已经无法分清彼此的军服。被烂泥包裹的尸体，在地上铺成厚厚的一层。慢慢地，一些泥塑似的身影，晃晃悠悠地，从地上爬起来，松散的影子，重新聚合成一个个人形。戈登看到，那都是自己的部下，他知道，这场战斗，以己方的胜利而告终。

呤唎记载："经过猛烈的激战，戈登将军在屡次遭到严重的败绩并损失了大批官兵之后，始夺苏州城外的所有栅寨。"[62]

攻占黄埭，使英清联军终于完成了对苏州城的包围。太湖与苏州胥门或小西门之间的交通，也被游弋在木渎附近水面上的两艘兵船切断。苏州的太平军逃生的一切通道，都被封死了。

忠王李秀成在这关键的时候驰援苏州，但洪秀全对李秀成的不信任毁掉了苏州——在天王看来，没有比命令李秀成返回天京为他护驾更重要的事。李秀成仰天长叹，无奈地离开苏州，离开的时候，面对郜永宽、康王汪安钧等八位将领决定率部投降的消息，他一笑置之。

他知道，大厦将倾，独木难支。

康王汪安钧在苏州的军事会议上，突然拔出匕首，在慕王谭绍光的脊背和脖子上戳出一个又一个血窟窿。扫除了投降的最后一个障碍，他们志得意满。他们没有想到，当他们打开城门的时候，所谓的媾和协议便不再有任何价值，纳王郜永宽、康王汪安钧、宁王周文嘉、比王伍贵文以及张大洲、范启荣、汪怀武、汪有为八位投降高官，被李鸿章手下的将官一一用刀劈死，随后，满门抄斩。

苏州杀降，震惊了所有人，成为李鸿章政治生涯中一个洗不去的污点。

吟唎惊讶地读到了《中国之友报》的现场报道："（1863年）12月21日，我们十分惊讶地听说'刑场'正好就在'双塔寺'的庭院，不幸的太平军由于相信了他们的卑鄙敌人的信誓而在此丧命，我们决定往该处一行。……庭院约半英亩左右，我们见到庭院地上浸透人类鲜血！屠杀的二十天以后，抛满尸体的河道仍旧水带红色，马加尼医生的部下军官可以为此做证。地下三英尺深都浸染了鲜血，这是中国的最优秀的鲜血。冬天的气候除中午外，是不易使动物尸体腐坏的，可是苏州居于北纬31度23分25厘和东经120度25分之处，因此纵使时值冬日，气候也仍旧十分温暖。

"中国人告诉我们说，太平军三万曾被押至此处屠场处死。我们掌握了充分的证据，知道被杀数目甚巨，我们掌握有一个欧洲见证人的证据，他曾亲眼见到这条河中弃满被斩首的太平军的尸身，清朝官吏不得不雇用船夫用篙钩把尸体推到城外的大河里去，以疏通河道"[63]。

对此，呤唎评价道："任何一个头脑正常的人，能够把诸如此类的'博爱'即在战场上屠杀成千上万的人、冷酷无情地杀害成千上万的无助俘虏、使千千万万的人活活饿死、摧毁太平天国人们之间的基督教和《圣经》的自由传布、重建佛教等等行为，视为戈登的'维护人道的努力'吗？那些把戈登用火与剑去践踏太平天国的行为说成是怀着'博爱动机'的人们，一定具有一种非常奇怪的爱人类的观念的！"[64]

苏州城破那天，所有的王府都被洗劫一空。人们在被杀害的慕王谭绍光的府邸墙壁上，发现一套精美的石印版画，这是一套表现耶稣自彼拉多[65]裁判至十字架受刑的图画，罗马天主教一般称之为"耶稣受难图"。

八、天堂所有权的危机

天王洪秀全,上帝化身杨秀清,尽管他们的身份都是自封的,但他们彼此默契。

整个天国,都严守着这份默契。天机不可泄露。

它是天国存在的先决条件。

没有人知道,这份默契会存在多久。

它不存在的时候,天国就岌岌可危了。

冯云山死了。那一年,太平军欲趁湘江水涨,分水陆两路沿江而下,进取湖南。出发前,冯云山提出,湘江水涨流急,清军易于利用两岸条件设伏;为了保险,应先派步兵沿岸进行战斗清扫,以保护水陆进击。洪秀全又激动起来,面部充血,眼睛神经质地鼓胀起来,以高八度的声调质问:"如此,何日方可取下湖南?当水陆并进才是。"对于胜利,他已经急不可耐了。冯云山说:"这太危险,还是让臣率兵乘船在前,免得天王遭到不测。"因为涉及自身的安全,洪秀全同意了。冯云山就这样,不出意料地钻进了清军的天罗地网。在蓑衣渡,一颗炮弹,把三十七岁的冯云山炸成碎片。

不久,萧朝贵战死长沙。

他也是中炮。清军的炮火凶猛。他的身上火光一闪,一只胳膊连同半个肩膀就不见了。它们附着在炮弹皮上,飞到了很远的地方。

这一年,是 1852 年。

在艰苦的紫荆山,洪秀全和他的伙伴们——杨秀清、萧朝贵、冯云山、韦昌辉、石达开等,度过了他们革命生涯中的黄金时期,把他们称为"同志",应当说恰如其分。他们在困难中相互辅佐,共谋大局。杨秀清在洪秀全去向不明的日子里,托天父下凡,有人将此说成"以革命为己任,以极大的革命胆略勇敢地挑起这副重担子"[66],虽不失夸张,却大体属实。他们的事业,还处于投资阶段,尽管他们已经占定了各自的股份,但分红的日子,还遥遥无期,这显然有利于加强他们内部的团结和相互依存度;官军的清剿,更进一步增强了他们内部的凝聚力;深不可测的紫荆山,没有止境的远征,给内在的矛盾以充足的回旋余地;当太平军定都南京,一个声势浩大的王朝脱颖而出,回旋的空间,已经大为缩小。此时,天国不再是想象中的图景,而是出现在现实中。它如同一个巨大的实体,它的光明和幽魅,都躲不开人们的视线。这座巨大的、光明的城,这个君临天下的、不可一世的城,它的名义是革命,但它的主人却叫洪秀全。权力与野心是一切伟大建筑的根基,反过来说,建筑就是权力和欲望的纪念碑。这种对权力的狂妄与夸耀,本身就是精神病的一种症状。洪秀全在他进城的第二个月,就开始迫不及待地建造他的宫殿,即使一场大火彻底否定了他的狂妄,但他依然痴心不改。于是,宫殿的重建工程,在1854年初天寒地冻的天京城开始了。在他心里,此前所有的道路,都是通向这些宫殿的。那些道路的价值,是由这些宫殿确认的,道路是过程,宫殿是结果,没有宫殿,所有的道路,都将变得毫无意义。

只有洪秀全能够成为它的主人。这座城市——这个天国,只效忠于洪秀全,只认识洪秀全,唯洪秀全马首是瞻,其他人,都是天国里的一个构件,尽管他们的地位和作用千差万别,但他们本质上是一致的,与没有生命的木石构件没有区别。高大的建筑,完成了对领袖绝对意志的修辞,同时,也使臣民的高度急剧下降。洪秀全作了一首诗,写在十余丈的黄绸上,每字直径五尺,挂在天朝门外,诗云:

大小众臣工,
到此止行踪。
有诏方准进,
否则雪云中。

雪云中的意思,就是杀头。天王的权威,已经和建筑融为一体。当吟唎赞叹天国的宏观图景,巨大的建筑正分开人们的行列:宫殿是最高领袖的书房,而广场则是人民行礼的地点。

这时候,他们宣传的大同之梦,已经由诺言变成谎言。他们通过谎言获利,因而,这种谎言,性质恶劣。尽管他们的宣传机器没有一天停止过工作,但天堂的私家性质已显露无遗。天王诏书曰:"我主天王奉行天道,凡事秉乎至公,视天下一家,胞与为怀;万国一体,情同手足……"而天国的《幼学诗》,则规定了从朝廷、君道、臣道、家道、父道、母道、子道、媳道、兄道、弟道、姐道、妹道、夫道、妻道、嫂道、婶道等繁复的伦理准则。

水平铺展的巨大宫殿,规定的却是一种垂直的隶属关系,它有着一层一层严密的内部结构和无比严酷的监督机制,像一条生物链,下一级的生物,用自己的血肉,养肥上一级生物,而位居生物链顶端的,只有天王自己。《天条》传达的不是《圣经》的声音,却是儒家"三纲"的翻版;而被后世念念不忘的《天朝田亩制度》和《资政新篇》,在天朝一天也没有施行过[67]。人民主权原只是一句空话,"人民"只不过是一个工具,是人为制造出来以达成某种目的的工具。[68]如同勒庞所说:"人民参加革命仅仅是因为革命领袖们鼓动他们这样做，但事实上他们并没有理解革命领袖们的真正意图。他们以自己的方式理解革命的意图，而这种方式却绝不会是革命真正发动者们所向往的。"[69]大凡每一代伟大的政治家，面对刀剑征服来的天下，都有一种要在上面画最新最美的图画的冲动。他们把自己当成天才的艺术家，殚精竭虑地在这片被他删成白纸的土地上进行美妙绝伦的艺术创作。然而由于这种创作中以理想主义为指导，这种冲动造成的结果往往是"先造成理想上的数学公式，以自然法规的至善至美，向犬牙交错的疆域及熙熙攘攘的百万千万的众生头上笼罩着下去。……行不通的地方，只好打折扣，上面冠冕堂皇，下面有名无实。"[70]

从紫荆山传教到金田起事，有一个重要的问题始终为他们忽略——绝对的平等，在这个世界上永不存在。西方基督教中的平等，只存在于想象中，存在于无限远的未来中，所以基督教从来不在现世中营造他们的天堂，否则，所有对天堂的天衣无缝的想象都会被抨击得千疮百孔，他们的教堂，只是宣讲教义之所，是通往天堂的一个临时驿站；当拜上帝教的领袖们执意要把《圣经》中的天堂迫降到地面上，而且立竿见影，变成一个可以触摸的实体，自然会漏洞百出。所谓样板，早晚都会成为众矢之的；洪秀全所缔造的天堂样板工程，也不例外。随着时间的推移，他们的美妙预言，正被一点一点戳破。他们自己制造了一个冲突型的理论结构，始终无法自圆其说，无法保持自洽性，而洪秀全（天王）与杨秀清（天父）的身份冲突，只是这种冲突的一个缩影。它不只是个人意气的冲突，甚至不只是权力之争，而是历史角色之间的冲突。天国具有排他性，不仅排斥人民，而且排斥领袖的盟友，洪氏定理演算的结果只有一个——这个天国只能有一个主人。在天国，主人的名额只有一个，如果这个天国有两个主人，就会出现过剩的局面，任何政治盟友最终都将撕破脸皮，刀戈相向，无论洪秀全，还是杨秀清，都没有退路，他们深知，只有领袖个人受到天堂的庇护，但他们都忽略了，这个受到天堂庇护的幸运者，最终也将沦为孤家寡人，孤苦无援，而死无葬身之地。狭路相逢，他们都希望自己成为胜者，进而获得天国的主宰权，他们不知道，这场游戏中，没有胜者，所有人都将是失败者，游戏越是深入，对失败者的惩罚就越变本加厉。如同天国内部的所有矛盾一样，在紫荆山时期，在天国的娘胎里，这种冲突就已经注定了，是历史强加给他们的，他们只能完成历史规定的剧情，别无选择。他们在太平天国的体制内无法媾和，他们相互为敌，相互指出对方的破绽，这是太平天国的先天疾病，是它无法克服的机能性障碍。所以，他们的革命无论怎样轰轰烈烈，都会以闹剧开始,以悲剧收场。更何况他们所谓的教义只不过是一个临时拼凑、顾头不顾腚的大杂烩。最后的悲剧无法克服——它早就在那里,等待着他们自投罗网。

九、血朝廷

两个人中,必须去掉一个。洪秀全和杨秀清,对此心照不宣。

这是一道简单的减法题,它的运算过程,却十分复杂。

杨秀清比洪秀全更心慈手软。他企图动用宗教的威力逼洪秀全就范。他会在天国上朝的时候,突然号称天父附体,要洪秀全当着满朝文武的面,向他下跪认错。他有时会在同一场合扮演两个角色——天父和他自己,角色转换十分自然,有职业演员的风范。他会对洪秀全说:"秀全,尔有过错,尔知吗?"

天王只好跪下,承认他闻所未闻的过错。

他们信仰的天父(上帝)借用杨秀清的嘴表明了他的态度,这是整个天国都已相信的事实。对洪秀全来说,这是历史遗留问题,推翻了他,就等于推翻了自己。

谎言一旦形成,就无法修改。只能用更多的谎言来完善它。

当着全体朝臣的面,天父以更加洪亮的声音说:"尔知错即杖四十!"

众人失色,跪倒一片,纷纷要求代天王受刑。

天王脸色苍白，曰："诸弟不得逆天父之旨，……哥子自当受责。"[71]

天国的刑杖，就这样落到天王的臀上，洪秀全肥厚的臀部，在坚硬的木杖下颤动着，仿佛一件乐器，在木杖的击打之下，发出颇有质感的声响。这是一种奇特的音响效果，而天王府巨大的宫殿，又使它产生一种迷离的回音，缠绕在宫殿的梁柱间，挥之不去。杨秀清对这种响声情有独钟，他既是这种打击乐的制造者，也是它的欣赏者。这种音乐很快令他陷入痴迷，他已经离不开它。寂寞的时候，六神无主的时候，内心压抑的时候，他就会到天王府，以这种音乐来解闷。他所有的积郁，所有的不平，对天王的权力的所有不满，都在这荡气回肠的音乐中消失踪影。在杨秀清看来，他和他的伙伴们树立的天王的权威，可以在木棍的击打下化为粉末，天王的所有光环，都可以在天父的声援下，落到自己的头上。

下雨了，洪秀全的心，在雨中变得彻骨冰凉。他隔着宫殿的窗，凝望着庭院中的雨。他看到雨水，沿着庭院四周宫殿的金黄色屋顶的抛物线迅速滑落，形成四道宽幅瀑布，在院落里形成一个方形的水帘。一座透明的宫殿脱颖而出——一座水做的宫殿。这使他的宫殿，具有某种虚幻的性质，无论它多么华丽和明亮，都像一道幻影，可以看见，无法把握。

雨天里，洪秀全的臀部正隐隐作痛，但他的心更痛。以天王之尊，当着满朝文武的面，裸露他高贵的臀部，接受杖刑，这使他感觉到前所未有的奇耻大辱，他感到自己的血脉在贲张，他几乎要叫出声来——在受刑时，他一声未吭，但此时，他要号叫，一种延后的叫喊，不是发自他的喉咙，而是发自他的肺腑。

然而，令他恐怖的事情才刚刚开始，他深知杨秀清是在一步步地试探他的底线。他们的教义早已申明，天父（上帝）是天国的最高主宰，那么，在天父的名义下，杨秀清可以为所欲为，他感到杨秀清的权力像一个巨大的固体一样迅速膨胀，挤压着他，令他恐惧和窒息。总有一天，他会无路可退。

退朝时，北王韦昌辉、顶天侯秦日纲等众官皆跪下，山呼万岁，只有东王杨秀清岿然不动——他认为自己已经不需要再向任何人跪拜了。

在美国加州伯克利大学中国研究中心地下室的资料库里，我发现了1854年访问天国的那个名叫麦华陀的英国使节所写下的文书："像太平王（洪秀全）这样一个人是否真的存在，仍是很值得怀疑的一件事，因为在我们同他们的所有通信中，对方刻意向我们大谈东王的意愿，他的权力，他的威严，他的影响，但只是顺便提到他那著名的主子。东王显然是他们政治和宗教体系中的原动力……以东王名义就我们的询问所作的答复，丝毫未能解答时下流传的关于太平王是否存在、是否在天京的疑问。"[72]

即使天王死了,也不会有人知道,天国在按部就班地继续存在。想到这里,他不寒而栗。

那名年轻的马夫仰脸看到那个骑马者时,丝毫没有想到自己的命会因他而丧。那时马夫正坐在燕王府的门口张望,对马上那张陌生的面孔没有过多注意。他没有想到,此人是东王的远房亲戚,而自己的漠视,正构成对东王威信的挑战。他听到一声嘶叫:"反了!反到天父头上了!"马鞭无情地朝他的头部劈下去,那鞭子是用水牛皮捻成的,在结合了空中滑行的势能之后,在马夫的脑袋上发出重重的脆响,鲜血立刻从他的脸颊流淌下来。他正要站起身,第二鞭接踵而至,他感到一阵晕眩。接下来,鞭子如密集的雨点,向他袭来,令他无法招架。这个健壮的年轻人,还没有弄清怎么回事,恍惚中就像一汪水银,泻在地上。

骑马者把这个体无完肤的年轻人交给黄玉昆法办。卫国侯黄玉昆是石达开的岳父,掌管刑部,他拒绝了对方的要求:"你不是已经惩处了吗?哪里还要追加惩处?"这个回答,令东王的亲戚十分意外,他没有想到,在这个世界上,还有人会拒绝他的要求。

东王的命令很快下达，他命令石达开，拘捕他的岳父。得知这一命令后，黄玉昆愤而辞职。顶天侯秦日纲、佐天侯陈承瑢（陈玉成的叔父），随即也以辞职表达对东王的不满。

顶天侯秦日纲、佐天侯陈承瑢、卫国侯黄玉昆，天国的三位王侯被分别绑走了，作为天父的背叛者，他们分别被处以一百、二百、三百的刑杖。卫国侯黄玉昆——天国的执法官，在押解者不注意的瞬间，冲向他庭院中的一口井，奋力跳了下去。飞溅的水花，淹没了他纤瘦的身体。[73]

那名马夫，被五马分尸。

他的四肢和头颅被分别绑在五匹马的尾巴上。马夫们——他的同行，挥鞭让马向五个不同的方向行进时，他的身体一下子飘浮起来，像梦中一样，飘浮起来，紧接着，一阵剧痛，从五个方向汹涌而来。他感觉到自己的身体在撕裂，他听到了骨骼断裂的声音。他想喊，想向自己的妈妈报信，想呼叫老天，期待某种奇迹会从天而降，解救自己，但他的嘴被堵住了，喊不出来。他的死，对他的母亲来说是一个永远无法解开的谜。

天国的两位官员——正丞相曾水源、东王府吏部尚书李寿春死得更冤，他们被人告密，说他们在东王生病的时候无动于衷，被天王以"欺天欺东王"的罪名，枭首示众。[74]

一切皆不出洪秀全所料。杨秀清终于亮出了他的底牌。

杨秀清模仿着上帝的语调说："尔与东王皆为我子,东王有大功,何止称九千岁?"

洪秀全答道："东王打江山,亦当是万岁。"

杨秀清又说："东王世子岂止是千岁?"

洪秀全答道："东王既万岁,世子亦便是万岁。"[75]

这个答案,是洪秀全早就准备好的。如同杨秀清一样,为这个时刻,他准备已久。

这一夜,杨秀清睡得香。

韦昌辉率领三千亲兵从江西前线乘舟东返,在1856年9月1日的深夜,神不知鬼不觉地返回天京。他进城的时候,没有一点动静。据说韦昌辉手里有天王的密诏,但是佐天侯陈承瑢远远望见那支军队,在黑暗中拥来,就为他打开了城门。他没有看密诏,也没有任何人看到密诏,所以,天王是否给韦昌辉下过密诏,一直为后世史家们争论不休。而此时的天王,正在天王府里,等待着军队的消息。就在韦昌辉的部队包围东王府的时候,顶天侯秦日纲也率亲兵,从丹阳前线,秘密返京。

冰凉的刀刃抵住杨秀清的脖颈,他从梦中骤醒,冰凉之后,是一阵热辣,还没有弄清怎么回事,头颅和身体,就断成了两截。

云锦织成的枕头上,东王的面孔,在一种惊讶的表情上定格。

后来,忠王李秀成被曾国荃抓获,曾国藩审他时,他在自供状里写道:

"韦昌辉与石达开、秦日纲是大齐一心,在家计议起首先共事之人。共事之后,东王威逼太过,此三人积怒于心,……北、翼二人同心,一怒于东,后被北王将东王杀害,原是北、翼二人密议。"[76]

杨秀清为自己准备了忠诚的卫队、特务、宪兵,更不用说在教义的名义下进行的舆论宣传,但在杨秀清归天的一刹那,一切都不存在了。夜幕中进行了一些巷战,但那并不重要,抵抗者很快被消灭了,天亮时,天国里的人们对夜里发生的一切一无所知。

清晨人们开启各自的门扉,他们吃惊地发现街上躺满了尸体。他们并不知道,此时东王,已被满门抄斩,包括五十四个王娘在内的东王妻小,都变成一堆血肉模糊的尸体。他们更不会想到,屠杀一旦开始,就不会轻易结束。将东王满门抄斩之后,韦昌辉下令,杀尽东王的所有亲属和旧部,无论男女老少,一律处死。

老人脆薄的胸腔被长枪穿透;孩子被从母亲怀里抢出来,

一刀劈死；更有妇人的脖子，被军人用短柄腰刀一寸一寸地割断，割的时候，妇人爆出惊天动地的惨叫……至于谁是亲属和旧部，不需要任何认定程序，完全由军人们的心情来决定。人们无法理解，太平军，他们的子弟兵，如何一夜之间变成魔鬼。天国变成了屠宰场，疯狂的屠刀如一头怪兽，吞噬着六朝古都。那个附着在各种宣传品上的天堂，已荡然无存。

屠杀持续了近一个月。从观音门口内漂流到江面上的长发尸骸成千上万，几乎把江面堵塞。江面被血染成红色，如同一根粗大的血管，血浆汹涌，很多年，才流成原色。

从武昌匆匆赶回的石达开无论如何不会想到，韦昌辉的刀锋会指向自己。韦昌辉居然一怒之下，将石达开满门抄斩，只有石达开一人逃脱。石达开一路逃到安庆，挥师讨韦。韦昌辉控制了都城，但都城之外，却是石达开的天下。那座神圣的都城，在石达开眼中，不过是一座孤岛而已，韦昌辉的政令，飞不出都城一步。转眼之间，石达开兵临城下。无奈之中，洪秀全下令讨韦。

韦昌辉被处死的时候，脸上露着狞厉的笑容，杀人的快感，还没有完全消退。他和他的刀都不服输——如果石达开没有脱身，那么，乾坤就会倒转。

韦昌辉是被肢解而死的，他的肉被割成二寸许的肉段儿，悬放在城中各处的栅栏上,旁边标明:"北奸肉,只准看,不准取。"[77]他的家旋即被满门抄斩。

满门抄斩,这个令人毛骨悚然的词汇,在当时,成为天国的常用词。

顶天侯秦日纲、佐天侯陈承瑢,虽从东王手下侥幸逃生,但这次,因追随韦昌辉,站错了立场,他们没能保住自己的脑袋,钢刀落处,他们的头颅飞向远方。

至此,东王杨秀清、北王韦昌辉被处决,西王萧朝贵、南王冯云山战死,东西南北四王,无一生存,永安五王中,只剩下翼王石达开了。所以,当石达开率军进京的时候,劫后余生的京城百姓给了他潮水般的欢迎。罪孽深重的天国,等待着翼王的拯救。宫殿里,洪秀全的面容阴郁而狰狞。杨秀清、韦昌辉的相继背叛,令他的精神受到了自广州落榜之后的最大打击。他从民众的欢迎里,感到某种危险。这种不寒而栗的感觉,他并不陌生。

石达开不会想到,正当他享受英雄般的礼遇的时候,他已经成为洪秀全的敌人。天王对他的洪氏定理坚信不疑,所以,减法的游戏永无止境,只是它的参与者在不断变换——由从前的杨秀清、韦昌辉,变成现在的石达开。现在他顺理成章地认为,轮到石达开跟他争抢唯一的天王名额了。那是一道填空题,总有一个对手，占据那缺乏的位置。他们走马灯似的到来，令洪秀全感到既惊恐，又兴奋。洪秀全从来没有想过，所谓的敌人，是他和他的天国炮制出来的。杀戮还要继续下去，杀人是上瘾的，如同天王在紫荆山砸碎庙宇里的神像，那些粉碎的身体，会激起他的无限热情。这种热情一旦燃烧起来，就很难熄灭。

石达开对洪氏定理深怀恐惧。他再次踏上逃生之旅，这次，他带走了十万精兵。他们的终点，是大渡河南岸。

石达开走后，洪秀全及时地物色了他的下一个敌人：李秀成。

十、林则徐

道光三十年（1850），洪秀全在广西金田聚啸山林那一年，林则徐刚好六十六岁，一身瘦骨，满脸风霜，隐居于福州西湖，饮酒赋诗，不再过问朝政。疆场上的枪林弹雨，朝堂上的明枪暗箭，他都不放在心上。一种巨大的幻灭感笼罩在他的心上，只有有限的残生，是他抓得住的。在西湖边的文藻山上，他构筑了一栋三进的宅院，第三进的双层楼房里，是他的藏书楼，他给它起了一个灵动的名字：云左山房。青灯黄卷，足以安顿这颗曾经焦灼不安的心。自从被道光皇帝罢官发配以后，经由广州、京口、扬州、洛阳、西安、兰州、嘉峪关、乌鲁木齐，抵达伊犁惠远城，多年后，又入陕甘、云贵，放舟入湘南，最终归闽，戎马关山，颠沛流离，毕生文稿，从没有时间整理，现在，他终于有暇，一页一页推敲、品味《使滇小草》《黑头公集》这些昔日的诗稿，把它们选辑成《云左山房诗钞》，又修订了《西北水利》《畿辅水利议》等著作，交给刘存仁校勘。对他来说，那些发黄的纸页，有着一种无法言说的魔力，以至于圣旨飘到他身边的时候，他都不抬头看一眼。他是跪接了福建巡抚徐继畬传来的圣旨，但他把徐巡抚打发走了以后，又躲回了自己的云左山房，一字一句地誊抄诗稿。他再也无暇打量那道圣旨。

此时的林则徐，已经由"睁眼看世界"，转为专注于修炼内心，他的胸襟气魄，全都收缩在尺牍书札之间。他的翻译班子已经解散，英文翻译梁进德连同他的父亲梁发，已经在历史中去向不明——他们是历史中的隐者，因某个机缘影响了历史的走向，以后就悄然遁形，再也找不到他们的身影。只剩下洪秀全，在经历历史因缘的一系列起承转合的传递之后，站到历史的追光中。

残酷的科试，成为林则徐和洪秀全人生的分水岭。林则徐四岁入塾识字，十四岁考中秀才，二十岁中举，二十七岁参加会试，复试一等，殿试二甲第四名，朝考第五名，赐进士出身，选翰林院庶吉士。可谓科场宠儿，如果说"进入考场的人当中，百分之九十八以上与成功无缘"，那么林则徐，就是那幸运的极少数、超级幸运大奖的得主。那条险象环生的路,居然被这个年轻人走通了。除了报恩,别无选择。所有的荣耀,都仿佛在虚空中得到,纵使失去,也不算亏本。"苟利国家生死以,岂因祸福避趋之"。在这样的精神指引下,林则徐一往无前,查鸦片、办洋人,直至贬官流放的圣旨在苦雨中飘然落下,才恍然大悟,所谓立功立德,全凭皇帝的情绪来决定。一个人一旦进入官场程序,就会如同一片飘零的落叶,被流水裹挟着走,不由自主。一介良臣,可能恰恰因为他的功德,而被刺配充军。官场的最大原则,便是没有原则,只有圣旨,成为检验真理的唯一标准。无数学子渴望的仕宦之途,像一把重重的枷锁,套在他的身上,让他透不过气来。林则徐在鸦片战争的当口登高一呼,但那一次,他透支了体力。西行的馆驿中,他从《京报》读到了琦善、奕经、奕山、文蔚等人被定为斩监候(死缓)的消息,秋后勾决,惊恐得瘫软在地上,心里为自己苟全性命于乱世而深感庆幸。从此便在官场上明哲保身,噤若寒蝉。

尽管还有一支支顶戴等待着他,他终于挂印而去了。

皇帝呼来不上船,他从这种果决里,感到一种恶毒的快意。巡抚走后,他的脸上露出一种无法掩饰的笑容。

1850 年(道光三十年),在林则徐的山居岁月里,道光皇帝黯然去世,咸丰的屁股刚刚坐到龙椅上,一连串令他不快的消息便接踵而至——在遥远的广西，天地会攻下了龙州厅城；在金田，一群客家人聚众造反，领头的，叫洪秀全。[78]

朝中无人，咸丰皇帝此时开始了对林则徐的单相思。终于，在一片求贤若渴的气氛中，一道圣旨，在蝴蝶花盛开的日子，再次降临遥远的"云左山房"。

皇帝宣召林则徐迅速来京，听候简用。

钦差大臣的头衔，没有使林则徐的表情有丝毫的变化，倒是广西的"匪情"令他眉头紧皱——那群乌合之众，把他心中熄灭已久的豪情又焕发起来。此时他才发现，他的归隐，并非真隐。危机四伏的国度，他无法六根清净。儒生的心，不容易死透。很多念头，是生在骨子里的，是本能。他自知火候到了，便从病榻上挣扎着起身，从书房的墙壁上摘下那把雪亮的宝剑，并拢的手尖，轻轻滑过利刃，苍白的脸上流露出一丝隐秘的笑容。

四天后，林则徐领了官印，带着儿子林聪彝和幕僚刘存仁，奔赴广西前线。

林则徐的豪情，在路上只勉强维持了十七天。道光三十年十一月二十二日辰刻，在广东普宁县行馆，他身体瘫软，再也不能前进半步，终于在距离洪秀全不到一千里的地方，咽了气。断气前，林则徐口述，儿子林聪彝代笔，写了一份遗折，折子里说："未效一矢之劳，实切九原之憾。"[79]

他失去了与洪秀全对话的机会。

林则徐与洪秀全，这两位在中国近代史上炙手可热的人物，因其对鸦片的态度，完全可能成为盟友。但他们最终成为敌人，他们的角色是历史规定的，如同古斯塔夫·勒庞所说："在法国大革命这一宏大的戏剧中，演员们粉墨登场，但其角色却是早就由剧本决定了的。每一个人都说他必须说的话，做他必须做的事。"[80]

洪秀全，那个被封堵了仕宦之路的科场失意者，在一条意外的道路上获得了生机。就是这个孱弱书生，在大清的江山上撕裂了一个口子，紫荆山中，万马奔腾，而最后这点距离，竟使林则徐最后的功业变得遥不可及。林则徐在科场上所向披靡，但在官场上，与功德圆满之间，总横亘着一段距离，无论攘外还是安内，他都功亏一篑。

那是一条充满滞阻的道路，这让他充分认识到书生的百无一用。但对于洪秀全来说，所有的滞阻都不发生作用。这是一种不公平的竞争。在洪秀全面前，所有的官场规则都等于零，他是规则的制定者，而不是规则的执行者。多少人的命运，都被那题名的金榜限定了，只有他能随心所欲。他不为皇帝服务，而选择自己做皇帝。他像一阵不受阻挡的风，迅速席卷东南半壁。中国南方的葱郁山水，正在他的马蹄下大面积地展开。

如果，他的名字，写在了那天的金榜上，他会成为另一个林则徐吗？

林则徐和洪秀全，像一枚硬币的两面，镶嵌在大清帝国的末世图景中。在王朝的诡异的体制内，他们随时都可能成为对方。

但无论是叛乱者还是平叛者，又有谁，能够逃得出自己的宿命？

十一、天国陨落

1863年，呤唎与妻子玛丽暂时离开天京，去上海看望亲戚。回到天京时，他们听到太平军在上海遭到惨败的消息。紧接着，他们听到太仓、昆山等城市接连沦陷的消息。呤唎说："清军自1861年攻陷安庆后，即逐渐向大江两岸推进，最后终于占领了天京城外的所有地方。"[81] 1862年5月，曾国荃驱军直入，逼扎雨花台，距天京城，不及四里。

天国的事业，变得一败涂地。

打败天国的不是清军，是天国自己。

洪秀全的心里有一个魔，但他自己浑然不知。

李秀成的军队从稻田上通过。青涩的稻谷，在雾中嗞嗞作响，士兵们身前身后响着踢踢踏踏的脚步声和粗重的呼吸声。部队停下来，开始收割尚未成熟的庄稼。但收割的全部粮食，还不够他们一半路程之用。他们很快再次陷入饥饿。接着，他们陷入沼泽，看不到头的泥沼，脚陷进去，拔不出来。整个队伍如同一条蠕虫，晃动着，缓慢地前行，行进中发出"扑哧扑哧"的闷响。更糟糕的是，扬子江江水骤涨，泛滥两岸，甚至距江边很远的低洼之地，都变成一片泽国。

炮火掀起一个个高大的水柱，水柱中，李秀成看到了吟唎和玛丽驾驶的大木船，在向他们徐徐驶来。吟唎把他能找到的所有船只都开过去，帮助太平军渡江，同时，他叫十二名欧洲伙伴，乘大木船，向清军迎过去，准备阻击敌人。吟唎看到那些体力完全衰竭的士兵，在即将抵达木船的时刻倒下，他们与木船的距离，是生与死的距离。炮弹不断在他们身边爆炸，把成堆的尸体抛向天空，由于人群过于密集，许多士兵都被后面的人挤到江里去，太平军死伤无数。

十二天后，残存的不到一万五千名太平军渡过扬子江。吟唎和玛丽还活着，他们决定逃走。这时，两岸都被清军占领了，他们割断了船绳，企图向大河下游逃走。

一阵急风向他们吹来，吹散了他们周围的浓烟。他看到了玛丽，她美丽的面孔清晰起来。清军的炮艇尾随在他们后面，紧追不舍。炮火在他们周围，掀起一阵阵热浪。吟唎急忙把玛丽送进内舱。他刚露出头，一排子弹向他们扫来，他的朋友埃尔中弹倒下，他看到埃尔临死前惊愕的表情，紧接着，一颗子弹将他击中，他失去了知觉。

不知过了多久，吟唎才醒过来。他发现了令他惊异的事实：玛丽的身体，被一排子弹射穿了。

汩汩冒血的弹孔，仿佛一串花朵，挂在她的胸前。

天京守不住了。李秀成对洪秀全说：出路只有一条，放弃都城，主动转移。

洪秀全在一瞬间被激怒了，他说：

"朕奉上帝圣旨，天兄耶稣圣旨，下凡作万国独一真主，何惧之有！不用尔奏，政事不用尔理，尔欲外出，欲在京，任由于尔。朕铁桶江山尔不扶，有人扶。尔说无兵，朕的天兵多过于水，还怕曾妖吗？尔怕死，便会死。政事不与尔相干，王次兄勇王执掌，幼西王出令，有不遵幼西王令的，合朝诛之！"

到了这步田地，洪秀全仍然相信自己是"万国独一真主"，手里掌握着无数天兵，可谓病入膏肓。连吟唎都用"疯狂"一词形容洪秀全："如果我们把这三种特性：高尚、疯狂、轻率同等地归之于天王的动机，大概我们就相当接近真实性了。"[82]有人说："做大事业者的禀赋之一是敢于说谎，并且敢于一千遍地重复下去，以使之成为真理。"[83] 看来，说一次假话并不难，难的是一辈子说假话，不说真话。或许，只有洪秀全这样的病态人格，才能做到这一点。他不仅用谎言欺骗别人，而且用谎言欺骗自己。洪秀全自己，已经与他的谎言融为一体，缺一不可，无论谎言把他举向巅峰，还是送进地狱，他都不会对自己的谎言表示丝毫的怀疑。

然而，天兵没有来，来的是如潮的清兵。

坐在龙椅上，他最后望了一眼自己的江山，尔后，吞金自尽。

那天午后，太平门被湘军轰塌二十余丈，刚刚登极的新天王、洪秀全的长子洪天贵福站在宫楼上，看见湘军潮水般涌进城内，赶紧往楼下跑。突然，他觉得被什么牵住了，扭头，看见他的妃子扯住他的袍袖，不肯放手。他对年轻的妃子说，下去看一下就回来，然后一溜烟跑到荣光殿，想迅速逃离这座令他的父王依依不舍的宫殿。就在这时，救命恩人李秀成来了。这天晚上，李秀成护卫着幼天王，从太平门的缺口，冲出他们的都城。

他们被冲散了。四天后，两名乡民，把李秀成绑赴清营。

洪天贵福在山野间隐匿了三个月后，被清军捕获。

年幼无知的十六岁天王，主动向江西巡抚沈葆桢坦白了一切，希望因为认罪态度好而被宽大处理。

于是，在江西巡抚衙门受审时，洪天贵福语气急切地说："那打江山的事都是老天王做的，与我无干。就是我登极后，也都是干王、忠王他们做的。广东地方不好，我也不愿回去了。我只愿跟唐老爷到湖南读书，想进秀才的。"[84]

他和他父亲年轻的时候一样，胸怀远大的理想，决心义无反顾地投向科举之路。

他企图回到原点，回到儒家文化精心编织的网格结构中去，但他没有机会了。

问题是：历史还会回到原处吗？

1864年11月8日，年轻的洪天贵福，被绑赴刑场。

他是被凌迟处死的。

第五章 绿蒂：刀俎间的宝座

他们向往的华璨帝都都已经沦为一座黑暗之城,这是胜利者的荣光,还是发现者的悲哀?

一、贝托鲁奇

很多年中，我几乎走遍了故宫的隐秘角落。如果没有美国哥伦比亚大学刘禾教授的提醒，我可能不会注意到故宫太和殿上的那把御座。当我第一次走进寿康宫——一个当时的宫廷专门为前朝的妃嫔们准备的花园的时候，正是春天，遍地的野花已经长到没膝的高度，繁华中透着荒芜，寂静渗透到骨头里。我轻手轻脚地走进旧宫殿，生怕自己的鲁莽会惊扰嫔妃们的魂魄。我还曾轻轻地走进雨花阁——乾隆年间建造的那座藏传佛教密宗佛堂，它红漆斑驳的大门似乎永远关闭着，我深知自己的幸运，许多在故宫工作了一生的人，都未曾进入过这座院落，人们的目光只能越过红墙，看见高高的脊檐上四条飞舞的金龙。我走进去的时候，佛堂内部的佛像与法器，依然按照从前的规制摆放着，三百年未曾动过，连上面的灰尘都是文物。阳光无法进入深深的殿堂，所有的佛像都隐在暗处，神秘而不为人知。

或许正是由于对故宫中隐秘的事物充满好奇,我却忽略了那把著名的皇帝宝座。它就在太和殿上,每天公之于众,所有的游客都能看到它。它被置于皇宫最显赫的位置上,成为所有视线的焦点;它同时也是历史最引人注目的部分,所有的权力争夺,那些血腥的游戏,都是围绕它展开的。皇帝宝座就这样,成为太和殿的中心、皇宫的中心、皇城的中心,以及整个帝国的中心。没有它,历史就会失重,那些怵目惊心的故事,就无处安放。

或许,正因为它太公开,反倒成为我的盲点。

而一个外国人,当他进入故宫的时候,他的目光,可能首先落在御座上。

那把空空荡荡的皇帝宝座,会引发他们无穷无尽的想象。"皇帝的宝座上虽然空无一人,但上面却充满了旧梦新想"[1],这一判断在许多作品中得到证实。意大利导演贝托鲁奇(Bernado Bertolucci)在电影《末代皇帝》中,把中国皇帝的宝座变成一条线索,他的镜头,总是在宝座的周围徘徊不去,宝座作为一个重要的符号,在电影中时隐时现。在少年溥仪的眼中,它甚至成为一个大玩具,以至于成年溥仪被特赦后,以一个旅游者的身份重回故宫时,依然从太和殿宝座下面,找出了他少年时安放的一只蝈笼,昔日的蝈蝈,居然安然无恙。显然,贝托鲁奇高估了那只蝈蝈的生命力，但他以这种方式表达了他对宝座的执着。刘禾说，"（他）几乎带着一种拜物教的执着与虔诚，使皇帝的宝座在影片里成了挥之不去的幽灵。"[2]

还有英国艺术史家克瑞格·克鲁纳斯，对中国皇帝宝座进行过专门研究的学者之一。他十四岁时跟随父亲来到伦敦，他的目标是剑桥大学。这次旅程却使他与一把中国皇帝的宝座不期而遇。那把乾隆时代的御座，被安放在维多利亚和阿尔伯特博物馆的"远东艺术"展厅里。如同传教士的东方书简一样，西方博物馆里的东方文物，构筑着西方人的东方想象，同时揭露着西方人的盗贼本质。

在脱离了帝国的语境之后，中国皇帝的宝座依然保持着它昔日的威严。十四岁的克鲁纳斯挤在人群中，目睹了它的存在。然后，他趁旁边穿着制服的保安人员眼睛转到别处的时候，他竟然不由自主地双膝跪下，将头叩在地板上，以示朝拜。

1900年，当八国联军冲进紫禁城的时候，最吸引他们目光的，或许就是那把空荡荡的皇帝宝座。《大清律》规定，僭越皇权者，一律凌迟处死，而这些不知轻重的外国屁股，则兴冲冲地，轮流坐在御座上照相。这是他们炫耀胜利的一种方式。他们通过征服中国皇帝的宝座，表明他们对古老的中华帝国的征服。中国皇帝的宝座，就在那时，作为战利品，被运送到大英帝国，并在很多年后，成为克鲁纳斯的研究对象。

刘禾教授回忆，20世纪90年代，在英国爱丁堡的亚洲博物馆，一件看上去很像清朝皇帝宝座的陈列品曾经引起她的注意。她从说明中得知，这件不同寻常的展品，原来是英军的一个苏格兰旅长的捐赠，但展品说明并没有解释这对夫妻是如何得到这件展品的。后来，她来到维多利亚和阿尔伯特博物馆，在42号展厅的永久收藏部，她目睹了克鲁纳斯描述过的那件皇帝宝座，在它面前默立良久，心里在想，西方人是否对中国统治者的宝座有着某种特殊的情结？"假如我没有到国外来，假如我没有通过他人的眼睛，或者通过贝托鲁奇的镜头来看待这一切，我可能根本不会对清朝皇帝的宝座这一类文化遗产有什么特别的兴趣，因为出国前，我不认为这些老古董对我们今天的世界有什么意义。可是现在，我好像重新发现了它们的意义。"[3]

一件老古董，不仅与大清帝国的秩序有关，也与殖民主义时期的世界秩序密切相关。

这使我突然关心起太和殿上那把皇帝宝座。它曾经被置于历史的风口浪尖上，之后又悄然隐遁，没有人知道它的下落。中国的宫殿，曾经是一座丢失了宝座的宫殿，而在丢失宝座之后，它还算是宫殿吗？它不是一件物品，它有自己的灵魂；而丢失宝座的宫殿，则无异于丢失了灵魂的华丽躯壳。我第一次急切地想重返故宫，认真打量太和殿上那把著名的御座。我不知道，当我站在太和殿的门外向里张望的时候，那把沉默已久的椅子，会对我说些什么。

二、绿蒂

以描写异国情调闻名的法国作家皮埃尔·绿蒂夹杂在远征军中，于1900年10月走进北京城的时候，这座辉煌的东方帝都几乎已经变成一座死城。他进城的路上，看到的是一些被冻死的荷花，它们粗大的枝茎垂在铅色的水面上，芦苇丛中，埋伏着一些微微泛白的球状物，仔细打量，才能看出那是死人的头颅。他觉得那些头颅并没有死，它们还在生长，可以变得像篮球一样大，而且，当他打量那些头颅的时候，所有的头颅，也都以一种怪异的表情打量着他。

那些头颅曾经固执地相信，仅凭巫术的力量就可以瓦解洋人的攻势。在这一理论指导下，大清王朝的王公大臣——义和团的支持者，曾经命令宫女向着洋人进攻的方向集体放屁，雄壮的屁声在幽深的宫殿深处形成了奇怪的和声；义和团还把马桶、裹脚布、月经带等污物在城墙上一字排开，以此对付洋人的炮火。在他们法力面前，洋炮果然哑火了，原因是城墙上出现了他们从未见过的新式武器，只好停火一日，派人前去侦察，当他们知道答案后，气得半死，以更加猛烈的炮火回答经久不息的屁声。

义和团刀枪不入的誓言没有取得任何预想的效果。袁世凯保持着理智。山东总督府内，几条来福枪指向拳民的胸膛，袁世凯把他壮硕的手臂向下一压，几条枪同时爆出巨响，拳民应声倒地，血流如注。袁世凯唇边露出轻蔑的一笑，所谓神力，如此尔尔。它们没有通过袁世凯的测试，就更不可能在洋人的枪炮前有所作为，那些头颅迅速飞离了各自的身体，滚落得与它们的信仰越来越远。

义和团对法力的痴迷最大限度地帮助了他们的敌人。这是名副其实的"往枪口上撞"，但他们义无反顾。一切都证明了光绪皇帝的预言："寡不可以敌众，弱不可以敌强，断未有以一国，能敌七八国者。"[4] "乱民皆乌合，能以血肉相搏耶？且人心徒空言耳，奈何以民命为儿戏？"[5] "可惜十八省数万万之生灵，将遭涂炭。"[6] 对此，绿蒂，这位八国联军[7]成员诚实地记录道：

近两个月内，在这座被八到十个国家的军队侵占的不幸的"天净之城"里，大肆破坏和疯狂杀戮相当地白热化。形形色色的夙仇挑起的最初几伏就发生在此。义和团先经过这里，跟着来了日本兵，我并不想说别人的坏话，但这些勇敢的小个子兵们真像从前的野蛮部队一样到处烧杀抢掠；我更不想诋毁我们的友军俄国兵，所有这些战场上的士兵还非常精通亚洲人的作战方式；大不列颠来了残暴的印度骑兵；美国则派来了雇佣兵团。当意大利、德国、奥地利和法国士兵到达这里发动第一场回击中国兵的复仇战时，这里早已是面目全非了。[8]

这不是战争，而是屠杀。"成千成万的人在以屠杀为乐的疯狂放荡下被杀了。"[9] 美国传教士丁韪良（W. A. P. Martin）对这种行为作出两种解释：一、这是对一个罪恶城市的报复；二、（联军）士兵的愤怒与贪婪一时无法控制。

绿蒂到来的时候，那座疯狂的城市已经安静下来，以一种可怕的沉默，拒绝对现实发表任何评说。所以，他没有看到那个狂躁和动荡的北京，不知道这座城市曾经怎样以自己的方式发言，他看到的是一个空旷的北京，远征军的枪炮，已经像剔骨刀一样，剔除了他们认为多余的部分，使城市的筋骨更加直白地裸露出来。这似乎可以使他的视线更加清晰，但实际情况正好相反，空旷反而使这座城市显得更加浩大和幽深。他看到的是一座空城，一座失去了语言和动作的城市，一座死人把守的城市——只有那些尸体，躲在城墙或者树丛的下面，在冷风中窃窃私语。城门大张着空洞的眼睛望着他，它们以一种无奈的姿态敞开着，不再像从前那样，像坚硬的手臂，环抱着自己的心脏。

八百年来，这座城市第一次以这样的面貌示人，宫殿的午门，变成了西方人的凯旋门。北京第一次成为一座没有皇帝的都城——没有皇帝的都城，还能算作都城吗？在皇帝和百官的身影消失之后，那些鳞次栉比的宫殿、环环相抱的城墙，显得尴尬和茫然——它们因皇帝的存在而存在，现在，在这座城市里，几乎没有人知道皇帝（皇太后）在哪里，宫殿和城墙的价值，受到空前的质疑。在城墙的内部，庄严的帝国秩序消失了，这座为皇权打造的城市顿然失去了主语，所有辉煌的建筑就成了一张空壳，一具更加巨大的尸骸，听候埋藏者的安排。

"你不会提早看到北京城的，"旅伴们说，"但它会冷不丁出现在你面前，当你看到它时，你就已经到了。"[10]

当巨大的城门在远处灰白的天幕下出现的时候，绿蒂的心情无比复杂。出现在他面前的，是曾经令马可·波罗惊愕过的大城：

> 这城市的主干大道，宽阔而笔直，是按照独一无二的设计图规划的。这种整齐划一和无边广阔的设计是我们欧

洲任何一座大城市都没有的。[11]

一条三四公里长的道路，通向另一道雄伟的城门。远远望去，那道门嵌在黑黢黢的城墙里，顶上是飞檐翘角的塔楼，外面则一片空寂。道路两边的房屋只有一层，一间接一间整齐地排列着……好像一座海市蜃楼般的城市，没有真实的根基，建在云上……北京，这座齿形屋檐和镀金饰物集合而成的城市，处处装饰着兽角和鳞爪。即便是在大风、烈日，如此干旱的日子里仍能给人一种假象。在那荒原和废墟上空永不落定的尘埃中，在那层罩住破败不堪的街道和卑污肮脏的人群的尘雾纱幔里，北京城往日的辉煌依稀可辨。[12]

但他眼前的城市已经不再是马可·波罗曾经喋喋不休地炫耀的汗八里，他比马可·波罗迟到了七百多年。七百多年的岁月，改变一个国家的命运。那个在《马可·波罗行纪》里熠熠发光的帝国，如今只剩下一层弱不禁风的躯壳。无须特洛伊木马，那个令西方人花费了漫长时间才得以进入的帝都的大门，在1900年的炮火中如此轻易地被打开了——从开战到占领北京，只用了十天时间。出现在绿蒂面前的，是另一个北京："在那依然闪烁的金光之下，一切是那么陈旧衰败"，"到处是残垣断壁"[13]。进城的时候,取代了令整个欧洲为之战栗的蒙古铁骑的,是一队蒙古骆驼,它们正穿城而出。这里曾经是蒙古风暴的起点,但是现在,早已不见蒙古刀的寒光,只有悠缓而坚忍的蒙古双峰驼,步履艰辛地穿越大陆,走向"西藏或蒙古荒漠的尽头。"[14]在天坛门口,他看到"长着斯芬克斯般细长眼睛的印度骑兵",突兀地站在猩红的门前,"在这个极度中国化的神圣氛围里,他和我们一样迷惘"[15]。马可·波罗曾经毫不掩饰他对汗八里的敬畏,作为一个探路者,马可·波罗的荣耀潜藏在他的发现里,而此时,绿蒂和他的战友们正在摧毁这座奇迹之城,他们向往的华璨帝都已经沦为一座黑暗之城,这是胜利者的荣光,还是发现者的悲哀?

绿蒂就这样一步步走近紫禁城,走向那把空寂的皇帝宝座。它们是军人的战利品,也是文人顶礼膜拜的对象。绿蒂兼具了军人和文人两种身份,所以他的内心充满矛盾。把守城门的日本兵为他们打开那两扇神秘之门,成群的乌鸦被惊飞的时刻,一座浩瀚的宫殿出现在他的面前。宫殿几乎是空的,太和殿巨大的阴影,孤寂而突兀。在那个巨大的入口背后,是一大片起伏不定的迷宫。宫殿的主宰者已去向不明,一些没有来得及逃走或者说无处可逃的妃子(包括同治、光绪两朝的嫔妃),还有宫女们,在同治皇帝最爱的妃子——瑜妃的指挥下,全部躲进西宫，她们蜷缩在一起，彻夜难眠，战乱，让钩心斗角的后宫粉黛第一次感受到彼此的温暖。瑜妃，这位十九岁就守寡的女人，在关键时刻显示出了超凡脱俗的气质。很多年后，我在阳光刺眼的午后走进那个野花盛开的寿康宫，心里就想着寻找瑜妃在这里留下过的生命痕迹。她命人封住了宫苑的后门——贞顺门，只留下贞顺门，作为唯一的通道。太监们轮流值班看守，已经做好了牺牲的准备，使大清王朝最后的尊严不致受到侵犯。在众人的惊恐和不安中，夜幕降临到紫禁城，试图抹平一切忧伤。

我曾经不止一次在故宫里，从黄昏待到深夜，有一天日落时分，和故宫博物院王亚民副院长走过太和门广场，空阔的广场上，只有守卫故宫的武警战士训练的号令声依稀传来，我似乎一瞬间读懂了宫殿的孤寂。还有一次，和白先勇先生、李文儒副院长一起在午夜的宫殿里漫步，突然想去太和门广场，它的寂寞和神秘，吸引着我。那是另一个故宫，与白日里游人如织的故宫完全不同的故宫。在白天，它是那么理性，它虽繁复，却庄严典雅、秩序井然，只有在夜里，它才变得深邃、迷离、深不可测，没有人知道，夜色使一切变得深不可测。所以，绿蒂见到的慈禧太后的宫殿，与马可·波罗见到的忽必烈的宫殿迥然不同，没有浩荡的仪仗，空荡荡的台阶上，只有冰冷的月光。与马可·波罗笔下那座灯烛辉煌、香烟缭绕的宫殿相比，那一刻的宫殿是阴性的、含蓄的,仿佛是那座辉煌宫殿的一张黑白的底片。这与《马可·波罗行纪》之后西方积累了几百年的想象大相径庭。一时间,他不知所措。空阔的宫殿把他吓住了,找不出一种合适的方式与它对话。他不知道这一无比巨大的存在,是增加了他们胜利的价值,还是使他们的胜利变得无足轻重。在他眼里,在巨大的宫殿的反衬下,他们这群征服者,"举止粗俗,满身灰尘,疲惫沮丧,肮脏不堪,貌如未开化的野蛮人,无异于置身仙境的僭越者"[16]。

1965年,另一位法国作家、时任戴高乐政府文化部长的安德烈·马尔罗,在走进"文革"前夕空旷的故宫时,心里想到的,是绿蒂描述过的、人去楼空的紫禁城:"绿蒂看到……皇后在逃跑时,她在观世音前放了一瓶花,给观世音戴上了一串珍珠项链。观世音的位置没有动,一大堆菩萨都被横七竖八扔到院子里,腾出祭坛让士兵过夜。"[17] 就在马尔罗站立的那个地方,六十五年前,作为闯入者,绿蒂和其他军官们一起,铺着军毯,睡在宫殿里,而瓦德西元帅,就住在一座不远的宫殿里。黑暗中,风在摇撼,撕扯着窗户上残存的米纸,就像夜鸟振翅,蝙蝠飞翔,在绿蒂头上发出连续不断的声响。半梦半醒中,在旧宫殿几百年的幽香里,他不时听到一阵短促的机枪排射的声音,或在树林深处传出的一声凄凉的鸟鸣。

三、慈禧

绿蒂在紫禁城里和衣而眠的时候，慈禧太后一行已经离开了太原府，初出京城时的三辆马车已经发展到三十多辆，浩浩荡荡地向陕西挺进。自从她在 1900 年 8 月 15 日早上，脱下她绚丽的朝服，换上李莲英为她备好的一套汉族老太太的青布裤褂，剪掉精心养长了几年的长指甲之后，雕栏玉砌的宫殿就消失了，变成了溽热的雨季里一条漫长而泥泞的道路，从紫禁城神武门，向西，经魏公村、青龙桥、西贯市、居庸关，向看不见的远方，越走越远。她看不见那条道路的尽头，不知道什么时候才能回到她昔日的宫阙。刚出神武门，她的目光就充满迷惑。那时，她并不知道，几乎与此同时，美国军队已经率先冲到了天安门前，密集的子弹把庄严的城楼打得千疮百孔，大清帝国的士兵们在用身体阻挡着呼啸的子弹，顽强地护佑着他们身后的皇宫和皇宫里的帝王，他们并不知道，他们的皇太后和皇帝已逃之夭夭，最高统帅部的其他首领也已各自奔逃——奕劻和载漪向西跑，荣禄向北跑，这个帝国里的抵抗者，只剩下他们这些士兵。宫殿截断了他们的去路，他们最终在血红的宫墙下集体倒下，联军的子弹为他们的胸前佩戴了一朵朵鲜艳的红花。他们用年轻的血肉之躯，为慈禧出逃争取了一个小时的时间，否则，慈禧一行就会被封锁在城内，要么被当作平民乱枪打死，要么束手就擒，以后的中国史，就会被改写。当日本兵举着膏药旗，顺着云梯爬上天安门城楼的时候，他们高呼："这上面没有一个活着的人了！"

此时，联军已由南面和东面拥入城内，北京城的北门——德胜门，云集着成千上万的战争难民——包括一部分拳民，这里于是出现了严重的交通拥堵现象。慈禧一行夹杂在逃难的人群中，被大篷车、骡驮子、驴车拥挤和冲撞着。没有人知道车上那个身穿半新不旧的青布对襟衣衫的老太太就是他们的"最高领袖"。一位官员来了，对交通进行指挥疏导，让所有的车辆给他们让路，在他的特别照顾下，慈禧一行才"杀出一条血路"，逃向德胜门外那片开阔的郊野。慈禧看清了那个人的脸，是军机大臣、刑部尚书赵舒翘。后来，赵舒翘的名字和刚毅、载漪等人一起，被洋人写进《辛丑条约》，成为战后必须严惩的首祸。但此刻，对于慈禧来说，与洋人的讨价还价还没有开始，只有逃命这件事刻不容缓。

那时她的身边，只有皇帝、皇后、大阿哥傅儁（端郡王载漪之子、慈禧确定的皇位继承人）、三格格和四格格（庆亲王奕劻的两个宝贝女儿）、太监李莲英和崔玉贵，以及几名宫女；没有了绵延数里的銮仪卤簿，那纱帷飘荡、铜饰闪亮的大鞍车，

第五章　绿蒂：刀俎间的宝座

太和殿内宝座及匾额，小川一真摄于 1900 年。资料来源：《印象故宫》，紫禁城出版社，2006 年版

太和殿内木雕台座、栏杆、台阶和梁柱,小川一真摄于1900年。资料来源:《印象故宫》

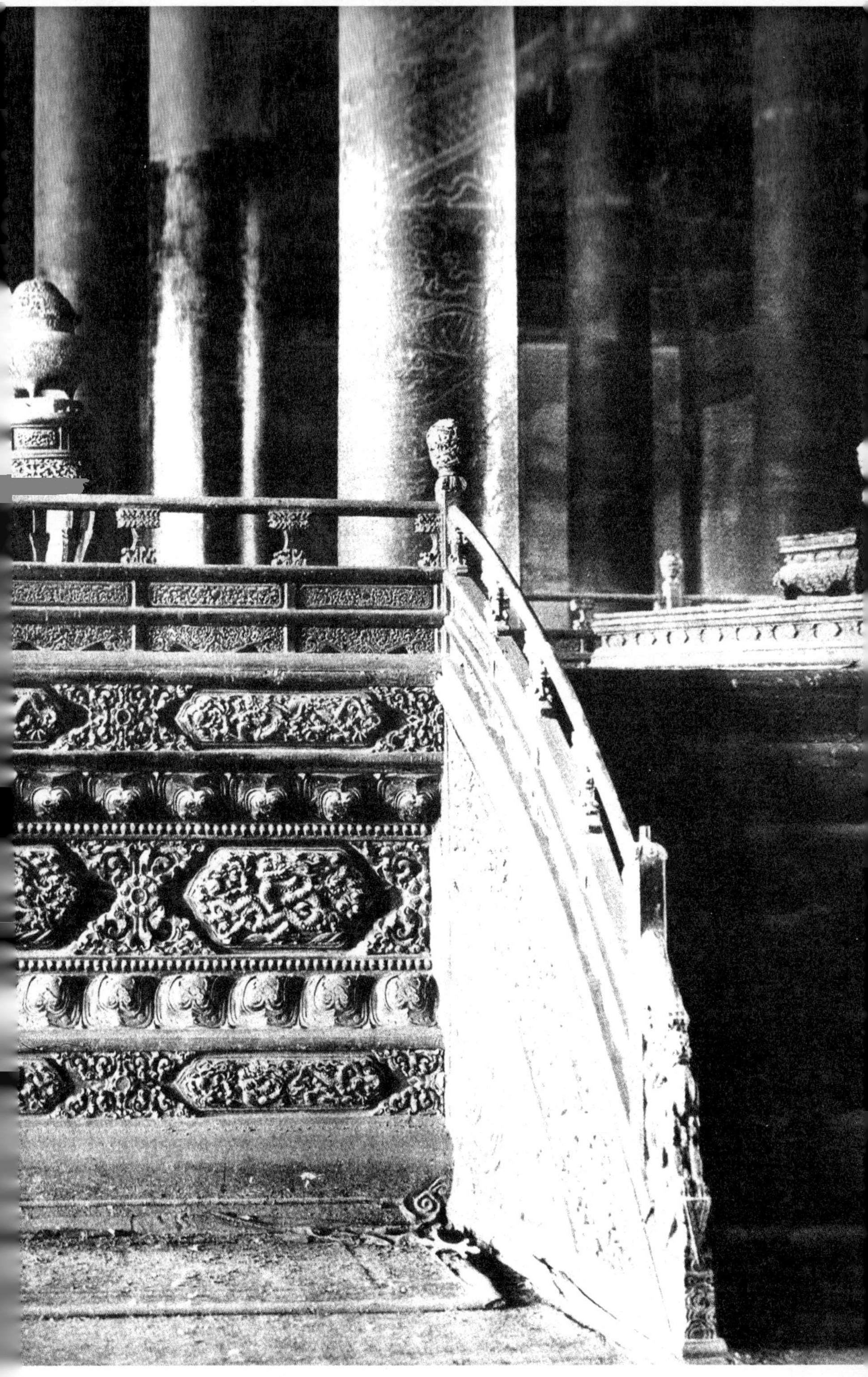

乾清宫内的镜子里映出的宝座，小川一真摄于1900年。资料来源：《皇朝落日》

第五章　绿蒂：刀俎间的宝座

使馆被围期间由一门古董炮改装的加农炮

远路去中国

三名英国皇家海军陆战队员、一名美国海军陆战队员以及一名水兵在英使馆大院入口内与"国际炮"合影

第五章　绿蒂：刀俎间的宝座

北京德国使馆，1906 年 4 月 19 日

远路去中国

1900年英国女王给即将来华的英国皇家海军训话

第五章　绿蒂：刀俎间的宝座

德军的乐队，法军上校 Parison 摄于 1901 年

德军的骑兵，法军上校 Parison 摄于 1901 年

第五章　绿蒂：刀俎间的宝座

法国军队在行军，法军上校 Parison 摄于 1901 年

北京景山前的日军，法军上校 Parison 摄于 1901 年

英军军官，法军上校 Parison 摄于 1901 年

英军的锡克士兵，法军上校 Parison 摄于 1901 年

第五章　绿蒂：刀俎间的宝座

日军在登车，法军上校 Parison 摄于 1901 年

远路去中国

天安门前，等待进入紫禁城的八国联军

天安门前日俄军官合影

第五章　　绿蒂：刀俎间的宝座

英军列队进天安门

北京午门前的德军，法军上校 Parison 摄于 1901 年

北京午门前的联军，法军上校 Parison 摄于 1901 年

第五章　绿蒂：刀俎间的宝座

北京的义和团成员

八国联军统帅瓦西德和联军将领

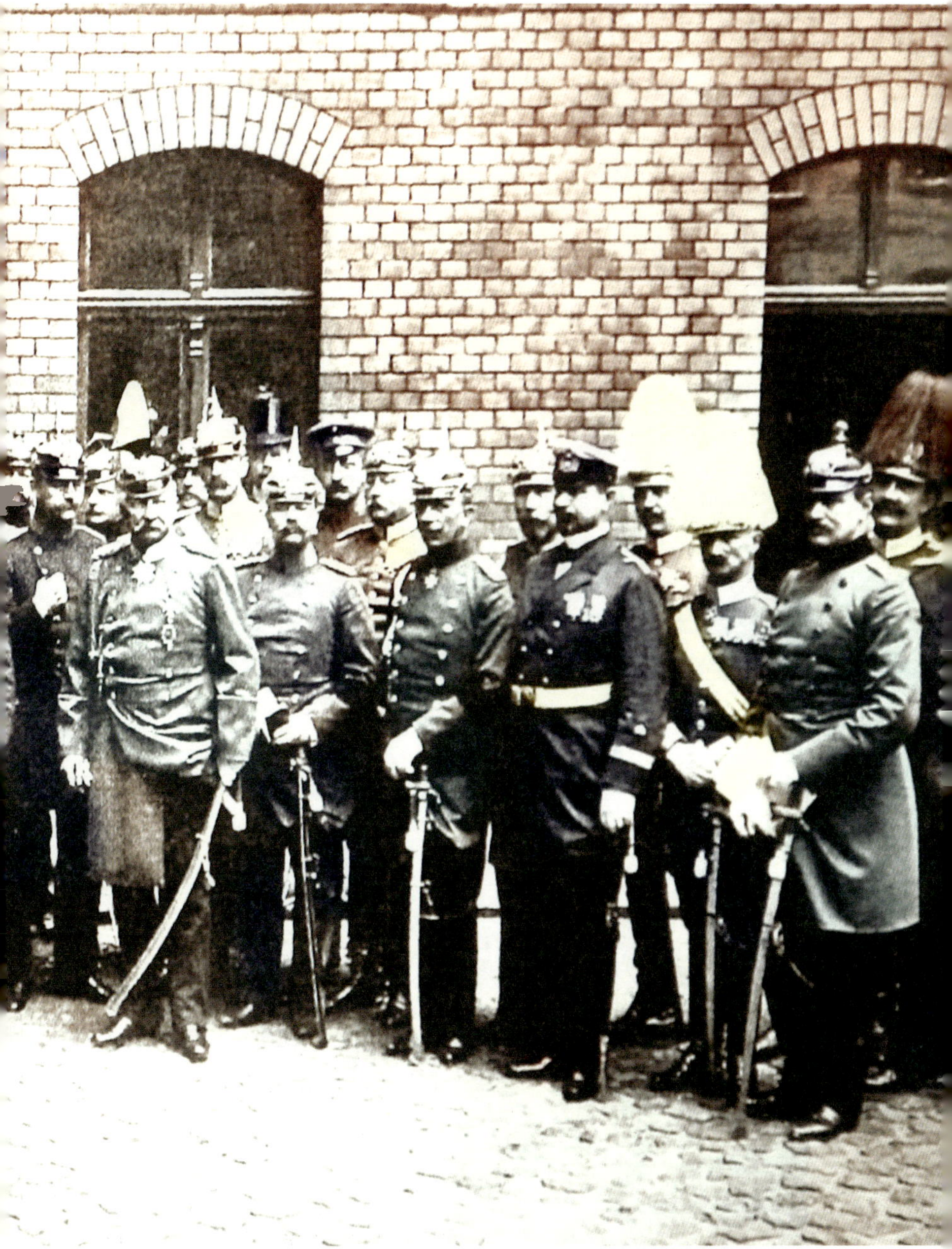

斩杀义和团

1900年，日军杀义和团

第五章 绿蒂：刀俎间的宝座

凯利牧师拍摄的正阳门城楼。正阳门城楼于 1900 年 6 月 16 日毁于大火，因此这张照片拍摄的时间应在此之前

1900 年 6 月 16 日毁于大火之后的正阳门城楼

联军把守城门

联军在北京城内

第五章　绿蒂：刀俎间的宝座

日军俘虏的义和团团民

联军把守街道

远路去中国

毁于战火的北京街巷

第五章 绿蒂：刀俎间的宝座

清军刘将军参观法军营地。法军上校 Parison 摄于 1901 年

远路去中国

联军军官与中国孩子合影

第五章 | 绿蒂：刀俎间的宝座

北京的克林德坊

醇贤亲王载沣祭奠德国公使克林德

慈禧太后逃难时受过荣宠的百姓

A.H.WATTS

远路去中国

北京马家堡车站的中外人士

第五章　　绿蒂：刀俎间的宝座

肃亲王善耆迎接慈禧太后回銮

远路去中国

1902年两宫回銮时袁世凯武卫军的军官,背后是大清门

也换作一辆没有帐子、摇摇晃晃的普通马车。漫长的道路修改了她的身份,使她由这一国家的最高统治者,变成一个仓皇而无助的老妪,几个胆大妄为的毛贼就可以要了她的性命。没有军队护驾,没有带走宫里的任何一件宝物(连她的宫女都佩服她舍弃珍宝的狠心),她的包袱里,只包了一点散碎银子,作路上盘缠。后来的事实证明,连这些散碎银子也是多余的,因为在前往居庸关的古道上,兵匪横行,能抢的东西早已被抢光,她的国民,穷得只剩下一条命了,所以她什么也买不到。不知那时,她是否突然失去过安全感——不是恐惧匪患,而是恐惧权力的失去。因为担心暴露身份(像当年溃逃的太平天国幼主洪天福贵和忠王李秀成那样),她没有携带任何身份证明——包括象征她权力的玉玺,她垂帘听政的宝座,更加遥不可及。她确信自己还会回去——回到钟鸣鼎食的旧日宫殿吗?

此时的中国皇帝光绪,穿着没领子的深蓝色长衫,戴着一顶圆顶的小草帽,下身是一条黑色裤子,看上去像个做买卖的小伙计。这样的装束,我们从许多外国记者在 20 世纪之初拍摄的中国影像中都可以见到——说不定会有一张关于当年中国平民的历史影像,会意外地记录下这位隐姓埋名的中国皇帝茫然的表情。在踏上逃亡之途的一刻,他就与皇帝宝座失去了联系。那段时光,对于这位饱经沧桑的年轻皇帝来说,太和殿的宝座,已经遥不可及。尽管自戊戌变法失败后,他与宝座之间,仅保持着某种气若游丝的联系,但那种联系毕竟存在,是他日常生活的一部分,每天早朝,他还会象征性地出现在御座上,御座两边的扶手,已被他磨得发亮。但此刻,自从外国的军队开进北京,他与宝座的联系就彻底中断了。失去宝座之后,他的帝国,也变得无比遥远,只存在于他的想象与回忆中。只有在宝座上,他才能看清他的帝国,现在,在遥远的山野,他的眼前一片漆黑,他以及王朝的未来,就像浓重的黑夜一样,深不可测。

光绪曾经试图留在北京,以维系与那宝座的联系。为此,他甚至不惜对列强亦步亦趋。在他看来,这或许是恢复久违的皇权的唯一办法。但慈禧早就看透了他的心思,所以她解除了光绪沦为帝国主义走狗的可能性,这不是因为她是一个爱国者,而是因为她不甘心放弃自己对宝座的控制权,让光绪与那把遥远的御座单独发生联系,尽管她看上去更像一位悲壮的爱国者。与光绪相比,慈禧太后在洋人面前似乎更有血性,当八国联军军阵整齐地向北京进军的时刻,在第二次御前会议上,慈禧太后器宇轩昂地说:"现在是它开衅,若如此将天下拱手让去,我死无面目见列圣。就是要送天下,亦打一仗再送。"她接着对大臣们说,"你们诸大臣均见了,我为的是江山社稷,方与洋人开仗。万一开仗之后,江山社稷不保,尔等今日均在此,要知我的苦心,不要说是我一人送的天下。"[18] 但她的勇敢是由她对宝座的态度决定的。因为戊戌变法失败以后，洋人已经有了废慈禧而立光绪的意图。帝国土地上出版的英文报纸《字林西报》上，长篇累牍地发表抨击慈禧、赞扬光绪帝的文章，这无疑触犯了慈禧，也成为慈禧由恐惧义和团，转为决定支持义和团、向列强宣战的关键契机。

写到这里，我的脑子里突然闪过一个念头：光绪为什么不逃跑？兵荒马乱之中，正是光绪逃离慈禧的掌心、奔向阔别已久的王位的最佳时机。如果他能抓住时机逃跑，塞外荒疏萧瑟的山谷林野会淹没他孤瘦的身影，慈禧率领的那支筋疲力尽的小型队伍将无力追踪到他，而且他们更主要的职责是保护慈禧的安全，他们很难分身。如果我是光绪，我将在途中的某一个夜晚义无反顾地踏上逃亡之路——一条可能解救自己，更可能解救万民的道路。他可以回到宫殿，与八国联军正式展开停战谈判，早停战一天，就可以少死许多无辜百姓。如果他能活下来，那么，等慈禧回銮时，她已经很难插手朝廷的事务。对于一个囚徒来说，实在值得一搏。我猜他一定想过这个问题，这个问题一定诱惑过他，一定不止一次地令他在深夜里辗转反侧，但一旦进入了深思熟虑，最初的冲动就会烟消云散。他一定是胆怯了，从他小时候起，他的性格悲剧就已经注定。他怕洋人的子弹，怕百姓的报复，更怕落得一个洋人"儿皇帝"的千古骂名；更重要的，他被慈禧彻底控制住了，慈禧不是扯住了他的手，而是箍住了他的心，使他不敢有任何的非分之想。从这个意义上说，那把宝座根本不是他的，他只有使用权，没有所有权——慈禧只是借他用用，但随时可以把它收回来。他信命。他没有血性，哪怕像慈禧那样短暂而愚蠢的血性。如果他能拼死一搏，他自己和他的国家，都有可能得到拯救，尽管这份拯救，为时已晚。

于是，他只能眼看着宝座的沦陷，他与宝座的距离越来越远。在西贯市，慈禧和光绪在一座破旧的寺院里度过了难熬的一夜，这或许是他们一生中唯一的一次同居一室。繁冗的礼仪，因宝座的消失而消失。那一夜，他们——丢失了江山的皇帝和皇太后，会说些什么呢？

四、路易十四

皇帝寝宫里的龙床空着。法国人绿蒂站在它的前面。

漫长的噩梦之后，绿蒂从宫殿里醒来。紫禁城也从迷离、恍惚之中醒来，在阳光的擦拭下，一点点露出了它的本色。绿蒂开始在太监的带领下参观紫禁城，一间一间地，走进那些空落的房间。依据清律，任何人未经批准擅自通过紫禁城的任何一道门，要受一百下鞭刑；误闯任何一座宫殿，都要被处绞刑。而此时，宫殿所有的门都敞开了。太监们站在花瓣形的门洞里，偷偷窥视着他。每当绿蒂被精致的宫殿吸引住的时候，他们总是企图把他的脚步引向别处，引向回环曲折的游廊或者空旷的庭院。在太监们看来，这些未经开化的野蛮人走进宫殿，等于对宫殿的亵渎。

绿蒂就这样在太监们嫌恶的目光中，小心翼翼地在宫殿里周游。那个迷惑了西方几个世纪的神秘宫殿，在他的眼前一点点展开。整整二百年前，在绿蒂的故乡，路易十四和他的整个国家都无可救药地沉迷在对中国宫殿和园林的想象中，尽管他们对中国皇宫所知甚少。1700年1月7日，凡尔赛宫以一场中国主题的舞会迎接新世纪的到来，参加舞会的所有王公贵族都化装成中国人，贵妇小姐们装扮成菩萨，三十位乐师全部穿着中国袍，舞会开始时，一位"中国皇帝"（是"康熙"吗？）坐在华丽的轿子上，隆重出场的时候，整座宫殿都被狂热的叫喊声淹没。

六年前，一个"中国公主"的故事震惊了法国宫廷。人们从这位少女的口中听到了她的传奇经历：她是康熙皇帝女儿，康熙把她嫁给日本的王子，她的船队在海上遭遇了海盗的抢劫，她也被劫到了欧洲，最后，她流落到一座陌生的城市，名叫巴黎。

当时的法国宫廷被她的故事迷住了，宫廷的贵族们争相收养这名中国公主，她也因此在巴黎过上了最豪华的生活。故事接下来的发展更加离奇，这时，有一位在中国生活了二十年的耶稣会传教士回法国述职，他对"中国公主"的经历深感疑惑，于是，在一位贵妇人的引荐下，前去与"中国公主"见了面。一见到她，他就立刻知道她是个骗子，因为她一句中文也不会讲。传教士当面揭穿了这一点，但"中国公主"却用她虚构的中文说，传教士说的中文才是假的。当传教士把一捆中文书籍摆到她的面前时，她居然用虚构的中文流利地"朗读"起来。贵妇们陷入迷惑：到底谁是说谎者？

一个与中国皇帝毫无关系的人，仅凭她在想象中建立的联系就征服了法国宫廷并扫荡了巴黎的上流社会，这是17、18世纪之交的法国人所面对的现实。宝座上的中国皇帝，在法国人心中，已经拥有了至高的地位。空想社会主义者圣西门在《回忆录》里写道："关于中国孔夫子和祖先崇拜的争辩开始变得沸沸扬扬……"莎士比亚《仲夏夜之梦》被改编成歌剧《仙后》在伦敦上演时，舞台布景全部是中国式的园林景色。1700年的伦敦和巴黎，到处可以买到广东的丝绸、福建的茶叶和景德镇的瓷器。18世纪的全球化，是以中国和印度为中心的，它使中国成为真正意义上的"中央之国"。这个论断来自一位美国汉学家、普林斯顿大学教授、《剑桥中国清代前中期史》的作者本杰明·艾尔曼教授[19]，也是18世纪全人类必须面对的事实，老牌西方国家（英、法、德、意）都通过自身的历史证明了这一点，他们对中国的物质文明和精神文明表现出惊人的兴趣，而其他国家，如欧洲的"二牙"（西班牙和葡萄牙），虽然富足，却无法引得世人的关注，一直到西班牙海军把大英帝国的海军打得满地找牙，英国人才对西班这只牙刮目相看。1700年法国宫廷里的"中国舞会"，成为欧洲中国潮一个富于创意的象征。或许，路易十四更加希望自己是一名中国皇帝。为了实现这一点，甚至早在1670年，他就在凡尔赛建造了一座"中国宫"，此后，欧洲对中国建筑的仿造热情一直燃烧了一个多世纪。有意思的是，在东西方的历史，有时截然相反，有时又存在着一种对称关系，两两相对——西方人以哥伦布和麦哲伦的航海，对应中国的郑和下西洋，而中国，就在路易十四"中国舞会"九年之后，康熙皇帝就决定在北京西北修建圆明园，法国式的宫殿和喷水池，第一次成为中国皇家园林中的风景。

而此时，那座令路易十四垂涎三尺的中国宫殿，正在绿蒂的面前一点点揭去神秘的面纱。他甚至抵达了宫殿最隐秘的地方——皇帝的寝宫，看到了那张挂着宝蓝色帐幔的、置于凹壁中的龙床。那很可能是重华宫，我曾经走进过这座寝宫，站在与一百多年前绿蒂相同的位置上，打量这张龙床。

中国皇帝在这里宠幸过他的妃子吗？然而，自从爆发过百年战争的英国和法国，像亲兄弟一般联袂焚毁了圆明园这座"万园之园"后，大清王朝皇族的血脉，就像被一个咒语缠住了——后继无人。据不完全统计，康熙皇帝有三十二个儿子，乾隆有十七个，嘉庆皇帝明显减产，只有五个，道光九个，咸丰皇帝只有一个，而且他的儿子同治皇帝不到二十岁就死了，中国的皇帝，再也不可能拥有自己的子嗣，大清王朝父死子继、一脉相传的帝系，至此中断。宫殿犹如陷阱，将这个由满洲铁骑创建的王朝陷在了里面，使它曾经剽悍的生命力急剧枯萎，从这个意义上说，宫殿更像是一个华丽的阴谋，瓦解着王朝的威力。尽管朝廷以狩猎的方式，在形式上维持着草原民族的传统，但一个不可回避的事实是，宫殿里的皇帝，一个比一个虚弱，皇帝的子嗣难以为继，就是证明。从绿蒂的书上，我读到这样的句子：

他那些相当于半神的帝王先祖们，跺一脚曾能让整个古老的亚洲发抖，那些远道而来进贡的诸侯们在他们面前卑躬屈膝，这里曾排列着我们无从想象的气势浩大的随从和旗队；他，这个被软禁的孤独的人，在如今静悄悄的城墙之内，怎样去保留那消逝的魔幻场景下辉煌往昔的印记呢？[20]

五、载漪

枯萎的不仅仅是皇家的血脉，还有整个王朝的理智与耐心。慈禧太后的血性里，"快其私愤"的色彩浓厚。光绪评价她"以民命为儿戏"。尽管这一战争的正义性毋庸置疑，但这不是一场理性的战争，更谈不上战略和战术上的部署，如同光绪所说，她把一场严肃的国际性战争变成一场游戏、一次赌博。赌徒是没有理智的，慈禧太后最后的理智，是由国民，而不是她自己，承担满盘皆输的后果。

如果用学术界流行的"挑战—回应"模式分析义和团运动，我们会发现，这个创造了惊人文明成就的文化大国，在遭遇西方文明挑战的时候，它的回应手段居然是蒙昧时代的原始巫术。它与太平天国运动的不同之处在于：在太平天国运动中，只有少数领袖才有降神的能力，洪秀全、杨秀清等人的矛盾，正是蕴含于这种矛盾中；而在义和团运动中，任何一个团民都能降神，美国汉学家周锡瑞（Joseph W. Esherick）说，"降神使所有参与者都感受到了心理上的鼓舞，他们自身亦借助巨大的神力来抵御外国装备精良的军队。"[21]"他们的意图是提供无数的神兵"，

"他们根本不需要（或产生出）自己的将军或皇帝。"[22]对皇帝的宝座无欲无求，使他们自然而然地与朝廷融为一体，然而，在八国联军理智而严密的战争组织面前，整个中国却表现出狂躁的非理性色彩，在20世纪的曙光中，这样的对话必将以悲剧收场。有意思的是，作为东西方历史的对称——1899年，苏族（Sioux）印第安人的鬼舞道门（Ghost Dance）在美国迅速蔓延，它的创建者沃沃卡（Wavoka）在1899年1月1日神游到天国，在那里，他看到了即将来临的天国的幻景。于是，他开始传教，宣扬白人将被全部消灭，印第安人将靠神羽飞升天国，随后，与他们的祖先一道重新降临地球，获得安居。降神附体和刀枪不入是其宗教仪式的两个标志，在这一点上，与十年后的义和团运动居然有着惊人的一致，他们以原始巫术的方式，与西方白人文明进行对抗，并企图创造一个不受白人控制的自由世界。对于这场鬼舞道门暴动，中国的义和团研究者们几乎一无所知。

有人把这种非理智称为"集体愚蠢化"，认为"义和团运动反映了社会总体上的知识水准和智力水准"[23]，但在20世纪初中西之间的生死角斗中，义和团尽管是一个无法遮蔽的主体，但它仍然是被选择者，它有幸，或者不幸被当局选中，义无反顾地充当了当局的炮灰。

除慈禧外，还有几个人，在中西对决的关键时刻勇敢地充当了主角，他们是：端郡王、总理各国事务衙门总管载漪，大学士徐桐，军机大臣刚毅、启秀、赵舒翘，山东巡抚毓贤（后调任山西巡抚，山东巡抚由袁世凯接任）等，在将义和团这一自发民众运动国家化的进程中，他们起到了至关重要的作用。与他的继任者袁世凯不同，毓贤对义和团的"法力"深信不疑，所以，他急不可待地晋见军机大臣荣禄，苦口婆心地说："匪皆义民，神技可用"，"今如再杀拳民，无异自剪羽翼，而开门揖盗也"[24]。他也因此被载漪看好，载漪在慈禧面前对他从不吝惜溢美之词。

在这样一个生死攸关的决策面前，像袁世凯那样对义和团的"法力"进行验证，并不是一件困难的事情，但朝廷派出的"验证官"——军机大臣刚毅、刑部尚书赵舒翘前往涿州考察义和团实情，得出的完全是不真实的结论，与毓贤一样，他们"力言团民忠勇有神术，若倚以灭夷，夷必无幸"[25]。这表明所谓的政治抉择，实际上是一种心理需求，在这种强大的心理暗示面前，所有技术层面的考证都无济于事，人们相信谎言，是因为人们愿意相信，在强烈的需求面前，谎言往往有着超乎寻常的魔力，它给危机中的人们带来心灵上的安慰，哪怕这种安慰是暂时的。所以，朝廷对求证过程不屑一顾，从慈禧到载漪、毓贤、刚毅、徐桐、赵舒翘等大臣，都一厢情愿地相信"神技可用"了，义和团的魔法，对朝廷，比对洋人更加有效。他们已经在想象中完成了对结果的预设，所有与他们的预设相违的结果，都被他们屏蔽掉了。这看上去不可理喻，实际上在历史中反复上演。五十八年后中国人对"亩产万斤粮"的疯狂痴迷，完全如出一辙。因此，当朝廷中有人提出"驱逐乱民"的建议时，他听到载漪发出的冷冷的笑声。载漪以挖苦的口吻说："好，此即失人心第一法。"[26]

然而，在"集体愚蠢化"的背后，却隐藏着出奇的冷静和理智，只是这种聪明才智，只在个人身上有效，在国家面前百无一用。如同慈禧太后一样，载漪对宝座表现出极大的兴趣。自从他的哥哥载湉被囚瀛台以来，他对于宝座的欲望就势不可挡。太和殿中央那把孤零零的椅子，已经令他神魂颠倒。终于，在1900年1月24日的仪鸾殿，一纸以光绪名义拟定的朱谕，飘落在众大臣面前，朱谕说："端郡王载漪之子傅儁继承穆宗毅皇帝为子"，以备将来承继"大统"，并定于第二年正月初一日（1900年1月31日），为立傅儁为大阿哥举行典礼。载漪的儿子已经被确定为皇位继承人，他已经无限接近了那把空缺的椅子，只是他的计划，被一场猝不及防的动乱完全打乱了。然而，在纷乱的局势中，载漪没有忘记那把唾手可得的椅子。在达到目标的所有可能之中，他能够拣选出最便捷有效的一种，这是理智，也是本能。

突如其来的乱局，对载漪而言无异于一个福音，他"正觊国家有变，可以挤摈德宗（即光绪帝——引者注），而令其子速正大位。"[27] 他是一个善于利用群众运动的人，在他的率领下，6月25日，六十多名拳民器宇轩昂地闯入紫禁城宁寿宫，像一团乌云，遮住了光绪窗前的阳光。光绪听到一个声音在吼：皇上是鬼子的徒弟！人们便围上来，要把他逐出皇宫。杂沓的脚步声中，光绪听清了，那是傅儁的声音，一个十五岁少年无所顾忌的喊声，在静谧的宫室里显得异常尖锐。[28]

那时的载漪父子不会想到，不久之后，自己的家人会面临一场劫难，冲进城的洋人，扑向位于宝禅寺街西面的端王府，先抢后砸，然后一把大火，把端王府烧个精光。那里曾经是载漪父子大锅煮肉，犒赏义和团的地方。那些漆黑的大锅见证着载漪父子犒赏三军般的豪情。他们没有想到，那些酒肉，将成为义和团的上路酒、断魂肉，没有想到他的府第将成为一口更大的黑锅。大火一直烧到夜里，由宫里往西北看，在夜里还能看到被大火烧红的天空，透过火光，还依稀可以听见人们的惨叫，和火烧在人肉上发出的吱吱的声音。许多人烧死在里面，因为洋人围住了宅子的出口，任何人都跑不出来。

1900年的中国如同一个绞肉机，吃肉不吐骨头；又像一个巨大的旋涡，把所有人都吸进去，但无论这个旋涡如何混乱、肮脏，它始终有着一个不易为人察觉的中心，它，就是太和殿那把虚位以待的椅子，所有杂乱无章的事物都围绕它旋转，只是那旋涡越转越快，以至于一百一十年之后，当我们回顾它时，依然感到眩晕。

六、王懿荣

"洋人要坐朝廷了！"

这句传言令整个北京城为之一惊。

绿蒂终于目睹了那把宝座——令载漪父子念念不忘的皇帝宝座。他持着联军的通行证，穿过了美国兵把守的门——"世界上最森严的门"（很可能是太和门），沿着台阶拾级而上。太和殿所有的门都敞开着，像一件巨大的木制乐器，被风吹响，发出古怪的声音。它的对面，是一个法国人越来越近的身影——他的影子在斑驳不平的地上跳动着，被阳光越拉越长。终于，那影子消失了，它出现在大殿的内部，被大殿所吞食。在那个楠木金漆雕龙宝座面前，绿蒂想了很多，我们通过他的著作得知他当时的心绪：

这个宝座也位于北京的中轴线上，它是北京的灵魂。若没有城墙环绕，帝王坐在那大理石和漆木的宝座上将能一眼望到城市的尽头，乃至最外围城墙上的雉堞；可以这么说，来朝贡的王公、大使和军队，一进入京城的南门，就在他那隐形的目光热辣辣地注视下了……

这是一把正中设须弥座形式的宝座。宝座的正面和左右都有陛，宝座上设雕龙髹金大椅，就是皇帝的御座。椅后设有雕龙髹金屏风，宝象、香筒和角端分列左右。宝座前面，陛的左右，摆放着四个香几，香几上有香炉，香炉内焚着的檀香，和香筒里焚的藏香混合着，使宝座弥漫着一种迷离的气息。[29]

在宫殿里，这样的龙椅不是唯一的。从前殿到后寝，从太和殿、中和殿、保和殿、乾清宫、交泰殿、坤宁宫，一直到养心殿、养性殿……几乎每一座重要的宫殿，都把一把龙椅放置在它的中心。尽管那些龙椅时常是空着的，但它们的重要性不言而喻。皇帝的身体不可能遍及每一座宫殿，但他又无处不在，那些龙椅就像他的化身，或者说像他的细胞一样存在着，可以同时出现在不同的宫殿中。它们表明了皇帝对宫殿的绝对拥有。尽管它们的形态、体量各有不同，但它们同属于一个家族，一个散发着楠木芳香的、精美华贵的家族，它们共同构成了一个庞大的系统，用相同的语言，讲述着关于皇权的神话。

然而，没有一把龙椅，像太和殿的龙椅这样令人心潮澎湃。巨型的广场，恢宏的宫殿，把它突出到一个无比显要的位置上。即使远在凡尔赛，法国国王也感觉到了它的存在。这里，是中国的中心，而中国，几百年中又被认为是世界的中心，那么，坐在这把椅子上，究竟能看到些什么呢？绿蒂是否试着坐在这把椅子上，我们不得而知，但联军的其他军官，曾经分别代表各自的国家在上面轮流坐过，在历史照片上留下他们的坐姿。他们的臀部不仅属于他们自己，也代表着他们的国家。他们不是旅游者，是军人，所以他们的行为，可以被认作国家行为，他们以旅游者般轻松的心态，悄然完成了对 20 世纪世界秩序的建构。

中国和西方对自身的帝国想象，都是围绕着宝座进行的。当然，这是两种性质不同的帝国。尽管"开疆拓土"一直是中国统治者正统观念，中国也因此在自秦至清的漫长历史进程中逐步完成领土整合，但只有元代，中国才有武力征服西方的历史，元代以后，又回归到对"中国"的自我建构和以中国为中心的朝贡体系的建构上。西方人对"中国征服世界"（即"黄祸"）的恐惧最终没有变成现实，根源在于没有工业革命为它提供物质基础，蒙古骑士聚集在大汗的旗帜下高歌猛进，是因为马镫的发明，为他们缔造一支铁血骑兵提供了物质基础，但这只是冷兵器时代的技术革命，在没有现代通讯、交通和作战工具的前提下，它的效能是有限的，所以中国（蒙古）人不可能以血腥的方式完成他想象中的"世界帝国"，而西方，则通过工业革命，完成了向帝国主义的转型，工业革命的直接结果，是使杀人工具的升级和联络、控制体系的形成，西方人以更加野蛮的方式，取代了成吉思汗的野心，于是出现了本书第一章中描述过的景象："从蒙古人的铁蹄下劫后余生的西方人，在喘息之后杀了一个回马枪，诞生于地中海的海盗基因使他们终于露出更锋利的犬齿。西方人与东方人下一次相遇的地方，是大明王朝的东南沿海，一个名叫郑成功的中国军人，在那里拭目以待。"

更重要的区别，则是文化上的——中国人把对世界秩序的想象，建立在以儒家学说为基础的哲学体系上，它是平和的、"文化"的，而西方人则以战争的方式，完成对殖民地的征服和"驯化"，它是血腥的、野蛮的，尽管他们以文明代言人的身份自居；前者是语言实践，它建立起的是"想象的乌托邦"，而后者是政治实践，如汪晖所说，"资本主义是一个扩张体系，它的政治的军事的表达是帝国主义，它在区域和人口关系中的表达是殖民主义。"[30] 正是在这一背景下，宝座，这一将权力符号化与具象化的实物，成为两种视线的交会点。19、20世纪形成的国际政治的赤裸裸的权力关系，就这样借助符号化的世界得以完成。

入侵者是那么热爱那把龙椅，那把孤零零的椅子令他们不能自已,但是在他们眼中,中国的宫殿已经不再是一个封闭的系统,它的大门已经敞开,龙椅,连同它赖以生存的宫殿,都成为西方世界的附属物,它们已经没有独立存在的价值。出于对龙椅的偏好,他们甚至干脆把龙椅拿走,成为他们宫殿里最奢侈的装饰。20世纪20年代,人们在伦敦艺术市场上,看到一把来自中国宫殿的龙椅。这是一把被八国联军抢到欧洲的龙椅。一位曾经做过沙皇大使的白俄移民,名字叫迈克·格思(Michael Girs),以2250英镑的价格出售了这把宝座,然后被一个名叫斯威夫特(J. P. Swift)的人买下,捐赠给维多利亚和阿尔伯特博物馆。博物馆的馆长塞西尔·哈库·史密斯(Cecil Harcourt Smith)立刻把这件来自慈禧王朝的龙椅呈现给英国女王观看,这似乎隐喻着世界的权力中心的转移。他在后来写给捐赠者斯威夫特的信中激动地说:"陛下从前就见过这件宝座,并表示希望有一天它能成为我们的收藏。陛下让我一定向你转达,她对你慷慨无私的馈赠表示衷心的感谢。"[31]

1901年4月,继德、美等国之后,法国人举行了自己的欢庆仪式。这是二百年前路易十四"中国舞会"的翻版,只是法国人无须再去营造什么"中国宫",舞会,可以在中国宫殿的实景里自由地举行。沉寂多日的旧宫殿,像一盏灯笼被点亮了。灯光如水,漫过窗纸,使那些镂空的花窗变得透明起来。只是在灯光中游动的人，不再是气宇非凡的中国皇帝，和像蝴蝶一样围绕在他身边的粉黛宫娥，而是全部是深眼窝高鼻梁的外国人——"坐在上座的是瓦德西元帅，他身旁是俄国的部长夫人；接着是两位紫主教，七国联军的一些将领，五六位装束亮丽的女士"[32]。这使人感到无比的怪异，一种非现实的、魔幻的感觉。即使在绿蒂看来，这也是一场"怪诞、颠覆及亵渎的晚宴"[33]。香槟、假面、华尔兹，在空旷的宫殿夜景中，更像是一场亮丽而忧伤的表演、一种为了告别的聚会。他们是胜利者，但他们终将离开。他们洗劫了中国的皇宫、王府、商号（京城两百家当铺只有四家未遭洗劫），他们可以带走那些名贵的珍宝古玩、真金白银，去填充他们的宫殿和博物馆，还有一纸条约，上面密密麻麻写下的，都是他们的贪婪，但没有一种容器可以带走整座宫殿、整个国家，以及这个国家独有的创造力。这个东方古国在他们的铁蹄下瑟瑟发抖，气若游丝，但它依然存在。它已经存在了五千多年，就有理由继续存在下去。

美国学者 E.A. 罗斯在一百年前写作《变化中的中国人》一书时，把中华民族屡遭异族入侵却没有毁灭的原因，归结为中华文明的诞生早于任何一个入侵者。十多年前，我在编辑他的著作时，就读到他写的这样的话："一种特殊的种族生命力或活力从某种程度上造就了中国人顽强的坚韧不拔的精神。这种特殊的生命力是中国人在长期而严格的优胜劣汰的自然进化过程中形成的。与我们北欧的祖先所经历的自野蛮进入文明的历史阶段相比，中国人所经历的这一过程时间更长，优胜劣汰的程度更严格。这种自然选择的过程……培养了他们受伤后复原的能力……"[34]

就在慈禧太后逃离宫殿的那天，一个名叫王懿荣的京师团练大臣投井而死，深井中回荡的水声犹如他悠长的叹息。他的妻子和儿媳也跟在他的身后相继投身于冰冷的井水。（几乎与他们同时，内阁大学士徐桐以及帝国许多王公大臣，以及他们的妻妾子女，在北京城的不同地方，接二连三地投井而死。）国破家亡的时刻，这位负责京城防务的满清官员不会想到，他前一年在北京菜市口的一家药店买药时的意外发现——龙骨上书写的甲骨文，像一个打开的瓶塞，令贮存了数千年的中华古代文明的芳香喷涌而出。似乎上天有意证明罗斯的结论，此前不久，敦煌藏经洞也被发现。正当这个东方帝国在新世纪的曙光中行将沉入永久黑暗的时候，它突然又露出一束文明的光芒，重新把世界照亮。

七、毓贤

车过忻州时，慈禧看到一轮圆月，孤单地挂在深蓝的夜空中。团圆的月亮,照耀着破碎的山河。慈禧想赶到太原府过中秋,山西巡抚毓贤已经由外地赶回太原接驾,然而事与愿违,黏稠的秋雨从拂晓以前就开始飘落不停,慈禧只能待坐在忻州的贡院里,把阴沉的目光投向阴沉的天空。苦熬了几天,老佛爷的轿子(他们沿途不断更换交通工具),才重新出现在泥泞不堪的道路上,朝着太原府的方向,摇摇晃晃地前进。

八、九月间的晋北,地上的水汽和天空的雾气混杂在一起,看不清是阴天还是晴天,只觉得灰蒙蒙的一片。老佛爷的轿子,像一艘颠簸的船,在一片灰蒙之中起伏出没。山野间的湿气,在雨后蒸腾起来,压得人喘不过气来。晋北山地的夜晚冰凉似水,但在中午,老佛爷的轿子却变成一个蒸笼,轿围子、褥垫子,到处都烫手。她喝的水全变成了汗,汗出多了,用手往脸上一抹,又变成了盐面。但她始终没有说过一句话。没人知道,在寂寞的旅途上,她在想些什么。

他们多么需要草帽,可以遮阳,可以扇风。沿京绥路从延庆奔赴怀来的时候,车把式看见路边的水井,就奋不顾身地扑上去。井台下有一顶草帽,在雨后随风掀动。他上去把草帽掀开,突然间大惊失色,那草帽下盖着的,是一颗血肉模糊的头颅,草帽的绳子,还系在他的脖子上,随着他用力的抓取,那颗人头还在向他点头示意,他大叫一声,屁滚尿流地跑回来,险些惊了皇驾。于是,大家一致认为,不要再喝井里的水了,许多井里都有死人,打开井盖,会发现一颗人头,或者一具死尸浮在上面,水是黄绿色的,上面泛着臃肿的白沫。

世世代代赖以生存的水井,在 1900 年,变成了凶器。

终于,太原城,在一片灰蒙之中浮现出来。是慈禧西逃以来,走到的第一座大城。山西巡抚毓贤深知这一点,所以他给太后备足了体面。他为太后准备节日庆典,连太后的随从侍女,毓贤都发了红包,叫"添梳头油钱"。

在太原,慈禧找回了太后的感觉。山西巡抚府衙门官廨,成为临时的宫廷,在正厅中央,她又坐到她应该坐的椅子上,皇上、皇后、格格、大臣们行礼如仪。四盏吊灯照耀着她,后面飘来丹桂的清香,帘子缝隙里时时钻进木炭燃烧的气味,在深秋夜晚的凉意中,令人有一种恍惚感。在这种气味的熏染中,那颗在黏稠的雨季里缩紧发皱的心,一点点舒展开。金银器皿都是 1775 年康熙皇帝巡幸五台山时使用过的,在灯光下,闪烁着帝国辉煌时代的光泽。她刚刚起用了甲午战败后备受谴责的老臣李鸿章,与庆亲王奕劻一起与洋人协商停战条件,太后的信任和百姓的辱骂,李鸿章照单全收,因为他别无选择,而慈禧,却像看到了希望,长长舒了口气。

慈禧在清早醒来,就再也睡不着了,等到鸡鸣,像在宫里时一样,歪躺着,合着两眼养神,跟宫女们说话。她回忆毓贤为她备的御膳时,对宫女说:"有个菜叫烩鸽雏,这是个时令菜,也是个寿菜,是大热的东西。目前已经是秋分了,阳气下降,阴气上升,正是吃这菜的时候,给老人吃,等于吃一服补药。难为毓贤想得周到。"[35]

然而,慈禧并没有在山西巡抚衙门久留,与泥泞颠簸的道路相比,即使这里是天堂,在议和的关键时刻,对她来说,与毓贤这位义和团的坚定支持者划清界限的重要性也是不言自明。慈禧是与洋人开战的最终决策者,但此刻,朝廷需要替罪羊。宫殿是一个巨大的祭坛,辉煌的祭奠,需要源源不断的牺牲。毓贤是一个具有牺牲精神的大臣。在攻打洋人教堂的战斗中,毓贤身先士卒,"将红布抹额,手持短刀",率领团民冲锋陷阵,他们冲入天主教堂,将他们的俘虏——六十多名洋人全部绑到抚署大堂,稍加审问,就推到门外,一个一个地斩了。没过多久,他们就在义和团的刀下变成一堆肉泥。作为朝廷的官员和走狗,毓贤拥有许多美德,例如忠诚、执着、勇敢、清廉,但他最大的缺陷就是愚蠢,他的愚蠢被整个王朝的愚蠢所掩盖,使这一缺陷变得无关紧要,但正是这一缺陷,把他效忠的主子送入风雨飘摇的境地。

终于,所有孤注一掷的血性变成不可收拾的残局。可以想象，当他得知慈禧决定与洋人议和时内心的绝望。他看到了自己的结局，他知道自己将成为被朝廷精心挑选的替罪羊。帝国需要"补天裂"，所以急需借他的脑袋用用。没有人比他更胜任这一角色了——他是主战派，杀了许多洋人，又是皇室宗亲，可以代表皇室接受胜利者的惩罚。据说洋人在议和时提出了杀掉慈禧的条件，毓贤认为自己是代替主子而死，所以死得其所，死得比泰山还重。这是他最后一次孝敬慈禧，对此，他和慈禧都心照不宣。他们谁都没有多说什么。慈禧领了毓贤的情，知道在他死后好好照顾他的家人。毓贤跪拜慈禧时，眼睛湿润了，眼泪差点摔在青砖地上。他深深地叩了一个头，算是谢恩。

后来，毓贤问斩的时候，义和团团民们集体为他喊冤，甚至有人请求代他伏法，被毓贤制止了，他大义凛然地说："死何足惜，但愿继事吾志者，慎勿忘国仇可耳。"[36] 刑官李廷箫曾是毓贤的手下，他不忍下手，又圣命难违，于是在一个寺院里为毓贤安排了一桌酒席，准备乘毓贤不备突然下手。毓贤盛装出席，饮酒正酣时，李廷箫突然说："动手！"刽子手领命，手起刀落，毓贤的人头飞了出去。

死前，毓贤给自己写下两副挽联。

其一是：

臣罪当诛，臣志无他，念小子生死光明，不似终沉三字狱；

君恩我负，君忧难解，愿诸公转旋补救，切须早慰两宫心。

其二是：

臣死国，妻妾死臣，谁曰不宜，最堪悲老母九旬，娇女七龄，耄稚难全，未免致伤慈孝意；

我杀人，人亦杀我，夫复何憾，所自愧奉君廿载，历官三省，涓埃无补，空嗟有负圣明恩。

军机大臣、刑部尚书赵舒翘在西安被赐自尽，在先后吞食金块、鸦片和砒霜之后仍然顽强地活着，原因是他有一个信念始终不动摇——由于他与太后的关系很"铁"，所以他的替罪羊身份只是暂时的，只要局势稍有好转，朝廷的赦令就会到达，在这一信念的支撑下，他迟迟不肯咽下最后一口气，搞得监斩官、陕西巡抚岑春煊不耐烦了，命人在窗纸上喷酒，然后一层层地蒙在他脸上，才将这个生命力旺盛的人活活闷死。

接踵而至的死讯，令载漪陷入极大的惶恐中。他想，下一个就是自己了。当他得知自己得到的惩处仅仅是发配边疆时，竟大喜过望——天下没有比这更好的消息。他急忙问："阿哥有罪乎？"左右说，没听说啊。他放心了，知道只要有大阿哥傅儁在，他的未来就不是梦。他兴高采烈地奔赴流放地。望子成龙的载漪不会想到，辛丑回銮以后，这位只知道吃喝玩乐，将宫里的珍宝随意拿出去变卖、从来不问价钱的败家子大阿哥，不仅没有登上皇位，而且被取消了大阿哥的名义，逐出宫殿，在女色、酒和鸦片的共同作用下，四十岁就双目失明，靠从前骗过他的当铺掌柜施舍粥饭，维持没有尊严的生活，再也不敢提自己曾是皇位继承人，最终在日伪时期，穷困潦倒而死。

心情最好的，莫过于慈禧了。光绪二十八年（1902年1月7日），在经历了一年半的漂泊之后，她又回到自己的宫殿。她毫发未损地坐在从前的位置上，在熏香的缭绕中，表情仿佛观音菩萨一样静穆安详，仿佛什么事情都没有发生。

八、朱家溍

在20世纪法国诗歌中，人们会读到一种被称为"绿蒂聚会"的仪式。那是一种高贵、时尚、充满异国情调的沙龙。在沙龙里，战后回到故乡罗舍福尔的作家绿蒂创造了一整套繁缛的礼节，绿蒂告诉人们，这就是中国皇帝的生活，一种完全出自他个人想象的、虚拟的生活，一种由他构建的"中国舞会"。但他凭借自己的虚拟，风靡了法国，以至于"绿蒂聚会"在法国诗坛得以长久流传。1900年的北京仿佛美梦注释着他们的黄金时代，既令他们陶醉，也令他们深感惆怅，因为所有的美梦都是临时性的——西方人在北京创造的"辉煌"只此一次，它终将破碎，只有在文字中它才能持久地发生。人们穿越华丽的法语诗行，看到绿蒂——八国联军中一个微不足道的上校，穿着中国的皇袍，坐在一把虚拟的龙椅上，醉眼蒙眬地，沉浸在对中国的意淫中不能自拔。

而在中国，在围绕宝座进行的角逐中，谁也没有想到，袁世凯成为皇帝宝座最终的主人。但与西方人的兴趣相反，为了表现他的"与时俱进"，他下令撤除了太和殿上的雕龙髹金大椅，换上了一把中西合璧的新式宝座。那把历经清朝数位皇帝的宝座，从此从历史的视野中消失了。

1947年，当故宫博物院接收前古物陈列所，准备撤除袁世凯的宝座，换上原先的龙椅时，才发现原来的那把龙椅已经去向不明——太和殿的宝座，真的丢失了。

它是一把椅子，但无疑是一把特殊的椅子，一把身世复杂、交集了太多目光的椅子，型号不同、产地各异的野心在它面前交汇和重叠，编织成 19、20 世纪之交混乱的世界图景。椅子上的人，在好奇地张望外部世界的同时，与整个世界窥视的目光不期而遇，在对视的一瞬间，他们看清了彼此的慌乱、恐惧和敌意。这把被一圈一圈的城墙包围的椅子，形似标靶的靶心，成为众矢之的、离死亡最近的地方，那些层层叠叠的城墙已经无法给它提供保护，偷猎者的枪弹每一分钟都有可能不期而至。

没人再看见它。它以躲避的方式表达对捕猎者的抗拒。

直到 1959 年，才有一个人在故宫深处一处存放残破家具的库房中，发现了它的身影。那个人叫朱家溍。他在整理文物库房时，看见一只宝座残余的骨骼，但它的形神仍在。经过与日本人小川一真于 1901 年拍摄的太和殿照片比对，所有的细节都证明，这就是那把失踪已久的宝座。于是，故宫的工匠们开始了漫长的修复工作，木活、雕活、铜活花费了七百六十六个工作日，在滞闷的雨季里，又开始油漆、粘金叶，又经过一百六十八天，直到 1964 年 9 月才完工，重新摆放在它原来的位置上。[37]

当我一步步走近它的时候，它就安放在太和殿的中央，完好如初，仿佛一个婴儿，安稳地倚靠在世界上最大博物馆的怀里。

所有的刀光剑影都不见了形迹,只有清风,穿越那些镂空的门窗,在它的上面回旋——时间没收了所有的刀俎,但宝座仍在,宛如一座拒绝淹没的岛屿,或者一个早已设定的结局。一个国家,有时就像一个人一样,它也有属于它自己的意志和道路,所有妄图施加给它的命运,都不会得到它的赞同。

大事年表

1271　蒙古世祖忽必烈改国号"元"。

　　　威尼斯商人马可·波罗启程来华。

1275　马可·波罗到达中国。

　　　蒙古人列班·扫马启程前往欧洲。

1492　热那亚水手哥伦布在伊莎贝拉女王的资助下,携女王致中国大汗书信,自帕洛斯出发。同年10月12日发现美洲。

1493　哥伦布返自美洲。

　　　哥伦布第二次赴美洲。

1557　葡萄牙人居留于澳门。

1575　西班牙人最初来到广州。

1582　意大利天主教耶稣会传教士利玛窦来华。

1624　荷兰人占领台湾。

1662　荷兰人被逐出台湾。

1670　英国人在厦门和台湾通商。

1689　英国人在广州通商。

俄罗斯与中国订立《尼布楚条约》。

1694　一位自称康熙女儿的"中国公主"震惊了法国宫廷。

1700　路易十四在凡尔赛宫举办"中国舞会",成为欧洲持续一百多年的"中国热潮"的一个富于创意的象征。

1705　教皇代表图尔曩抵达北京。

1715　英国东印度公司商馆在广州建立。

1724　罗马天主教教士被逐出中国。

1727　中俄签订《恰克图通商条约》。

1729　清政府发布第一道禁吸鸦片的上谕。

1793　英国使臣马戛尔尼抵达北京。

1800　上谕禁止鸦片进口。

1816　英国使臣阿美士德抵达北京。

1817　阿美士德从中国返回英国途中,经圣赫勒拿岛,会晤拿破仑,双方谈到中国。

1833　洪秀全在前往广州参加科举考时得到基督教普及读物《劝世良言》。

1839　林则徐到达广州,实行禁烟。

1840　中英鸦片战争。

1841　8月29日,中英签订《南京条约》。

1851　金田起义。洪秀全太平天国元年。

1853　3月20日,太平军占领南京,定为太平天国首都,改名"天京"。

1855　太平天国颁布《天朝田亩制度》。

1856　太平天国内讧。东王杨秀清被北王韦昌辉杀死。北王韦昌辉又被翼王石达开杀死。尔后，石达开率部离开天京，太平天国分裂。

1860　3月19日，太平军占领杭州，实行大屠杀。

　　　10月6日，法军占领并劫掠圆明园。

　　　中英、中俄《北京条约》分别签订。

1863　清军占领天京（南京），洪秀全自杀身亡，石达开率部自云南入川西，拟抢渡大渡河未成，为清军所俘，5月被杀。太平天国覆灭。

1864　11月8日，洪秀全之子洪天贵福被处决。

1877　郭嵩焘抵达伦敦，成为中国第一任驻西方国家大使。

1889　1月1日，苏族（Sioux）印第安人的鬼舞道门（Ghost Dance）创建者沃沃卡（Wavoka）神游到天国，在那里，他看到了即将来临的天国的幻景。此后，他开始传教，宣扬白人将被全部消灭，鬼舞道门在美国迅速蔓延。

1898　6月11日，光绪皇帝颁布第一道谕旨，开始"百日维新"，改革政治制度。9月21日，慈禧发动政变，囚禁光绪，康有为、梁启超逃亡国外，"百日维新"失败。28日，谭嗣同等"戊戌六君子"被斩首。

1899　山东义和团起，在肥城县境杀英传教士。

1900　6月，义和团进入北京、天津。外国使馆区及北堂等处于半包围状态。21日，清政府正式颁布对列强同时宣战的上谕，开始围攻使馆区。

　　　7月末，八国联军占领大沽。8月4日，联军从天津出发，进攻北京，

15 日攻占北京，慈禧太后、光绪皇帝等逃出北京，清政府实际上成为一个流亡政府。

9 月 7 日，流亡政府抵达太原。

1901　2 月 14 日，流亡政府抵达西安。

4 月，继德、美等国之后，法国人在中国皇宫举行了自己的欢庆仪式。这是二百年前路易十四"中国舞会"的翻版。

9 月 7 日，中国政府代表李鸿章、奕劻与德、奥、比、西、美、法、英、意、日、荷、俄 11 国代表正式签订《辛丑条约》，以四亿五千万两白银作战争赔偿。

日本在上海设同文书院。

10 月 6 日，流亡政府自西安启程返京。

梁启超在日本创办《新民丛报》，主张君主立宪，与孙中山领导之兴中会互相抨击。

1902　1 月 7 日，流亡政府返回北京。

1914　10 月，紫禁城武英殿开设古物陈列所，公开展览清宫珍藏文物。

1947　故宫博物院接收前古物陈列所。

1949　10 月 1 日，中华人民共和国成立。

1965　法国文化部长、作家马尔罗访华。

注　释

自　序

[1] 基督教文明所谓的"三位一体"是指：上帝是由圣父、圣子和圣灵（天主教会意为神圣）三个位格构成的统一整体，是至高无上、全能全知、无所不在、创造天地万物的唯一真神，是宇宙的最高主宰。在三个位格中，圣父在天，名为耶和华，是从犹太教的教义继承而来，被认为是至高无上、主宰一切的神秘力量；圣子为耶稣基督，受圣父的派遣降临尘世，以自己的流血牺牲拯救世人的苦难；圣灵是上帝与人的中介，启发人的智慧和信仰，使人弃恶从善。见彭时代：《宗教信仰与民族信仰的政治价值研究》，第54页，北京：民族出版社，2007年版。

[2] 周宁：《异想天开》，第9页，南京：南京大学出版社，2007年版。

第一章　马可·波罗：纸上的帝国

[1] 即北京。"汗八里"（Cambaluc）为波斯语音译。《马可·波罗行纪》中的中国地名多为波斯语音译。马可·波罗生活在色目人中间，

可能懂波斯语，波斯语也是当时从地中海到南中国海通行的商业用语。

[2] 见［意］马可·波罗：《马可·波罗行纪》，第261页，北京：东方出版社，2007年版。

[3]《元史》记载："钞始于唐之飞钱、宋之交会、金之交钞。"见《元史》卷九十三《食货志·钞法》，《元史》，第1573页，北京：中华书局，2000年版。

[4] 同上。

[5] 1260年。

[6] 1275年。

[7]《元史》卷九十三《食货志·钞法》，《元史》，第1573页。

[8]［意］马可·波罗：《马可·波罗行纪》，第261页。

[9] 见《元史》卷二百五《列传·奸臣》，《元史》，第3051页。

[10]［英］阿诺德·汤因比：《历史研究》，第251页，上海：上海人民出版社，2000年版。

[11] Ata-Malik Juvaini, *The History of the World Conqueror*, Harvard University Press, 1958, Vol 1, p.213—214. 转引自周宁：《契丹传奇》，第70页，北京：学苑出版社，2004年版。

[12] 周宁：《契丹传奇》，第28页。

[13] Frances Wood, *Did Marco Polo Go to China?*, London: Westview Press, 1998. 吴芳思：《马可·波罗真的到过中国吗？》，张学治译，江苏人民出版社，2015年。

[14]［德］黑格尔：《历史哲学》，第111—112页，上海：上海人

民出版社，2006年版。

[15] 周宁：《契丹传奇》，第60页。

[16]《元史》卷二百五《列传·奸臣》，《元史》，第3052、3053页。

[17]《元史》卷一百五十八《列传·许衡》记载："衡独执议曰：'国家事权，兵民财三者而已。今其父典民与财，子又典兵，不可。'帝曰：'卿虑其反邪？'衡对曰：'彼虽不反，此反道也。'"《元史》，第2484页。

[18]《元史》卷一百六十八《列传·秦长卿》，《元史》，第2643页。

[19] 同上。

[20] "大汗宠之甚切，任其为所欲为，但至阿合马死后，始知其曾用魔术蛊惑君主，致使言听计从，任其为所欲为。"[意] 马可·波罗：《马可·波罗行纪》，第233页。

[21] 张星烺等人持此观点。详见张星烺：《马可·波罗游记》导言，第108—151页，中国地学会，1924年版。

[22]《元史》卷二百五《列传·奸臣》，《元史》，第3053页。

[23]《元史》卷二百五《列传·奸臣》，《元史》，第3054页。

[24]《元史》卷九十七《食货志·钞法》，《元史》，第1647页。

[25] 至正二十八年（1368），朱元璋称皇帝，国号明，建都应天府（今江苏南京），建元洪武，是为明太祖高皇帝。蒙元政权退回蒙古草原。

[26] [俄] 巴赫金：《审美活动中的作者中主人公》，见《巴赫金全集》，第1卷，第133页，石家庄：河北教育出版社，1998年版。

[27] 同上书，第127、128页。

[28] [意] 马可·波罗：《马可·波罗行纪》，第398—407页。

[29] [意] 利玛窦、[比] 金尼阁：《利玛窦中国札记》，第 121 页，桂林：广西师范大学出版社，2001 年版。

[30] 哥伦布在 1492 年 10 月 30 日日记中写道："远征军司令说，应设法前往大可汗国，据其认为大可汗就在附近，也即大可汗居住之契丹城就在附近。据有人在其驶离西班牙前相告，契丹城甚大，地势低缓，景致优美，附近海水颇深。"参见郭家堃：《哥伦布航海日记》，第 50—51 页，上海：上海外语教育出版社，1984 年版。

[31] [秘鲁] 印卡·加西拉索·德加维加：《印卡王室述评》，第 15 页，北京：商务印书馆，1993 年版。

[32] 同上书，第 16 页。

[33] 同上书，第 17 页。

第二章：利玛窦：历史中的牺牲者

[1] 张燮：《东西洋考》，重印本第五卷，第 183 页。

[2] 耶稣会，是在反对宗教改革运动中应运而生的一个基督教修会，西班牙人依纳爵·罗耀拉（Ignace Loyale，1491—1556）于 1534 年圣母升天节那天在巴黎创立，最初仅区区数人。1540 年，教皇保罗三世确认了耶稣会的会规。

[3]《月山丛谈》，转引自张维华：《明史欧洲四国传注释》，第 7 页，上海：上海古籍出版社，1982 年版。

[4] 转引自 [美] 史景迁：《利玛窦的记忆之宫》，第 157 页，上海：上海远东出版社，2005 年版。

[5] 朱大可:《中国建筑的母题冲突》,原载《花城》,2007 年第 6 期。

[6] [意] 利玛窦、[比] 金尼阁:《利玛窦中国札记》,第 112—113 页。

[7] 同上书,第 117 页。

[8] 同上书,第 66 页。

[9] 同上书,第 42 页。

[10] 周宁:《大中华帝国》,第 97 页,北京:学苑出版社,2004 年版。

[11] [法] 蒙田:《蒙田随笔全集》,下卷,第 144 页,南京:译林出版社,1996 年版。

[12] 转引自张国刚、吴莉苇:《启蒙时代欧洲的中国观》,第 101 页,上海:上海古籍出版社,2006 年版。

[13] 转引自上书,第 104 页。

[14] 参见 [意] 利玛窦、[比] 金尼阁:《利玛窦中国札记》,第 205 页。

[15] 同上书,第 244—246 页。

[16] [美] 伊安·巴伯:《当科学遇到宗教》,第 22 页,北京:生活·读书·新知三联书店,2004 年版。

[17] 参见上书,第 25、40 页。

[18] 转引自 [美] 伊安·巴伯:《当科学遇到宗教》,第 41 页。

[19] 参见周宁:《中西最初的遭遇与冲突》,第 261 页,北京:学苑出版社,2000 年版。

[20]《游居柿录》卷四第一○二条,载《珂雪斋集》。

[21] [美] 黄仁宇:《万历十五年》,第 1 页,北京:生活·读书·新知三联书店,2006 年版。

[22] 同上书，第93页。

[23] 同上书，第89页。

[24] [25] 转引自许文继、陈时龙:《正说明朝十六帝》，第233页，北京：中华书局，2005年版。

[26] 《明神宗实录》，卷三五四。

[27] [意] 利玛窦、[比] 金尼阁:《利玛窦中国札记》，第299页。

[28] 《钦天监前三朝题本》，中国第一历史档案馆藏。

[29] 故宫博物院明清档案部编:《义和团档案史料》，上册，第27、28页，北京：中华书局，1959年版。

[30] [澳] 西里尔·珀尔:《北京的莫理循》，第159页，福州：福建教育出版社，2003年版。

[31] 同上。

[32] 参见包士杰辑:《拳时上谕》附《增福财神李告白》，载翦伯赞等编:《义和团》，上海：上海人民出版社，1957年版。

[33] 参见包士杰辑:《拳时北堂围困·某满员日记》，载中国社会科学院近代史研究所《近代史资料》编辑组编:《义和团史料》，北京：中国社会科学出版社，1982年版。

[34] [澳] 西里尔·珀尔:《北京的莫理循》，第164、165页。

[35] 同上书，第168页。

[36] 同上书，第183页。

[37] 见 [日] 佐原笃介、浙东沤隐辑:《拳事杂记》，载翦伯赞等编:《义和团》。

[38] 刘孟扬：《天津拳匪变乱纪事》，载翦伯赞等编：《义和团》。

[39] [美] 布瑞安·伊恩斯：《人类酷刑史》，第 211 页，长春：时代文艺出版社，2000 年版。

[40] 祝勇：《旧宫殿》，第 126—129 页，沈阳：春风文艺出版社，2006 年版。

[41] 刘孟扬：《天津拳匪变乱纪事》，载翦伯赞等编：《义和团》。

[42] 参见佚名：《庸扰录》，载《庚子纪事》。

[43] 参见《恽毓鼎庚子日记》，载北京大学历史系中国近现代教研室编：《义和团运动史料丛编》，北京：中华书局，1964 年版。

[44] 参见黄曾源：《义和团事实》，载北京大学历史系中国近现代教研室编：《义和团运动史料丛编》。

[45] 胡思敬：《驴背集》，载翦伯赞等编：《义和团》。

[46] 这段记叙参见刘以桐：《民教相仇都门闻见录》，载翦伯赞等编：《义和团》。

[47] 左绍佐：《语澈源头·上李秉衡书》，载中国社会科学院近代史研究所《近代史资料》编辑组编：《义和团史料》。

[48] 胡思敬：《驴背集》，载翦伯赞等编：《义和团》。

[49] 林达：《寻访杨家坪》，见《扫起落叶好过冬》，第 367、368 页，北京：生活·读书·新知三联书店，2006 年版。

[50] 同上书，第 372、373 页。

[51] 同上书，第 368 页。

第三章　马戛尔尼：烟枪与火枪

[1] [美] 特拉维斯·黑尼斯三世、[美] 弗兰克·萨奈罗：《鸦片战争——一个帝国的沉迷和另一个帝国的堕落》，第219页，北京：生活·读书·新知三联书店，2005年版。

[2] 冼波：《烟毒的历史》，第163页，北京：中国文史出版社，2005年版。

[3] 陈无我：《二十年前上海英租界烟间录》，见《老上海三十年见闻录》，第11—12页，上海：大东书局，1928年版。

[4] 敬文东：《真理，又是真理》，见敬文东自印集《颓废主义者的春天》。

[5] [英] 呤唎：《太平天国革命亲历记》，第460、461页，上海：上海人民出版社，1997年版。

[6] 马戛尔尼带来的礼物包括："望远镜、镀铜榴弹炮、地球仪、自鸣钟、乐器、两驾马车、一个热气球，还配备了一名热气球驾驶员。总的来说，马戛尔尼给皇帝带来了大约六百件礼物，装满了九十驾马车，四十部手推车，用了二百匹马，三千名苦力来运送。"参见 [美] 特拉维斯·黑尼斯三世、[美] 弗兰克·萨奈罗：《鸦片战争——一个帝国的沉迷和另一个帝国的堕落》，第16页。

[7] [英] 斯当东：《英使谒见乾隆纪实》，第63页。

[8] [法] 佩雷菲特：《停滞的帝国——两个世界的撞击》，第17页，北京：生活·读书·新知三联书店，2007年版。

[9] 同上。

[10] [法]佩雷菲特:《停滞的帝国——两个世界的撞击》,第 27 页。

[11] 比如那把"镶铁嵌料珠把桃皮鞘腰刀",刀身钢质,刀锋、刀身底部一面錽银横为"天字一号",纵为"炼精";另一面横为"乾隆年制",纵为錽金、银、铜丝组成的匠人铸刀图案;两面后接以錽金、银、铜丝构成龙首云纹图形。銎(护手)为铁镀金圆盘,两面周饰红珊瑚、绿松石、青金石,衔珍珠。柄钻孔系明丝黄绦带,中饰绿松石一块。刀鞘木质,饰金桃皮,璕、珌皆铁錽金镂花纹,饰红珊瑚、绿松石、青金石各一,各衔两圈珍珠。横束铁錽金箍二道,装饰如前。鞘背为铁錽金提梁,左右各饰红珊瑚四、绿松石二、青金石二,系明黄丝绦带与铜镀金环相属,以为佩挂之用。

[12] [法]佩雷菲特:《停滞的帝国——两个世界的撞击》,第 190 页。

[13] 同上书,第 194 页。

[14] 马戛尔尼在回忆录中叙述了他请福大人,即大学士福安康观看英国军人操演,被福大人拒绝的情况:"敝使拟请大人观操,藉聆雅教,弗审大人亦肯赏光否?福大人意颇冷淡,岸然答曰:看亦可,不看亦可,这火器操法谅来没有什么希罕。余聆此答语,心乃不胜大异,余于福大人虽不能断定其曾否一睹火器之式样,而中国目下之军队,则可决言其必无火器。既无火器,而犹故步自封,以没有什么希罕一言了之,吾诚不解其用意所在矣。"见[英]马戛尔尼:《一七九三乾隆英使觐见记》,第 113 页,天津:天津人民出版社,2006 年版。

[15] [英]斯当东:《英使谒见乾隆纪实》,第 262 页,注 26,上海:上海书店出版社,2005 年版。

[16] 据[法]亨利·柯蒂埃:《十八世纪法国视野里的中国》,第 20 页,上海:上海书店出版社。

[17] 英国人只选择了"那种不太容易上瘾的鸦片酊,即一种红酒,里面不过有一两粒鸦片。使用过这种鸦片酊的名人包括诗人萨缪尔·克里奇和作家托马斯·德·昆西,后者于 1821 年创作的一部自传性的书籍《一位鸦片吸食者的忏悔》曾畅销一时"。据[美]特拉维斯·黑尼斯三世、[美]弗兰克·萨奈罗:《鸦片战争——一个帝国的沉迷和另一个帝国的堕落》,第 42 页。

[18] [美]特拉维斯·黑尼斯三世、[美]弗兰克·萨奈罗:《鸦片战争——一个帝国的沉迷和另一个帝国的堕落》,第 19 页。

[19] "We went upon one knee and lowered our head down to the ground."转引自[法]佩雷菲特:《停滞的帝国——两个世界的撞击》,第 194 页。

[20] 同上书,第 195 页。

[21] 同上。

[22] 参阅中国第一历史档案馆编:《英使马戛尔尼访华档案史料汇编》,第 147 页。

[23] [英]斯当东:《英使谒见乾隆纪实》,第 297 页。

[24] 参阅故宫博物院掌故部编:《掌故丛编》,第 692 页,北京:中华书局,1990 年版。

[25] [英]阿诺德·汤因比:《历史研究》,第 235 页。

[26] 同上书,第 243 页。

[27] 1839年9月1日，林则徐在分析"边衅"的夹片中写道："夷兵……屈伸皆所不便。"1840年8月7日称："(夷兵)一仆不能复起。"见《林则徐集》奏稿，第676、861页。

[28] [英]斯当东：《英使谒见乾隆纪实》，第298页。

[29] [法]伏尔泰：《风俗论》，第207页，北京：商务印书馆，1995年版。

[30] [法]佩雷菲特：《停滞的帝国——两个世界的撞击》，第423页。

[31] 1834年7月15日，英国首位驻华贸易总监律劳卑乘坐"安德罗马奇号"(Andromache)抵达广州，向两广总督递交英国贸易总监的证明文件，根本未提跟皇上见面的事——这表明对于这个顽固的国家，英国已经失去了原有的建立正式外交关系的热情。见[美]特拉维斯·黑尼斯三世、[美]弗兰克·萨奈罗：《鸦片战争——一个帝国的沉迷和另一个帝国的堕落》，第28页。

[32] [法]佩雷菲特：《停滞的帝国——两个世界的撞击》，第8页。

[33] 祝勇：《一四〇五，郑和下西洋六百年祭》，第68页，石家庄：花山文艺出版社，2005年版。

[34] [法]布罗代尔：《十五至十八世纪的物质文明、经济和资本主义》，第199页，北京：生活·读书·新知三联书店，2002年版。

[35] 同上书，第197页。

[36] [法]佩雷菲特：《停滞的帝国——两个世界的撞击》，第452页。

[37] 指19世纪的前二十年。

[38] [美]特拉维斯·黑尼斯三世、[美]弗兰克·萨奈罗：《鸦

片战争——一个帝国的沉迷和另一个帝国的堕落》,第 23 页。

[39] [法] 佩雷菲特:《停滞的帝国——两个世界的撞击》,第 8 页。

[40] Granville G. Loch, *The Closing Events of the Campaign in China* London: John Murray, 1843, p. 173.

[41] 郭嵩焘:《郭侍奏疏》,卷十二,第 14 页,光绪壬辰孟秋月刊。

[42] [美] 特拉维斯·黑尼斯三世、[美] 弗兰克·萨奈罗:《鸦片战争——一个帝国的沉迷和另一个帝国的堕落》,第 42、43 页。

[43] 梁发:《劝世良言》,见《近代史资料》,总第 39 号,第 22—23 页。

[44] 关于洪秀全得到《劝世良言》的时间,史学界众说不一。罗尔纲、彭泽益等先生均考证是在 1833 年,详见罗尔纲:《太平天国史丛考乙集》,第 250—272 页,北京:生活·读书·新知三联书店,1995 年版,彭泽益:《洪秀全得〈劝世良言〉考证——兼论太平天国与基督教的关系》,原载《近代史研究》,1988 年第 5 期。笔者认同此说。

[45] 据洪仁玕:《洪秀全来历》。

[46] 见 [英] 麦沾恩著、胡簪云译:《梁发传》,第十二章,转引自罗尔纲:《太平天国史丛考乙集》,第 255 页。

[47] 转引自梁工等:《圣经视阈中的东西方文学》,第 328 页,北京:中华书局,2007 年版。

[48] [法] 佩雷菲特:《停滞的帝国——两个世界的撞击》,第 13 页。

[49] 《中国丛报》(*The Chinese Repository*),九:二二三。

[50] 参见周宁:《异想天开——西洋镜里看中国》,第 165 页,南京:南京大学出版社,2007 年版。

[51] Jack Beeching, *The Chinese Opium War*, New York：Harcourt Brace Jovanovich, 1975, p. 315.

[52] 汪荣祖：《追寻失落的圆明园》，第 22 页，南京：江苏教育出版社，2005 年版。

[53] Samuel H. Holmes, *The Journal of Mr. Samuel H. Holmes*, London：W. Bulmer & Co., 1798, p. 134.

[54] [英] 马戛尔尼：《一七九三乾隆英使觐见记》，第 59 页。

[55] Hope Danby, *The Garden of Perfect Brightness*, p. 185.

[56] 据汪荣祖：《追寻失落的圆明园》，第 173 页。

[57] 参见《郭嵩焘日记》，第一册，第 213 页，长沙：湖南人民出版社，1981 年版。

[58] 同上书，第 214、215 页。

[59] Garnet Wolseley, *Narrative of the War with China in 1860*, p. 279.

[60] 赵翼：《檐曝杂记》，第 11—12 页，北京：中华书局，1982 年版。

[61] John Barrow, *Travels in China*, p. 139.

[62] 拿破仑低估了中国的人口数额，1792 年中国人口就已达三亿三千万，而据 1812 年的统计，中国人口已达三亿六千万。

第四章　吟唎：纸天堂

[1] 张敞：《千年悖论》，第 195、196 页，北京：时事出版社，2000 年版。

[2] [3] 转引自周宁：《鸦片帝国》，第67页，北京：学苑出版社，2004年版。

[4] [英] 呤唎：《太平天国革命亲历记》，第36页。

[5] 同上书，第461页。

[6] [英] 安德鲁·威尔逊：《常胜军：戈登在华战绩和镇压太平天国叛乱史》，见《太平天国史译丛》，第172页，北京：中华书局，1985年版。

[7] 即"双刀会"，1853年5月，在黄威领导下，在海澄起义，5月18日攻克厦门。

[8] [英] 呤唎：《太平天国革命亲历记》，第134页。

[9] 王崇武、黎世清主编：《太平天国史料译丛》（第一辑），上海：神州国光社，1954年版。

[10] [英] 呤唎：《太平天国革命亲历记》，第137页。

[11] 同上书，第290页。

[12] 茅家琦、方之光、童光华：《太平天国兴亡史》，第288、289页，上海：上海人民出版社，1980年版。

[13] [英] 呤唎：《太平天国革命亲历记》，第188、189页。

[14] 广西僮族自治区通志馆编：《太平天国革命在广西资料汇编》，第59页，广西僮族自治区人民出版社，1962年版。

[15] 洪秀全：《原道醒世训》，见中国近代史资料丛刊《太平天国》，第一册，第91、92页。

[16] [英] 呤唎：《太平天国革命亲历记》，第120页。

[17] [法] 古斯塔夫·勒庞：《革命心理学》，第 8 页，长春：吉林人民出版社，2004 年版。

[18] [英] 呤唎：《太平天国革命亲历记》，第 52 页。

[19] 同上书，第 53 页。

[20] 黄金麟：《历史、身体、国家——近代中国的身体形成（1895—1937）》，第 61 页，北京：新星出版社，2006 年版。

[21] [英] 呤唎：《太平天国革命亲历记》，第 51 页。

[22] 维多利亚女王时代，自 1837 年至 1901 年。

[23] 官禄㘵洪氏后裔洪显初的口述，转引自简又文：《太平军广西首义史》，第 86 页，北京：商务印书馆，1946 年版。

[24] 此庙在日本占领时期被毁。据广东革命历史博物馆、花县洪秀全故居纪念馆合编：《花县洪秀全史迹文物图片集》《大迳水口古庙遗址的说明》。

[25] 罗孝全：《洪秀全革命之真相》，见中国近代史资料丛刊《太平天国》，第六册，第 843 页。洪仁玕撰《钦定军次实录》和《干王洪仁玕自述》均有记载，伦敦不列颠博物馆东方部有其抄件。

[26] 简又文：《太平天国全史》，第 30 页，香港：简氏猛进书屋，1962 年版。

[27] [英] 呤唎：《太平天国革命亲历记》，第 26 页。

[28] 这一研究结果发表在 1954 年 5 月号英文版《远东季刊》(The Far Eastern Quarterly)，转引自罗尔纲：《太平天国史丛考乙集》，第 259、260 页。

[29] 同上书,第 261 页。

[30] [英] 麦沾恩:《梁发传》,转引自罗尔纲:《太平天国史丛考乙集》,第 254 页。

[31] 同上书,第 255 页。

[32] [瑞典] 韩山文:《太平天国起义记》,见中国近代史资料丛刊《太平天国》,第六册。

[33] 《太平天日》,转引自中国近代史资料丛刊《太平天国》,第二册,第 646 页。

[34] [法] 托克维尔:《旧制度与大革命》,第 191 页,北京:商务印书馆,1992 年版。

[35] 《天条书》,见中国近代史资料丛刊《太平天国》,第一册,第 78 页。

[36] 祝勇:《旧宫殿》,第 52 页。

[37] [英] 呤唎:《太平天国革命亲历记》,第 257—258 页。

[38] 《太平天日》,转引自中国近代史资料丛刊《太平天国》,第二册,第 646 页。

[39] [瑞典] 韩山文:《太平天国起义记》,见中国近代史资料丛刊《太平天国》,第六册,第 843、844 页。

[40] [美] 劳伦斯·格罗斯伯格:《MTV:追逐(后现代)明星》,见罗钢、刘象愚编:《文化研究读本》,第 424 页,北京:中国社会科学出版社,2000 年版。

[41] 《洪仁玕在南昌府亲书供词》,见王庆成编著:《稀见清世史

料并考释》，第 481 页，武汉：武汉出版社，1998 年版。

[42] 简又文：《太平天国全史》，第 33 页。

[43] [法] 古斯塔夫·勒庞：《革命心理学》，第 8 页。

[44] 《建天京于金陵论》，见中国近代史资料丛刊《太平天国》，第一册，第 261 页。

[45] [法] 古斯塔夫·勒庞：《革命心理学》，第 6 页。

[46] 《天条书》，见中国近代史资料丛刊《太平天国》，第一册，第 79 页。

[47] 洪秀全：《原道觉世训》，见中国近代史资料丛刊《太平天国》，第一册，第 95 页。

[48] 《太平天日》，转引自中国近代史资料丛刊《太平天国》，第二册，第 641 页。

[49] [英] 呤唎：《太平天国革命亲历记》，第 240 页。

[50] 同上书，第 240、241 页。

[51] 张德坚：《贼情汇纂》，见中国近代史资料丛刊《太平天国》，第三册，第 310 页。

[52] [英] 呤唎：《太平天国革命亲历记》，第 239 页。

[53] 《康熙与罗马使节关系文书》影印本第十三《嘉乐来朝日记》。

[54] 潘旭澜：《太平杂说》，第 29 页，天津：百花文艺出版社，2000 年版。

[55] 广西太平天国文史调查团：《太平天国起义调查报告》，第 5 页，生活·读书·新知三联书店，1956 年版。

[56]《新约·路迦福音》，第9章，第61—62页。

[57][法]古斯塔夫·勒庞：《革命心理学》，第4页。

[58]同上书，第90页。

[59] 永安分王后，太平天国的权力分配是：天王洪秀全、东王杨秀清、西王萧朝贵、南王冯云山、北王韦昌辉、翼王石达开；在拜上帝教中，天父皇上帝（上帝耶和华）最尊，杨秀清乃其化身；天父皇上帝的长子耶稣次之，萧朝贵乃其化身；天父皇上帝的次子洪秀全第三。

[60][英]呤唎：《太平天国革命亲历记》，第288、289页。

[61]同上书，第245页。

[62]同上书，第588页。

[63]同上书，第603、604页。

[64]同上书，第622页。

[65]犹太国总督，审判耶稣者。

[66] 骆承烈：《杨秀清是一位当之无愧的农民革命英雄》，见《太平天国史学术讨论会论文选集》，第二册，第508页，北京：中华书局，1981年版。

[67] 这方面证据十分充足，详见《试论太平天国政权的性质》，见《太平天国史学术讨论会论文选集》，第一册，第94—96页。

[68] 研究太平天国中的群众，是一个十分有意义的题目，因本文篇幅有限，暂不涉及。

[69][法]古斯塔夫·勒庞：《革命心理学》，第40页。

[70] 张宏杰：《大明王朝的七张面孔》，第50页，桂林：广西师

范大学出版社,2006年版。

[71]《天父下凡诏书》,第二部,见《太平天国印书》,第11册,第5—6页。

[72] W. H. Medhurst & Lewin Bowring, *Western Reports on the Taiping*, p. 163.

[73] 详见谢介鹤:《金陵癸甲纪事略》,见《太平天国》,第4册,第671页。

[74]《天父圣旨》,卷三,详见王庆成编注:《天父天兄圣旨》,第113—116页,沈阳:辽宁人民出版社,1986年版。

[75] 张汝南:《金陵省难纪略》,见《太平天国》,第4册,第703页。

[76] 李秀成:《李秀成自述》,见中国近代史资料丛刊《太平天国》,第二册,第791、792页。

[77] 张汝南:《金陵省难纪略》,见中国近代史资料丛刊《太平天国》,第4册,第703页。

[78] 关于金田起义具体时间,学界尚无定论,一般认为1850年或1851年。

[79]《遗折》,见《林则徐集·奏稿》,下册,第1182页。

[80] [法] 古斯塔夫·勒庞:《革命心理学》,第5页。

[81] [英] 呤唎:《太平天国革命亲历记》,第514页。

[82] 同上书,第649页。

[83] 张宏杰:《大明王朝的七张面孔》,第106页。

[84]《洪天贵福在江西巡抚衙门供词》,见王庆成编著:《稀见太

平天国史料并考释》，第 533 页。

第五章　绿蒂：刀俎间的宝座

[1] [美] 刘禾：《帝国的话语政治》，第 294 页，北京：生活·读书·新知三联书店，2009 年版。

[2] 同上书，第 305 页。

[3] 同上书，第 306 页。

[4] 转引自孙孝恩：《试论义和团运动期间的光绪》，见《义和团运动史讨论文集》，济南：齐鲁书社，1982 年版。

[5] 李希圣：《庚子国变记》，见翦伯赞等编：《义和团》（一），第 13 页。

[6] 袁昶：《乱中日记残稿》，见翦伯赞等编：《义和团》（一），第 339—340 页。

[7] 这支联军包括 8000 名日本人，4800 名俄国人，3000 名英国人，2100 名美国人，800 名法国人，58 名奥地利人和 53 名意大利人。他们于 1900 年 7 月末到达大沽，8 月 4 日向北京进发，8 月 14 日到达北京。

[8] [法] 皮埃尔·绿蒂：《在北京最后的日子》，第 39、40 页。

[9] [美] 马士：《中华帝国对外关系史》，第三卷，第 306 页，上海：上海书店出版社，2006 年版。

[10] [法] 皮埃尔·绿蒂：《在北京最后的日子》，第 47 页。

[11] 同上书，第 146 页。

[12] 同上书，第 60—61 页。

[13] 同上书，第 61 页。

[14] [法] 皮埃尔·绿蒂：《在北京最后的日子》，第60页。

[15] 同上书，第63—64页。

[16] 同上书，第74页。

[17] [法] 安德烈·马尔罗：《反回忆录》，第401页，桂林：漓江出版社，2000年版。

[18] 恽毓鼎《恽毓鼎庚子日记》，见《义和团运动史料丛编》，北京：中华书局，1964年版。

[19] 参见张英等：《中国故事：18世纪的成功和19世纪的失败》，原载《南方周末》，2010年1月28日。

[20] [法] 皮埃尔·绿蒂：《在北京最后的日子》，第87页。

[21] [美] 周锡瑞：《义和团运动的起源》，第11页。

[22] 同上书，第375页。

[23] 同上书，第93页。

[24] [日] 佐原笃介、浙东沤隐辑：《拳事杂记》，见翦伯赞等编：《义和团》。

[25] 罗惇曧：《拳变余闻》，见阿英编：《庚子事变文学集》，北京：中华书局，1959年版。

[26] 恽毓鼎：《崇陵传信录》，见翦伯赞等编：《义和团》。

[27] 吴永口述，刘治襄记：《庚子西狩丛谈》，第12页。

[28] 见黄鸿寿：《清史纪事本末》，第67卷，第4页，上海：文明书局，1921年版。

[29] 参见朱家溍：《太和殿的宝座》，见《故宫退食录》，上卷，

第404页，北京：北京出版社，1999年版。

[30] 汪晖：《帝国的冲突，或帝国主义时代的冲突？》，原载《读书》2010年第1期。

[31] 转引自[美]刘禾：《帝国的话语政治》，第295页。

[32] [法]皮埃尔·绿蒂：《在北京最后的日子》，第220页。

[33] 同上书。

[34] [美]E.A.罗斯：《变化中的中国人》，第44页，北京：时事出版社，1998年版。

[35] 参见金易、沈义羚：《宫女谈往录》，下册，第305页，北京：紫禁城出版社，2004年版。

[36] 许指严：《十叶野闻》，载中国社会科学院近代史研究所《近代史资料》编辑组编：《义和团史料》。

[37] 参见朱家溍：《太和殿的宝座》，见《故宫退食录》，上卷，第405页。

Long
Way
to China